월봉기

서유경 옮김

박문사

머리말

〈월봉기〉는 〈월봉산기〉, 〈소운전〉 등으로도 불리는 작품이다.
〈월봉기〉의 이본은 필사본, 목판본, 활자본 등 다양한 판본으로 존
재하며, 국문본뿐 아니라 한문본도 전해진다. 이로 보아 독자들에게
꽤 인기를 얻었다 할 수 있을 것이다. 그런데 〈월봉기〉는 태생적으
로 우리나라 고유의 작품이 아니라 명나라 때 풍몽룡이 편찬한 〈警
世通言〉에 있는 〈蘇知縣羅衫再合〉을 번안하여 창작한 소설이다.
〈蘇知縣羅衫再合〉은 중국에서도 많이 알려져 있는 이야기로 그 대
중성이 우리나라에서 〈월봉기〉라는 작품으로 만들어질 수 있었던
동력이 되었으리라 추측할 수 있다.

〈蘇知縣羅衫再合〉의 서사를 전체적으로 살펴보면 〈월봉기〉와
유사한 모티프를 공유하고 있음을 알 수 있다. 〈蘇知縣羅衫再合〉
의 주요 사건을 정리해 보자면, 명나라 때 소운, 소우 형제가 있었는
데 소운이 과거 급제 후 제수 받은 곳으로 부임하다 徐能 일당의
습격으로 소운은 물에 던져지고 부인이 徐能에게 끌려가는 데에서
이야기가 시작된다. 그리고 徐能의 동생 서용의 도움으로 소운의
부인이 탈출하고, 부인이 절로 피신하여 아들을 낳지만 기를 수 없
어 나삼으로 싸고 금채를 넣어 버리게 됨으로써 부부지간, 부모지간

에 이별하게 되지만 결국에는 이들 가족이 우여곡절을 거쳐 상봉하고, 복수하는 것으로 마무리된다.

〈월봉기〉를 보면 대체적인 서사 전개나 주요 등장인물이 〈蘇知縣羅衫再合〉과 유사함을 알 수 있다. 그렇지만, 〈월봉기〉와 〈蘇知縣羅衫再合〉의 서사 전개 상 차이는 〈월봉기〉 이본에 따라 그 정도가 다르다. 등장인물의 이름 역시 그러한데, 여기서 소개하는 〈월봉기〉와 한번 비교해 보자. 주인공을 물속에 밀어 넣은 수적에게서 길러진 아들이 서계조라는 이름으로 살다가 어사가 되고 나서 자신의 진짜 부모를 알게 되고 이름을 바꾸는 것은 동일하게 나타난다. 그런데 주인공의 이름은 소윤, 수적의 이름은 서룡, 서룡의 동생 이름이 서릉인 것 등 발음이나 표기 차이 정도가 다른 경우도 있고 악인과 조력자의 이름이 바뀌거나 혼인 과정의 세부 서술과 같이 좀더 차이가 큰 경우도 있다.

〈월봉기〉와 〈蘇知縣羅衫再合〉의 관계에 대해서는 선행 연구에서 여러 차례 다루어진 바 있다. 그래서 그 유사성이나 차이점에 대해서도 다양한 분석이 이루어졌다 하겠다. 〈蘇知縣羅衫再合〉은 〈월봉기〉라는 작품을 탄생시켰는데, 〈월봉기〉는 이후 소위 옥소류라고 칭하는 작품들을 파생시키기도 하였다. 이는 〈월봉기〉가 가진 대중성이 만들어 낸 새로운 작품들이라고 할 수 있겠다. 〈蘇知縣羅衫再合〉과 관련이 있는 작품은 수적에 의해 이산한 가족이 옥소 등을 매개로 혈연임을 알게 되고 상봉하며 복수한다는 이야기 요소를 공통적으로 지니고 있다.

이 책에서 소개하는 〈월봉기〉는 필사본으로 상, 하로 나뉘어져 있으며, 상권은 36장, 하권은 38장이다. 그런데 맨 마지막 부분에 기록된 바로는 '도합 장은 사십 일장이라.'라 되어 있어 장수가 맞지 않다. 이 책의 필사 시기는 안쪽 표지에 적혀 있는 '신유 정월'을 통해 유추해 볼 수 있다. 〈월봉기〉가 주로 향유된 시기가 19세기 즈음임을 고려해 볼 때 여기 해당되는 신유년으로는 1861년이나 1921년일 것으로 추측된다.

이제 〈월봉기〉의 주요 내용을 살펴보도록 하자.

명나라 탁주 땅에 살던 소운은 과거 급제 후 남계 현령을 제수받아 가던 중 수적 서룡에게 잡힌다. 이때 서룡의 동생 서룽이 형의 행악을 막으려고 소운과 부인을 도와주어 소운은 간신히 죽을 위기를 넘겨 물에 빠지고, 소운의 부인 정씨는 서룡 무리에게 잡혀 갔다 도망한다. 정씨는 암자로 피신하여 아들을 낳지만 키울 수가 없어 아이를 나삼으로 싸고 금봉채를 넣어 대류촌에 버린다. 이때 정씨를 뒤쫓던 서룽이 버려진 아이를 보고 데려다 이름을 제조라 하고 자기 자식으로 기른다.

성장한 제조는 과거에 응시하기 위해 길을 떠나고 탁주에서 자신의 할머니 집에 우연히 거하게 된다. 제조를 보고 자신의 아들 소운을 떠올린 할머니가 나삼을 준다. 제조는 길을 가다 조부의 벗을 만나 자신이 서씨가 아닌 소씨 집안의 사람임을 알게 된다. 과거에 급제한 제조는 왕 상서의 청혼을 받으나 부친의 허락을 받은 후 혼인을 하겠다 하고, 남방 순무어사가 되어 떠난다. 어사로 부임하는 길에서 이전에 만난 노인을 다시 만나고 선단을 받는다.

한편 물에 빠졌던 소윤은 도공의 집에 거하고, 소윤의 동생 소요는 형을 찾으러 남계에 왔다가 자신의 형이 죽은 줄 알고 낙망하여 죽게 된다. 그리고 월봉산에 숨어 있던 정 부인이 새로 부임한 어사에게 자신의 사정을 원정을 올렸다가 그 어사가 서룡의 아들이라는 것을 알고서 놀라서 숨어버린다. 그렇지만 어사는 원정을 올린 이가 자신의 어머니인 줄 알게 되고, 결국 어머니 정 부인, 소윤과 만나게 된다. 소윤 부부와 어사 일행은 락주에 있는 자신의 집에 가서 소윤의 어머니이자 어사의 할머니인 대부인과 조우한다. 소윤과 그 아들은 천자에게 새로운 직첩을 받고 소윤의 아들은 두 부인을 얻는다.

위에 간략히 정리한 내용은 이 책에서 다룬 〈월봉기〉에 바탕한 것으로 이본에 따라 세부적인 서사 전개에 차이가 있다. 여기서 다룬 〈월봉기〉의 경우 다른 이본에 비해 소윤 가족이 만나게 되는 과정에 대한 서술 분량이 많은 편이다. 그리고 소윤의 아들, 즉 서룡의 아들로 산 계조가 자신의 진짜 가족을 만난 후 혼인을 하는 과정에 대한 서술은 비교적 소략하다. 다른 이본에서는 소윤 가족이 서로 만나게 된 후 계조가 두 부인을 얻고, 가문 내에서 겪는 일에 대한 서술이 풍부한 편이다.

〈월봉기〉에서 가장 흥미로운 부분은 소윤이 헤어졌던 자신의 부인, 아들과 재회하는 장면일 것이다. 소윤은 자신에게 아들이 있다는 사실도 모르는 채 오랜 세월을 살고, 부인은 아들을 낳기는 하였으나 자기 손으로 버렸어야 했으며, 소윤의 아들은 버려져서 소윤 부부를 죽이려 했던 원수 서룡의 손에서 자란다는 매우 극적인 상황을 갖고 있기 때문이다. 이러한 우여곡절 끝에 가족이 재회, 상봉한다는 이야기와 친아버지로 알고 자란 이가 사실은 가족의 원수라는 이야기의 반전이 독자에게 흥미를 주었으리라 본다. 가족의 이산과 재회, 그리고 복수의 극적인 내용이 〈월봉기〉가 대중적으로 인기를 누릴 수 있었던 동인이라 할 수 있겠다.

이 책에서 〈월봉기〉의 원문은 자료에 있는 줄의 배치대로 옮겼다. 그러면서 띄어쓰기를 하여 읽기 좋게 하였다. 여기서 다룬 〈월봉기〉는 글씨체가 여러 번 바뀌는데, 잘 알아볼 수 없는 글자들이 종종 있어서 원문을 옮기는 데 어려움이 있었다.

현대어는 원문 배치에 따르면서 원전에 충실하게 표현할 수 있도록 노력하였다. 그렇지만 원문 상으로 앞뒤 연결이 잘 되지 않거나, 어색한 부분들이 있기도 하였고, 글씨 확인이 어려워 알 수 없는 단어들 때문에 의미 파악이 힘든 경우도 있었다. 특히 하권에서 소윤 가족이 상봉하며 인물들이 지난날의 이야기를 요약하여 서술하는 부분은 대화와 사건 서술이 뒤섞여 나오면서 원문에 충실히 옮기기가 어려운 경우가 많았다. 이러한 경우에는 확인이 안 되는 부분, 문맥상 연결되지 않는 부분을 삭제하기도 하고, 문맥상 자연스럽도록 추측하여 옮기기도 하고, 문장을 분절하기도 하였다.

독자께서 이러한 작업의 어려움들을 이해해 주시길 바란다. 그럼에도 불구하고 여전히 현대어로는 어색한 부분들이 꽤 많은데 이는 독자 여러분의 높고 넓은 이해력과 지식으로 해결할 수 있으리라 기대한다. 원문을 옮기고 현대어로 바꾸는 과정에서 오류를 최소화하기 위해 여러 차례 검토하고 수정했으나 여전히 바로잡아야 할 부분들이 남아 있을 것 같다. 옮긴이의 부족함으로 널리 이해해 주시기 바란다. 현대어로 옮긴 부분에서는 한글만으로 의미가 분명하게 전달되지 않는다고 판단되거나 의미 파악에 도움이 된다고 생각한 경우에는 한자를 병기하였고, 생경한 어휘나 한자성어는 미주를 통해 풀이하거나 좀 더 편한 표현으로 바꾸었다.

이 책이 나오기까지 주변에서 여러모로 도와주신 분들께 깊이 감사드린다. 〈월봉기〉를 읽을 수 있게 해 주신 국립한글박물관장님과 관계자 선생님께 감사드린다. 그리고 원문을 함께 읽어 준 서울시립대학교 국어국문학과 대학원의 제자들에게 고마움을 전하고 싶다. 특별히 책을 펴낼 수 있도록 허락해 주신 윤석현 사장님과 책이 잘 만들어질 수 있도록 도와주신 편집진께 감사를 표한다.

서유경

차례

월
봉
기
(상)

월봉긔 상이라

각설 긋쩌은 되명 성화연간인디 탁쥬 쌍의 한 지상이 잇시
되 승은 소요 명은 윤이라 전죠적 이부상서 소한경의 아들이요 공
열
후손 현승의 자손이라 일즉 부친을 여히고 모친 장 부인과 동싱
소위로 더부러 실흥의 봉향ᄒ니 옛날 증삼에게 비기니 사람
이 다 효힝을 잇갈더라 나이 이십 세의 이르러 향시 제일 쎄여 회
시의
오르니 그 학품을 전감[1]ᄒ여 이조에서 금화부 남계혈영을 제슈ᄒ
사 도임ᄒ기을 지촉ᄒ니 윤이 마지못ᄒ여 길을 쩌날식 디부인을
위ᄒ여 즁당의 잔치을 비설ᄒ고 친이 잔을 드러 부인게 현슈[2]ᄒ
고 인ᄒ여 모친을 위ᄒ여 낙츈방 글을 지어 가사의 올여 부인을
위로ᄒ고 동싱 위의 손을 잡고 왈 나난 몸을 나라의 허ᄒ엿기로 이
제 모친 실흥을 쩌나니 어진 동싱은 불초한 형의 이을 본밧지 말
고 혼정실성지절과 가즁 법빅[3]을 착실이 하면 슈히 도라와 사례ᄒ
리

월봉기 상이라

각설. 그때는 대명 성화 연간이라. 탁주 땅에 한 재상이 있으되 성(姓)은 소요, 명(名)은 윤이라. 전조 때 이부상서 소한경의 아들이요, 공렬(功烈) 후손 현성(賢聖)의 자손이라. 일찍 부친을 여의고 모친 장 부인과 동생 소위로 더불어 슬하에 봉양하니 옛날 증삼에게 비겨 사람들이 다 효행을 일컫더라.

나이 이십 세에 이르러 향시(鄕試)에서 제일 빼어나 회시(會試)에 오르니 그 학풍을 전감(前鑑)으로 하여 이조에서 금화부 남계 현령을 제수하사 도임하기를 재촉하더라. 윤이 마지못하여 길을 떠날새 대부인을 위하여 중당에 잔치를 배설하고 친히 잔을 들어 부인께 헌수(獻酬)하고 인하여 모친을 위하여 낙춘방 글을 지어 가사에 올려 부인을 위로하고 동생 위의 손을 잡고 왈

"나는 몸을 나라에 허하였기로 이제 모친 슬하를 떠나니 어진 동생은 불초한 형의 일을 본받지 말고 혼정신성지절(昏定晨省之節)과 가중(家中) 범백을 착실히 하면 수이 돌아와 사례하리라."

라 한듸 요 답왈 가즁법사는 염예치 마르시고 슈로 사이을 무사 득달ᄒ옵

서 치민을 잘ᄒ여 어진 일홈을 조선의 빗늬게 ᄒ옵소서 ᄒ고 인ᄒ여 서로 위로ᄒ며 우의ᄒ난 정이 비할 데 읍더라 슐이 사오 순 빈4) 지닌

미 요 우연5)이 탄식 왈 인싱 비로 한정이 잇시나 형장6)을 서산의 지닌 희을

싱각ᄒ여 슈이 도러오옵소서 ᄒ듸 윤이 ᄯ한 비회을 금치 못ᄒ여 눈물을 ᄲ려 이별ᄒ고 길을 ᄯ여날신 잇ᄯ 윤의 부부 나히 이십이라 선제 소승의 부체와 비복 이십여 명을 다리고 길을 힝ᄒ여 여러

날 만의 장사 ᄯ의 다달나 회사정을 지닐신 동정군 산을 넘어 소상강

한대 요가 답하기를

　"가중(家中) 범사(凡事)는 염려치 마시고 수로(水路) 사이를 무사히 득달(得達)하옵소서. 치민(治民)을 잘하여 어진 이름을 조선에 빛내게 하옵소서."

하고 인하여 서로 위로하며 우애하는 정이 비할 데 없더라. 술이 사오 순배 지나매 요가 우련(優憐)하여 탄식하기를

　"인생이 비록 한정이 있으나 형장(兄丈)은 서산의 지는 해를 생각하여 수이 돌아오옵소서."

한대 윤이 또한 비회(悲懷)를 금치 못하여 눈물을 뿌려 이별하고 길을 떠날새, 이때 윤의 부부 나이가 이십이라. 소생의 부부가 비복 이십여 명을 데리고 길을 행하여 여러 날 만에 장사 땅에 다다라 회사정을 지날새 동정군 산을 넘어 소상강

을 지니여 광능묘의 이르니 이 짱은 초국지경이라 슌 인군이 남슌슈ᄒ

사 창오 뜰의 붕ᄒ시니 이비는 아황 여영이 삼강가의 우름우러 눈물을

쑤려 디입폐 적서시니 이른바 소상반죽이라 구이산의 구름 일코 동정

호의 달리 발고 소상강의 밤이 오고 황능묘의 두견 울 제 무심한 과긱

을 지나 광릉묘에 이르니 이 땅은 초나라 지경이라. 순 임금이 남
순수(南巡狩)하사 창오 들에 붕(崩)하시니 이비(二妃) 아황과 여영
이 상강가에 울음 울어 눈물을 뿌려 댓잎에 적셨으니 이른바 소상
반죽(瀟湘斑竹)이라. 구의산에 구름 일고 동정호에 달이 밝고 소상
강에 밤이 오고 황릉묘에 두견 울 제, 무심한 과객이라.

이라 모 쏘한 한슘짓고 도라가니 진실노 단장지지라 뜻박게 광풍을

만늬여 능히 나어가지 못ᄒ여 힝장을 육지의 날이우고 다른 비을 기다리

더니 잇써 오파구의 사난 슈적 서룡이라 ᄒ난 사람이 산동 왕 셩서집

븨을 가지고 강상의 왕늬ᄒ며 힝인의 지물과 부인의 자식을 보면 가만이 유인ᄒ여 사람을 쥬기고 노략ᄒ여 온지 슈십연간이로되 다른 사람이 몰너 능히 금치 못ᄒ엿더니 이날 남계혈영 일힝의 지물과 시비의 자식을 보고 욕심을 이기지 못ᄒ여 나어가 소윤의게 알외되 이 힝차난 어듸로 가압난지 소인이 이 짱 사람이요 이 빈난 경성

왕 상셔듹 빈라 부즁 공문이 소연[7)]ᄒ옵고 쏘한 소인이 이 짱의서 슈

로을 이익키 아온니 션가 후박은 고사ᄒ고 일힝을 편이 뫼시올 거시니 처분을 기다리나이다 한듸 소윤이 가장 깃거ᄒ여 힝장과 노복

을 거나리고 비의 오르니 즉시 돗틀 글너 써나려 할 지음의 언덕 우

어머니 또한 한숨짓고 돌아가니 진실로 단장지애라.

뜻밖에 광풍을 만나 능히 나아가지 못하여 행장을 육지에 내리고 다른 배를 기다리더니, 이때 오파구에 사는 수적(水賊) 서룡이라 하는 사람이 산동 왕 상서 집의 배를 가지고 강상에 왕래하며 행인의 재물과 부인의 자색을 보면 가만히 유인하여 사람을 죽이고 노략하여 온 지 수십 년간이로되, 다른 사람이 몰라 능히 금치 못하였더니, 이날 남계현령 일행의 재물과 시비의 자색을 보고 욕심을 이기지 못하여 나아가 소윤에게 아뢰되

"이 행차는 어디로 가옵는지요? 소인이 이 땅 사람이요, 이 배는 경성 왕 상서 댁의 배라. 부중 공문이 그러하옵고 또한 소인이 이 땅에서 수로를 익히 아오니 뱃삯의 후박(厚薄)은 고사하고 일행을 편히 모시올 것이니 처분을 기다리나이다."

한대 소윤이 매우 기뻐하여 행장과 노복을 거느리고 배에 오르니 즉시 돛을 끌러 떠나려 할 즈음에 언덕 위로

으로 한 사람이 급피 불너 왈 비을 잠간 머믈나 나도 한가지로 가
리라 한디 서룡이 답 왈 이제 관힝을 뫼시고 절강으로 가난이 비
예 섯군이 유여ᄒ니 그디는 굿틱이 오르지 말고 집을 잘 지키라 한
디 그 사람이 답왈 형장은 너머 말이지 마옵소서 나도 절강의 가
단여

올 이리 잇나이다 ᄒ고 몸을 날녀 선창의 올으니 이 사람은 서룡
의 동ᄉᆡᆼ 서룡이라 천성이 어지러 그 형의 무쌍힝악함을 마암의 이
연ᄒ여 항상 형을 ᄯᅡ러 단이며 쥭기로써 구하더니 이 날 소ᄉᆡᆼ의 일
힝

을 실고 물의 들믈 보고 급피 비의 올나 굿코저 함이라 서룡이
마암의 이연ᄒ나 마지못ᄒ여 막지 못ᄒ더라 이 날 비을 즈허 구혈8)
의 디

히고 쥬효을 너여 겻군을 먹여 왈 오날날 비의 실은 지물도 만
컨이와 장막 속의 부인을 보니 천ᄒ 변국지ᄉᆡᆨ이라 결단코 취
ᄒ여 ᄂᆡ 안ᄒᆡ을 삼으리라 흔디 서룡이 이 말을 듯고 차목함을 이기

한 사람이 급히 불러 왈

"배를 잠깐 머물라. 나도 한가지로 가리라."

한대 서룡이 답 왈

"이제 관행을 모시고 절강으로 가나니 배에 선군(船軍)이 유여
하니 그대는 구태여 오르지 말고 집을 잘 지키라."

한대 그 사람이 답하기를

"형장은 너무 말리지 마옵소서. 나도 절강에 다녀올 일이 있나
이다."

하고 몸을 날려 선창에 오르니 이 사람은 서룡의 동생 서릉이라.

천성이 어질어 그 형의 무쌍 행악함이 마음에 애연하여 항상 형
을 따라 다니며 죽기로써 구하더니 이 날 소생의 일행을 싣고 물에
듦을 보고 급히 배에 올라 구하고자 함이라. 서룡이 마음에 애연하
나 마지못하여 막지 못하더라.

이 날 배를 저어 굴혈에 대이고 주효를 내어 곁꾼을 먹여 왈

"오늘 배에 실은 재물도 많거니와 장막 속의 부인을 보니 천하
경국지색이라. 결단코 취하여 내 아내를 삼으리라."

한대 서릉이 이 말을 듣고 참혹함을 이기지

지 못ᄒ여 늬달나 형의 손을 잡고 간절이 비러 왈 형은 엇지 이런 말삼

을 하나잇가 이 사람이 베살을 갈고 오면 보화 잇시련이와 이제 임소로

가오니 무삼 지물이 잇사오며 그 부인은 범상한 사람이 아니라 반다시

정절을 직키여 죽을 거시니 웃지 형을 섬기잇가 일즉 살히할 ᄯᆞ름이요 하날이 명명이 살피시니 형은 깁피 싱각ᄒ옵소서 서룡이

더로ᄒ여 큰 칼을 ᄲᅨ여 이로더 그더는 다시 말을 말나 늬 과연 지물

만 탐ᄒ미 아니라 네 아지미 죽은 후로 가중 범사을 믹길 사람이 읍던니 오날날 이 사람을 만너문 반다시 하나리 인도ᄒ시미라 너난

고집되이 말유치 말나 서룡이 다시 죽기로써 간청ᄒ거널 죠삼용 등이 설응 형제 실난함을 보고 가만이 눈쥬어 왈 소장군의 말이 올토다 사람이야 이런 일을 힝하리요 ᄒ며 우리난 절단코 이런 적불선9)을 힝치 안이 하리라 한더 서룡이 그 사람의 눈치을

못하여 내달아 형의 손을 잡고 간절히 빌어 왈

"형은 어찌 이런 말을 하나이까? 이 사람이 벼슬을 갈고 오면 보화가 있겠으나 이제 임소로 가오니 무슨 재물이 있사오며, 그 부인은 범상한 사람이 아니라. 반드시 정절을 지켜 죽을 것이니 어찌 형을 섬기리까? 일찍 살해할 따름이요, 하늘이 명명히 살피시니 형은 깊이 생각하옵소서."

서룡이 대로(大怒)하여 큰 칼을 빼며 이르되

"그대는 다시 말을 말라. 내 과연 재물만 탐함이 아니라. 네 형수가 죽은 후로 가중 범사를 맡길 사람이 없더니, 오늘 이 사람을 만남은 반드시 하늘이 인도하심이라. 너는 고집스레 만류하지 말라."

서릉이 다시 죽기로써 간청하거늘 조삼용 등이 서릉 형제가 실랑이하는 것을 보고 가만히 눈짓하여 왈

"소장군의 말이 옳도다. 사람으로서 어찌 이런 일을 행하리오?"
하며

"우리는 결단코 이런 적불선(積不善)을 행치 아니 하리라."
한대 서룡이 그 사람의 눈치를

알고 도로여 위여 왈 닌들 웃지 동싱의 마을 모로이료만는
이른바 꽃 탐한 나부와 갓타여 기과할 쥴을 몰너더니 그더 등의 말
이 이러틋 칙흐니 니 혼자 웃지 불예을 횡흐이료 맛참너 힝
차을 절강의 뫼신 후의 선가나 후이 바다 그더과 노후리라 흐고 인
흐여 슐을 부어 서룽을 권흐니 서룽은 본더 인후한 사람이
라 마암의 깃부을 이기지 못하야 슐잔을 노흐며 형을 치사흐고 언
덕
을 이지흐여 잠을 일울시 잇써 날이 저물고 밤이 깁푸미 소
싱의 일힝이 서룽의 흉계을 모로고 선즁의 휘장을 치고 촉불
을 발키고 밤을 지닐시 신여는 장막의 드러잇고 소싱 부체는 장막
안의 쉬고저 흐더니 잇써예 서룽이 비을 글너 경각간의 황천 쌍의
다다른니 이 쌍은 사면 산이 둘너 인적이 고요흐고 비마당 다 서
룽의 당유라 서룽이 가만이 비을 물가의 되히고 일시예 적당

알고 도리어 외쳐 왈

　"낸들 어찌 동생의 말을 모르리오만은 이른바 꽃을 탐한 나비와 같아 개과할 줄을 모르더니 그대 등의 말이 이렇듯 책하니 나 혼자 어찌 비례(非禮)를 행하리오. 마침내 행차를 절강에 모신 후에 선가(船價)나 후히 받아 그대와 나누리라."

하고 인하여 술을 부어 서룡을 권하니 서룡은 본래 인후한 사람이라. 마음에 기쁨을 이기지 못하여 술잔을 놓으며 형을 치사하고 언덕을 의지하여 잠을 이룰새 이때 날이 저물고 밤이 깊으매 소생의 일행이 서룡의 흉계를 모르고 선중에 휘장을 치고 촛불을 밝히고 밤을 지낼새, 시녀는 장막에 들어있고 소생 부처는 장막 안에서 쉬고자 하더라. 이때에 서룡이 배를 끌러 경각간에 황천 땅에 다다르니, 이 땅은 사면에 산이 둘러 인적이 고요하고 배마다 다 서룡의 당류라. 서룡이 가만히 배를 물가에 대이고 일시에 적당(賊黨)을

을 비의 올엿난지라 잇쩌의 서룡이 미처 잠을 쩌지 못ㅎ엿던니
들늬난 소릐예 쩌난지라 이적의 소셩이 선창의서 잠을 이루더니
들닉물 듯고 놀너 쩌다른니 조삼용 등을 한칼노 버혀 물의 던지
면 디효 왈 너히난 나의 군사라 영을 거사리니 웃지 죽기을 면ㅎ리
요 ㅎ난

소릐 선즁이 요란ㅎ더니 이윽ㅎ여 한 도적이 칼을 들고 지처 드러
오

니 이난 서룡이라 창황즁 선즁 일힝이 미처 이지 못ㅎ고 창금의 견
듸지

못ㅎ여 머리와 슈족이 각각 쩌러지고 나문 신여는 장막 속의 싸이
여 갈 고즐

구하거널 도적덜이 그 자식을 보고 흠모ㅎ여 죽이지 안이하고 각
각 취

체코저 한디 서룡이 큰 돗치을 들고 선두의 놉픠 서서 좌우을 도라
보

며 왈 그러치 안이하다 이 맘의 탐하난 바는 다만 한 부인이라 ᄯᅩ
한 지물이니

이제 여러 목슘을 살여 쥬면 타일의 흔적이 누설할 거시니 웃지 후
한을 면ㅎ리요 ㅎ고 다시 도치을 드러 제 당유을 버혀 닉치니 어
엿쑤

배에 올렸는지라. 이때에 서룡이 미처 잠을 깨지 못하였더니 들리는 소리에 깨는지라.

이때에 소생이 선창에서 잠을 이루더니 들렘을 듣고 놀라 깨달으니 조삼용 등을 한칼로 베어 물에 던지면서 크게 소리 지르기를

"너희는 나의 군사라. 영을 거스르니 어찌 죽기를 면하리오."

하는 소리에 선중이 요란하더니 이슥하여 한 도적이 칼을 들고 지쳐 들어오니 이는 서룡이라. 창황 중 선중 일행이 미처 일어나지 못하고 창검에 견디지 못하여 머리와 수족이 각각 떨어지고 남은 시녀는 장막 속에 싸이어 갈 곳을 구하거늘 도적들이 그 자색을 보고 흠모하여 죽이지 아니하고 각각 취처코자 한대 서룡이 큰 도끼를 들고 선두에 높이 서서 좌우를 돌아보며 왈

"그렇지 아니하다. 이 마음에 탐하는 바는 다만 한 부인이라. 또한 재물이니 이제 여러 목숨을 살려 주면 다른 날에 흔적이 누설될 것이니 어찌 후환을 면하리오."

하고 다시 도끼를 들어 제 당류를 베어 내치니 불쌍하다!

다 저 사람의 현용은 놀너난 필을 무릅서 물결을 좃차 잠기
고 이원한 혼빅은 칼날을 짜라 씨러지고 오즉 윤의 안희 증씨만 잔
명을
보존ㅎ여 타일 원슈을 갑고 부귀을 누일 양으로 하날과 귀신이 명
박
키 살펴섯도다 잇써 중 부인이 불이지변을 보시고 창망을 헷치
고 물의 쒸여 들고저 ㅎ거널 소윤이 급피 붓드러 오며 서룡 압폐
쑤
러 안저 비러 왈 선중의 금빅보화난 다 가지고 다만 우리 두 사람
의 잔
명을 보존ㅎ시기을 바러나이다 군은 널이 싱각ㅎ소서 한디 서룡
이 칼을 잡고 워여 왈 오날날 널을 살이기난 진실노 여렵도다 ㅎ
고 도치을 드러 치고자 한디 증씨 바양으로 윤을 붓들고 비난 거동
은
천지와 귀신이 작키 감동할너라 서룡이 증씨의 화용을 보민
정신이 놀납고 혼빅이 황난ㅎ여 슈족이 자연 풀여 소윤을 치고
저 ㅎ나 혹 모진 칼날이 증씨의게 밋칠가 저허하여 사람으로 히

저 사람의 형용은 놀라는 팔을 무릅써 물결을 쫓아 잠기고 애원한 혼백은 칼날을 따라 쓰러지고 오직 윤의 아내 정씨만 잔명을 보존하여 다른 날 원수를 갚고 부귀를 누릴 양으로 하늘과 귀신이 명백히 살피셨도다.

이때 정 부인이 불의지변을 보시고 창망을 헤치고 물에 뛰어 들고자 하거늘 소윤이 급히 붙들어 오며 서룡 앞에 꿇어 앉아 빌어 왈

"선중의 금백 보화는 다 가지고 다만 우리 두 사람의 잔명을 보존하시기를 바라나이다. 군은 널리 생각하소서."

한대 서룡이 칼을 잡고 외쳐 왈

"오늘 너를 살리기는 진실로 어렵도다."

하고 도끼를 들어 치고자 한대 정씨가 백양(百樣)으로 윤을 붙들고 비는 거동은 천지와 귀신이 작히 감동할러라. 서룡이 정씨의 화용을 보매 정신이 놀랍고 혼백이 혼란하여 수족이 자연 풀려 소윤을 치고자 하나 혹 모진 칼날이 정씨에게 미칠까 저어하여 사람으로 하여금

여곰 증씨을 옴긴 후의 윤을 죽이이라 ᄒ고 쥬제ᄒ더니 문득 한 사
람이 쒸여 비예 오르며 셔룡을 안고 이르되 형은 니게 임의 허락ᄒ
엿거날 엇지 차마 못할 일을 힝ᄒ난잇가 셔룡이 이르되 오날날
사세난 독을 보아 쥐을 못친다10)던이 실노 그러ᄒ도다 ᄒ고 다시
가로

ᄃ 그ᄃ의 말을 좃고져 ᄒ나 타일의 여러 사람의 승명을 보전치 못
ᄒ리니 절단코 살이지 못ᄒ리로다 손을 노ᄒ라 한ᄃ 셔룡이 붓들
기

을 심이 ᄒ여 급피 이르되 형이 굿퇴여 사람을 죽이자 할진ᄃ 차알
이

물의나 던저 절노 ᄒ여금 신체 온전케 못함이 웃더하이잇가 잇쪄
모든

도젹이 비가의 들러 ᄌ분 창금이 셔리갓타야 져의 유의도 상희ᄒ
미 잇는지라

셔룡이 셔능다려 일으되 니 그ᄃ 마을 쏘츠 칼로는 상키 안이홀 거
시니

손을 노으라 셔능이 답 왈 손의 도치을 노ᄒ면 쏘ᄒ 손을 노ᄒ이
ᄃ ᄒ니 셔룡이 돗치을 바리고 소윤을 힝ᄒ여 왈 도치로쎠 너을

정씨를 옮긴 후에 윤을 죽이리라 하고 주저하더니 문득 한 사람이 뛰어 배에 오르며 서룡을 안고 이르되

"형은 내게 이미 허락하였거늘 어찌 차마 못할 일을 행하나이까?"

서룡이 이르되

"독을 보아 쥐를 못 친다더니 오늘 사세는 실로 그러하도다."

하고 다시 가로되

"그대의 말을 좇고자 하나 타일에 여러 사람의 성명을 보전치 못하리니 결단코 살리지 못하리로다. 손을 놓으라."

한대 서릉이 붙들기를 심히 하여 급히 이르되

"형이 구태여 사람을 죽이려 할진대 차라리 물에나 던져 저로 하여금 신체를 온전케 함이 어떠하니까?"

이때 모든 도적이 배의 가에 둘러 잡은 창검이 서리 같아 저의 동류도 상해함이 있는지라.

서룡이 서릉더러 이르되

"내가 그대 말을 좇아 칼로는 상치 아니할 것이니 손을 놓으라."

서릉이 답하기를

"손에 든 도끼를 놓으면 나 또한 손을 놓으리다."

하니 서룡이 도끼를 버리고 소윤을 향하여 왈

"도끼로 너를

죽일려 흐엿더니 니 아위 말이 잇기로 노흐나 절막흐여 물의
너흐니 원치 말나 흐고 혀 비즌의 니칠시 증씨 면져 물의
쮜여 들랴 흐거날 셔룡이 나난다시 쮜여 니달나 증씨를 붓들어
드리며 셔룡을 도라보며 왈 그디는 급피 져동흔 몸을 물의 너흐라
흔디 셔룡이 가만이 민 것슬 늣츄고 쇼윤을 안고 비 머리에 나려가
하날을 우르려 통곡흐고 일오되 그디난 스롬을 원하게 말고 흐날
을 탄

흐라 셜마 엇지 죽기에 일으리요 흐며 눈물을 흘이며 밀쳐 물의 너
흐니라

셔룡이 쇼윤의 몸이 물에 쩌가믈 보고 디히하여 증씨를 잇끌고 션
충에 들어

가 몸을 노흐로 얼거 수죡을 임으로 씨지 못하게 흐니 증씨 죽고
십흐나

게교 읍더라 잇써 도적의 무리를 거나리고 집으로 도라올시 황천
쌍에셔

셔룡 샤난 오파구가 일빅 오심니라 흐날이 도적을 돕넌듯 날이 발
그면

발람이 슌흐며 발셔 오파구의 디헛더라 셔룡이 집에 도려와 치쉭
흔 교쟈를

죽이려 하였더니 내 아우의 말이 있기로 줄로 결박하여 물에 넣으니 원망치 말라."

하고 끌어 뱃전에 내칠새 정씨가 먼저 물에 뛰어 들려 하거늘 서룡이 나는 듯이 뛰어 내달아 정씨를 붙들어 들이며 서릉을 돌아보며 왈

"그대는 급히 저 동인 몸을 물에 넣으라."

한대 서릉이 가만히 맨 것을 늦추고 소윤을 안고 배 머리에 내려가 하늘을 우러러 통곡하고 이르되

"그대는 사람을 원망하지 말고 하늘을 탄하라. 설마 어찌 죽기에 이르리오."

하며 눈물을 흘리며 밀쳐 물에 넣으니라.

서룡이 소윤의 몸이 물에 떠가는 것을 보고 대희(大喜)하여 정씨를 이끌고 선창에 들어가 몸을 노로 얽어 수족을 임의로 쓰지 못하게 하니 정씨가 죽고 싶으나 계교가 없더라.

이때 도적의 무리를 거느리고 집으로 돌아올새 황천 땅에서 서룡이 사는 오파구가 일백오십 리라. 하늘이 도적을 돕는 듯 날이 밝으면 바람이 순하며 벌써 오파구에 닿았더라. 서룡이 집에 돌아와 채색한 교자를

쑤며 시비로 ᄒ여곰 증씨를 뫼시게 ᄒ며 츄파라 ᄒ는 게집을 명ᄒ
며 왈 증씨

를 뫼셔더가 별당의 안보ᄒ고 죠흔 말로 달니여 순죵ᄒ게 ᄒ면 맛
당이

살려 보니려니와 만일 그럿치 못ᄒ면 너를 죽이리라 츄파 영을 듯
고 증씨를

별당으로 뫼시고 슈를 너여 위로코쟈 ᄒ거늘 증씨 디로ᄒ여 쟌을
들어 츄

파를 치며 왈 너난 샤롬을 모르고 로류쟝화갓치 역여 술로셔 권ᄒ
니

술을 남즈의게 맛당ᄒ거든 너게 디졉 도리가 올치 안타ᄒ고 즈결
코져

ᄒ나 ᄒ치만ᄒ 밀거시 업셔 지동에 멀이를 붓쳐 죽고져 ᄒ되 츄파
모든 시녀로 더부러쓰니 ᄒ갓 가슴만 두다리고 톡곡홀 다른미러라
츄파

심중 그 차목홈을 이기지 못ᄒ여 눈물을 스사로 금치 못ᄒ나 것ᄒ
로 샤롬을 두려워 가만니 증씨게 말ᄒ며 왈 쟈낭 이 지경에 당ᄒ야
쥬인의 쓰을 쫏치 아니하고 쟝챠 엇지ᄒ랴 ᄒ난잇가 샤람의 명이
아참 이실

갓트니 썰터읍시 고집말고 남즈의 소원디로 쫏치면 몸이 맛도록 금

꾸며 시비로 하여금 정씨를 모시게 하며 추파라 하는 계집에게 명하며 왈

"정씨를 모셔다가 별당에 안보하고 좋은 말로 달래어 순종하게 하면 마땅히 살려 보내려니와 만일 그렇지 못하면 너를 죽이리라."

추파가 명령을 듣고 정씨를 별당으로 모시고 술을 내어 위로하고자 하거늘 정씨가 대로하여 잔을 들어 추파를 치며 왈

"너는 사람을 모르고 노류장화같이 여겨 술로서 권하니 술은 남자에게 마땅하거든 내게 대접하는 도리가 옳지 않다."

하고 자결하고자 하나 한 치라도 맬 만한 것이 없어 기둥에 머리를 부딪쳐 죽고자 하되 추파가 모든 시녀와 함께하니 한갓 가슴만 두드리고 통곡할 따름이더라. 추파가 심중에 그 참혹함을 이기지 못하여 눈물을 스스로 금치 못하나 겉으로는 사람을 두려워하여 가만히 정씨에게 말하며 왈

"낭자는 이 지경을 당하여 주인의 뜻을 좇지 아니하고 장차 어찌하려 하나이까? 사람의 명이 아침 이슬 같으니 쓸데없이 고집 말고 남자의 소원대로 좇으면 몸이 맞도록

이옥식의 지닐 거시니 혓도이 불으지져 톡곡지 말고 집히 싱각ᄒ
옵소서 이처럼 톡곡ᄒ나 어는 ᄉ롬이 ᄎᄌ오면 몸을 바려 황천의
도러간들

무삼 유익홈이 잇씨릿가 증씨 ᄒᆫ 말도 못ᄒ고 다만 눈물만 흘려 이
통ᄒ더라 잇써 셔룡이 당유를 거날이고 비의 올너가 쇼윤의 행쟝
을

니여 강변의 ᄲ리니 금은보비와 예복 처단이 슈만금에 지닌니 셔
룡이 샴분

ᄒ여 한 분은 모도 도격을 쥬고 쏘 한 목은 지가 ᄎ지고 쏘 할 목은
증 부

인을 쥬려 ᄒ더라 유독 셔릉이는 노ᄒ난 디 추호도 법치 아니하니
이 ᄉ롬은 본디 격유의 뜻지 읍시미 셔룡도 감히 논으어 주지 못ᄒ
더

라 잇써 셔룡이 샬진 쇠를 만히 잡아 모든 도격을 먹여 일오디 오
날 셔

룡이 고운 부ᄉ 으듬을 경ᄒᄒ난지라 셔릉이 항샹 그 형의 불인홈
을

말유ᄒ되 셔룡이 기과치 아니ᄒ민 증씨의 쟌잉홈을 임으로 말이지
못

홀지라 좌중에 참예ᄒ여 쥬육을 혼가지로 ᄒ니 다는 싱각이 읍서

금의옥식으로 지낼 것이니 헛되이 부르짖어 통곡하지 말고 깊이 생각하옵소서. 이처럼 통곡하나 어느 사람이 찾아오며, 몸을 버려 황천에 돌아간들 무슨 유익함이 있으리까?"

정씨가 한 마디도 못하고 다만 눈물만 흘리며 애통하더라.

이때 서룡이 당류를 거느리고 배에 올라가 소윤의 행장을 내어 강변에 뿌리니 금은보배와 예복 채단이 수만금에 지나 서룡이 삼분하여 한 몫은 모두 도적을 주고 또 한 몫은 자기가 차지하고 또 한 몫은 정 부인을 주려 하더라. 유독 서룡은 나누는 데에 추호도 범치 아니하니 이 사람은 본래 적류(賊類)의 뜻이 없으매 서룡도 감히 나누어 주지 못하더라.

이때 서룡이 살찐 소를 많이 잡아 모든 도적을 먹여 이르되

"오늘 서룡이 고운 부인 얻음을 경하하는지라."

서룡이 항상 그 형의 불인함을 만류하되 서룡이 개과치 아니하매 정씨의 자닝함을 임의로 말리지 못할지라. 좌중에 참예하여 주육을 한가지로 하니 다른 생각이 없어

일편 마음의 다만 증씨을 인도ᄒ야 살 고즐 갈으쳐 보니

이라 ᄒ더이 날이 임의 황혼이라 셜용이 한 계교을 싱각ᄒ고 말

ᄒ여 왈 오날 만은 금은을 으더 분급홈이 공평하되 홀노 니

게 밋지 안이함은 웃지미요 ᄒ거날 서룡이 제 아위 금빅 달나미 공

슌함을 듯고 터히하여 왈 현제 미양 우리 이렷틋 함을 드러이 여기

미 감이 쥴

이사을 두지 못ᄒ엿더니 만일 가지고자 할진딘 니 웃지 옥기리요

서룡이

답왈 별노 씰더 읍스나 오십금만 쥬기을 바러난이다 셔룡이 즉시

금빅

을 니여 쥬거날 셔룡이 바다 간슈하고 큰 잔으로 독한 술을 가득

부어 들고

형의 압폐 나어가 ᄭᄭ우러 안져 드인디 셔룡이 황망이 바드며 공경ᄒ

여 이으되 아

위 오날날 이엇트시 관디훈용 셔룡이 왈 간밤의 형의 ᄯ즐 과이 어

기엿사온이 맛당이 죄스코져 ᄒ온이 쇼졔의 죄과을 용서ᄒ올

진딘 드리난 술을 사양치 마

옵소서 셔룡이 비록 마암이 약한 스롭이나 형졔간 화목지 못ᄒ

던이 오날 동

일편(一片) 마음에

'다만 정씨를 인도하여 살 곳을 가리켜 보내리라.'

하더니 날이 이미 황혼이라. 서룽이 한 계교를 생각하고 말하여 왈

"오늘 많은 금은을 얻어 분급함이 공평한데 나만 홀로 맡기지 아니함은 어찌된 일이오?"

하거늘 서룡이 제 아우가 금백을 달라함이 공순함을 듣고 대희하여 왈

"아우가 매양 우리가 이렇듯 함을 더럽게 여기매 감히 줄 의사를 두지 못하였더니 만일 가지고자 할진대 내 어찌 아끼리오."

서룽이 답 왈

"별로 쓸데없으나 오십 금만 주기를 바라나이다."

서룡이 즉시 금백을 내어 주거늘 서룽이 받아 간수하고, 큰 잔으로 독한 술을 가득 부어 들고 형의 앞에 나아가 꿇어 앉아 드린대 서룡이 황망히 받으며 공경하여 이르되

"아우가 오늘 이렇듯이 관대하뇨?"

서룽이 왈

"간밤에 형의 뜻을 과히 어기었사오니 마땅히 죄사코자 하오니 소제의 죄과를 용서할진대 드리는 술을 사양치 마옵소서."

서룡이 비록 마음이 악한 사람이라도 형제간 화목하지 못하여 아쉬웠더니 오늘 동생의

셩의 온공흠을 보고 못니 깃거ᄒ며 술잔을 순순이 바다 마슨이 죄우의 모든

젹유가 다 그 형졔간 공슌ᄒ믈 보고 다 깃거ᄒ야 일여나 잔을 자부며 왈 오날날 장

군이 시로이 어진 부인을 으든이 장군의 문효의 빈난 경사요 우리게 쏘흔 당힝흔

빈라 웃지 길겁지 안이ᄒ이요 각각 잔을 들어 셔룡 앞페 나소온이 셔룽이 임의

디취흔지라 졍신을 거두지 못ᄒ여 잘리의 누어 잠을 깁피 들미 모

든 도젹도 취ᄒ여 각각 도러간이라 이쩌 셔룽이 틈을 으더 부인 게신 방

문으로 드어간이 지반 사람이 다 자고 오즉 졍당의 초불 그림지 발거난지라

셔룽이 창박긔 나어가 가만이 흔 계교을 드은이 추파 증씨을 디하여 일

변 쥬인의계 순종하게 달니고 쏘 도망할 고지 읍시믈 말ᄒ고 쏘

문왈 부인이 일엇틋 쓰즐 증ᄒ여 죽기을 가여이 여길 진딘 웃지 비

가온디셔 몸을 맛치 못ᄒ고 이곳데 왓씨리요 증씨 울면 디답 왈

니 웃지 살기을 탐ᄒ여 이고디 왓씨리요 쥬글 틈을 웃지 못ᄒ여

온공함을 보고 못내 기뻐하며 술잔을 순순히 받아 마시니 좌우의 모든 적류가 다 그 형제간 공순함을 보고 다 기뻐하여 일어나 잔을 잡으며 왈

"오늘 장군이 새로이 어진 부인을 얻으니 장군 문호의 빛난 경사요, 우리에게 또한 다행한 바라. 어찌 즐겁지 아니하리오."

하고 각각 잔을 들어 서룡 앞에 나아오니 서룡이 이미 대취한지라. 정신을 거두지 못하여 자리에 누워 잠을 깊이 들매 모든 도적도 취하여 각각 돌아가니라.

이때 서룡이 틈을 얻어 부인 계신 방문으로 들어가니 집안사람이 다 자고 오직 정당의 촛불 그림자만 밝았는지라. 서룡이 창밖에 나아가 가만히 한 계교를 들으니 추파가 정씨를 대하여 일변 주인에게 순종하게 달래고 또 도망할 곳이 없음을 말하고 또 묻기를

"부인이 이렇듯 뜻을 정하여 죽기를 가벼이 여길진대 어찌 배 가운데서 몸을 마치지 못하고 이곳에 왔으리오."

하니 정씨가 울면서 대답하기를

"내 어찌 살기를 탐하여 이곳에 왔으리오? 죽을 틈을 얻지 못하여

함이라 이졔 목숨 근키가 경각의 잇난지라 죠곰도 두러옴이 읍써
나 다만 가군 일즉 혈육지치미 읍고 쳡이 잉틱훈지 임의 구쇡이라
아못커나 구츠
훈 잔명을 잠간 보존ᄒ여 복즁의 가친 자식을 나어 쳔힝으로 소
씨의 디을 쓴치 말가 ᄒ나 엇지 바러리요 츄파 울며 알외되 낭자의
경상이 진실노 참혹ᄒ도다 쳡도 본디 이 도젹의 집 사람이 안이라
비을
건너더가 도젹의게 잡핀비 되여 스사로 죽지 못ᄒ고 이 몸이 되엿
나이 웃지
물욕을 귀히 여기여 이고디 마음을 일각인들 진정하리요 이졔난
낭자을
모셔 동싱ᄒ고져 하난이 도젹의 집이 극키 집고 문과 담이 **쳡쳡ᄒ**
여
각각 직히난 놈이 잇씨이 엇지 도망하기을 바러이요 이갓치 자탄
할
지음의 창문 박게셔 듯더가 두 부인의 말리 시미 가긍한지라 문득
문을
열고 드러간이 증씨 놀니여 넉시 읍셔 업터지고 츄파 쏘훈 기졀ᄒ
여 인사을
차리지 못ᄒ거날 셔룽이 그 경셩을 보고 슬푸을 이기지 못ᄒ여 말

그러함이라. 이제 목숨 끊기가 경각에 있는지라. 조금도 두려움이 없으나 다만 가군이 일찍이 혈육지친(血肉之親)이 없고 첩이 잉태한 지 이미 구 개월이라. 아무렇게나 구차한 잔명을 잠깐 보존하여 복중에 가진 자식을 낳아 천행으로 소씨의 대를 끊지 않을까 하나 어찌 바라리오."

하니 추파가 울며 아뢰되

"낭자의 경상이 진실로 참혹하도다. 첩도 본래 이 도적의 집 사람이 아니라. 배를 건너다가 도적에게 잡힌바 되어 스스로 죽지 못하고 이런 몸이 되었나니 어찌 물욕을 귀히 여기어 이곳에 마음을 일각인들 진정하리오. 이제는 낭자를 모셔 함께 살고자 하나니 도적의 집이 극히 좁고 문과 담이 첩첩하여 각각 지키는 놈이 있으니 어찌 도망하기를 바라리오."

이같이 자탄할 즈음에 서릉이 창문 밖에서 듣다가 두 부인의 말이 심히 가긍한지라. 문득 문을 열고 들어가니 정씨가 놀라 넋이 없어 엎어지고 추파 또한 기절하여 인사를 차리지 못하거늘 서릉이 그 경상을 보고 슬픔을 이기지 못하여

삼을 나즉이 하여 왈 두 부인은 놀닉지 마으시고 기운을 진정ㅎ
ㅎ여 나을 보옵소서 증씨 게우 정신을 차려 살펴본이 션창의셔 보
던 셔룡이라 그 본심이 어짐을 보엇씨미 잠간 마암을 진정ㅎ고 추
씨 쏘 그 사람의 쯔

즐 아난지라 마암을 진정하여 일어 안지이 셔룡이 증씨와 추씨의
신셰을싱각하고 눈물을 흘이며 왈 부인 경상이 져러틋 차목ㅎ시이
니 죽기

로써 인도할 거시니 앗게 부인 말삼디로 피ㅎ랴거든 늬 형이 안즉
슬이

씨기 전의 두 부인은 비록 깁푼 밤이라도 쌀이 가시면 이 동곡 오
십

이을 갈 거시니 그리ㅎ오면 환을 면ㅎ오리이다 두 부인의 싱각이
읏쩌

ㅎ신잇가 증씨 이 말을 드르믜 감격ㅎ물 이기지 못ㅎ여 이러나 빅
비

사례 왈 그디 우리로 하여금 이다시 인도ㅎ시니 남여유별은 고사
ㅎ고

그듸는 늬 짓친의 더할 쑨더러 천ㅎ의 드문 사람이로다 ㅎ고 서로
디

ㅎ여 슬피 통곡ㅎ니 셔룡이 왈 쌈간 차무소서 사세가 급ㅎ니 쌀이

말씀을 나직이 하여 왈

"두 부인은 놀라지 마시고 기운을 진정하여 나를 보옵소서."

정씨가 겨우 정신을 차려 살펴보니 선창에서 보던 서릉이라. 그 본심이 어짊을 보았으매 잠깐 마음을 진정하고 추씨 또한 그 사람의 뜻을 아는지라. 마음을 진정하여 일어나 앉으니 서릉이 정씨와 추씨의 신세를 생각하고 눈물을 흘리며 왈

"부인 경상이 저렇듯 참혹하시니 내 죽기로써 인도할 것이니 아까 부인 말씀대로 피하려거든 내 형이 아직 술이 깨기 전에 두 부인은 비록 깊은 밤이라도 빨리 가시면 이 동곡 오십 리를 갈 것이니 그리하오면 환을 면하오리이다. 두 부인의 생각이 어떠하시니까?"

정씨가 이 말을 들으매 감격함을 이기지 못하여 일어나 백배사례 왈

"그대가 우리로 하여금 이다지 인도하시니 남녀유별은 고사하고 그대는 내 지친보다 더할 뿐더러 천하에 드문 사람이로다."

하고 서로 대하여 슬피 통곡하니 서릉이 왈

"잠깐 참으소서. 사세가 급하니 빨리

쩌나라 ᄒ거널 증씨 식각ᄒ되 아모듸로 갈 쥴을 몰나 눈물만 흘이니 츄파 그 쓰즐 알고 왈 부인이 이제 문박의 나가오면 어듸로 힝하오

릿가 첩이 부인과 한가지로 가사이다 증씨 더옥 감격ᄒ여 한가지로 서릉을 짜라 후창 북문을 나서 동곡을 힝ᄒ니 만슈천산이 길을 가리

왓시미 경식을 층양치 못할너라 서릉이 간슌하엿던 은ᄌ 오십 양을 뒤려 왈 이거시 도적의 드러운 지물이 안이와 부인 듸 힝즁 지물이라

가저더가 일시 힝지나 봇터소서 ᄒ며 북역크로 큰 산을 가르치며 왈 부

듸 져 산을 밤즁이라도 득달하소서 잠든 형이 츠자 간다 ᄒ오면 말이지 못하런이와 나을 보닉여 차지라 ᄒ면 죽기로써 두 부인을 구안

ᄒ인이다 ᄒ고 연만이 도러가거날 두 부인이 절ᄒ고 치사ᄒ고 침침치야의 갈 길이 망연하여 일변 싱각한즉 듸로로 가다거난 츄종도 잇실거시요

사람도 만닐 듯 ᄒ여 바리고 유격훈 길노 촌촌전지ᄒ여 이십 여일을

떠나시라."

하거늘 정씨가 생각하되 아무데로 갈 줄을 몰라 눈물만 흘리니 추파가 그 뜻을 알고 왈

"부인이 이제 문밖에 나가오면 어디로 행하오리까? 첩이 부인과 한가지로 가사이다."

정씨가 더욱 감격하여 한가지로 서릉을 따라 후창 북문을 나서 동곡을 행하니 만수천산이 길을 가렸으매 경색을 칭량치 못할러라.

서릉이 간수하였던 은자 오십 양을 드려 왈

"이것이 도적의 더러운 재물이 아니라 부인 댁 행중 재물이라. 가져다가 일시 행자나 보태소서."

하며 북녘으로 큰 산을 가리키며 왈

"부디 저 산을 밤중에라도 득달하소서. 잠든 형이 찾아 간다 하오면 말리지 못하려니와 나를 보내어 찾으라 하면 죽기로써 두 부인을 구원하리이다."

하고 완만히 돌아가거늘 두 부인이 절하고 치사하고 침침칠야 (沈沈漆夜)에 갈 길이 망연하여 일변 생각한즉 대로로 가다가는 추종도 있을 것이요, 사람도 만날 듯하여 버리고, 유벽(幽僻)한 길로 촌촌전진하여 이십 여일을

게우 힝흔이 증씨는 죽기을 위흐미 발리 압푼 줄 모로고 추씨난 바리 압

파 촌부을 옴기지 못흐야 수풀 속의 숨던이 추씨 증씨의 손을 자고 울면 왈 첩이 부인의 정성을 감동흐여 죽기을 물읍씨고 이졔 도망흐문 후사을 잉을가 홈인이 첩은 이졔 발리 압파 촌보을 글지 못흐온

이 만일 나리 발그면 도적이 차질 거신이 성각건딘 첩이 부인을 유인홈

인이 첩이 쥬그면 관게치 안이하온이 부인은 첩을 성각지 말고 쌜이 가옵소셔 타일의 소원을 일우소셔 증씨 눈물을 흘이고 왈 그딘의 어진 마암이 부귀 바리고 이졔 도적의 집의 일을러 이졔 환을 면치 못할

거신이 니 웃지 그딘을 바리고 갈이요 츄씨 답왈 이졔 부인을 이별하오

면 다시 보기 어려온이 부인 본드시 신을 박구어 쥬소셔 증씨 그 쓰즐 아지 못흐

고 이별할시 신을 벼셔 쥬고 두어 거름의 도라본이 츄씨 신을 버셔 예정 못

가의 눗코 물의 쒸여 들거날 증씨 망극흐여 급피 가본이 발셔 흐일 읍난

겨우 행하니 정씨는 죽기를 위하매 발이 아픈 줄 모르고 추씨는 발이 아파 촌보를 옮기지 못하여 수풀 속에 숨더니 추씨가 정씨의 손을 잡고 울면서 왈

"첩이 부인의 정성에 감동하여 죽기를 무릅쓰고 이제 도망함은 후사를 이을까 함이나 첩은 이제 발이 아파 촌보를 걷지 못하겠나이다. 만일 날이 밝으면 도적이 찾을 것이나 생각건대 첩이 부인을 유인함이니 첩이 죽으면 관계치 아니하오니 부인은 첩을 생각지 말고 빨리 가옵소서. 타일에 소원을 이루소서."

정씨가 눈물을 흘리고 왈

"그대의 어진 마음이 부귀를 버리고 도적의 집에 이르러 이제 환을 면치 못할 것이니 내 어찌 그대를 버리고 가리오."

추씨가 답하기를

"이제 부인을 이별하오면 다시 보기 어려우니 부인은 반드시 신을 바꾸어 주소서."

정씨가 그 뜻을 알지 못하고 이별할새 신을 벗어 주고 두어 걸음에 돌아보니 추씨가 신을 벗어 옛 정 못가에 놓고 물에 뛰어 들거늘 정씨가 망극하여 급히 가보니 벌써 하릴없는지라.

지라 실품을 이기지 못하여 눈물을 쑤려 츄씨의 신체을 힝흐여 통
곡

흐고 물의 쒸여 갓치 죽고져 흐나 또 싱각흐되 흐날리 명명흐사 날
노 흐여

곰 지시할 거신이 후사을 중차 싱각흐고 길을 힝흐여 십여 이을 간
즉

임의 동방이 발난지라 갈 발을 아지 못흐여 두루 바자니더가 하날
을 우러러 탄식흐고 한곳즐 넌짓 바리보니 놉고 놉푼 상산 아
리 한 암자가 잇시되 거동이 남승 잇난 절갓지 안이하더라 마암
의 어삼읍서 나어가 몸을 숨기고저 흐여 쥬제쥬제 하더니 문득
한 여승이 나와 증씨을 마자 드러가며 이르되 부인은 놀늬지 마르
소서 이곳즌 여승의 암자로소이다 증씨 드르미 심신이 황홀흐
여 여승게 청흐여 왈 나난 본더 북도 사람으로 황천 짱의서 슈
적을 만니여 가군을 여히고 잔명을 보전흐여 이고더 이으려사온이
존사난 바로

지시하옵소서 여승이 왈 부인이 두어날 유흐기난 관게치 안이 흐
런이와

슬픔을 이기지 못하여 눈물을 뿌려 추씨의 신체를 향하여 통곡하고 물에 뛰어 같이 죽고자 하나 또 생각하되

'하늘이 명명하사 나로 하여금 지시할 것이라.'

하고 후사를 장차 생각하고 길을 행하여 십여 리를 간즉 이미 동방이 밝는지라. 갈 바를 알지 못하여 두루 다니다가 하늘을 우러러 탄식하고 한곳을 넌짓 바라보니 높고 높은 산상 아래 한 암자가 있으되 거동이 남자 승려가 있는 절 같지 아니하더라. 마음에 의심 없이 나아가 몸을 숨기고자 하여 주저주저 하더니 문득 한 여승이 나와 정씨를 맞아 들어가며 이르되

"부인은 놀라지 마소서. 이곳은 여승의 암자로소이다."

정씨가 들으매 심신이 황홀하여 여승에게 청하여 왈

"나는 본래 북도 사람으로 황천 땅에서 수적을 만나 가군을 여의고 잔명을 보전하여 이곳에 이르렀사오니 존사는 바로 지시하옵소서."

여승이 왈

"부인이 이삼 일 유하는 것은 관계치 아니 하려니와

여러 날 유후기 불가후여이다 만일 도젹이 뒤을 쏫칠진된 혼가 안
이라 우리도 환을 이불 거신이 부인을 차마 니치 못후고 말유후기
도 어러운이 실노 민망후여이다 혼이 즘씨 호련 비 압푸기 졈졈 급
후여 능히 젼디지 못후여 비을 안고 구지 고통혼이 여승의 연광이
오십이라 즁연의 승이 되엿시민 혀
산후난 즘졍을 익히 아난지라 것테 나어가 즘씨더러 문왈 부인이
압피 급후고 기상이 곤핍혼이 반다시 임산할 기상이라 장차 웃지
후랴잇기 즘씨 기이지 못
후여 디왈 과연 잉틱혼지 구쇠이라 산기가 차지 못후온이 싱각건
딘 가군
의 차목혼 경싱을 보고 목숨을 보젼후고져 후여 이 밤의 슈심 이
기을 힝
후온이 복즁의 혀륙인들 엇지 무사후리요 여승이 왈

여러 날 유하는 것은 불가하이다. 만일 도적이 뒤를 쫓을진대 항간이 아니라 우리도 환을 입을 것이니 부인을 차마 내치지 못하고 만류하기도 어려우니 실로 민망하이다."

하니 정씨가 홀연 배 아픈 것이 점점 급하여 능히 견디지 못하여 배를 안고 궂게 고통스러워하니 여승의 연광이 오십이라. 중년에 승려가 되었으매 해산하는 증세를 익히 아는지라. 곁에 나아가 정씨더러 묻기를

"부인 앞이 급하고 기상이 곤핍하니 반드시 해산할 기상이라. 장차 어찌 하리이까?"

정씨가 속이지 못하여 대답하기를

"과연 잉태한지 구 개월이라. 산기가 차지 않았사오니 생각건대 가군의 참혹한 경상을 보고 목숨을 보전하고자 하여 이 밤에 수십 리 길을 행하오니 복중의 혈육인들 어찌 무사하리요?"

여승이 왈

분명호 산긔로

소이다 이고든 부체임 청정호 고지라 가히 드러이 호지 못호린이 부인은 급피

다른 고들 츳ㅈ가 임산호소셔 증씨 얼골을 드러 간절이 비러 왈 불 도난 본디 졍결노 본을 삼난이 만일 이고데셔 잔명을 보견치 못호 면 어

"분명한 산기로소이다. 이곳은 부처님 청정한 곳이라. 가히 더럽히지 못하리니 부인은 급히 다른 곳을 찾아가 해산에 임하소서."

정씨가 얼굴을 들어 간절히 빌어 왈

"불도는 본래 정결로 본을 삼나니 만일 이곳에서 잔명을 보전치 못하면

디을 힝ᄒᄋᆞᆫ잇가 차라리 예셔 죽어 졔승의 어엽비 여기몰 입부리라
ᄒᆞᆫ디 여승의 마음이 체연ᄒᆞ여 모든 승으로 더부러 의논 왈 비록 맛
당치 안이ᄒᆞ오나 경셩이 차목ᄒᆞ이 뒤의 ᄒᆞᆫ 칸 방을 비러 져 부인으
로 ᄒᆞ곰 희산을 무사ᄒᆞ게 홈미 웃더ᄒᆞ뇨 졔승이 증씨을 인도ᄒᆞ여
뒤흐로 가던이 한 방을 소쇠ᄒᆞ고 증씨을 뉘이면 반깅을 차리더이
점점 알키을 자조하면 전의 웁던 치식 구름이 공

즁으로 쏘쳐 암자을 두루며 문ᄒᆞᆫ 여인이 칠보가사로 ᄭᅮ민 관을 씨
고 그름 소

그로부터 와 증씨 것터셔 이으되 부인은 이 아기을 악기지 말고 거
리의 바리라

차 십구 연이면 원슈을 갑고 셔로 만닐 날이 잇씨이라 ᄒᆞ고 문득
간 디 웁쩐

이 이윽ᄒᆞ여 희산ᄒᆞᆫ이 활쌀ᄒᆞᆫ 기남자라 증씨 마음 황홀ᄒᆞ여 손을
ᄒᆞᆸ

장ᄒᆞ고 명천게 무슈이 바원ᄒᆞ던이 여승이 아히 우름소리을 듯고
황망이

드어와 위로ᄒᆞ여 반갱[11]을 권ᄒᆞ며 왈 부인는 깁피 싱각ᄒᆞ소셔 이
고든

아히 달인 부인이 아지 못ᄒᆞ온이 ᄯᅩ 아히을 다리고 문 박그로 나갈

어디로 행하리까? 차라리 여기서 죽어 제승의 불쌍히 여김을 입으리라."

한대 여승의 마음이 처연하여 모든 승려와 더불어 의논 왈

"비록 마땅치 아니하오나 경상이 참혹하니 뒤의 한 칸 방을 빌려 저 부인으로 하여금 해산을 무사하게 함이 어떠하뇨?"

제승이 정씨를 인도하여 뒤로 가더니 한 방을 소쇄하고 정씨를 누이고 밥과 국을 차리더라. 정씨가 점점 앓기를 자주하면서 전에 없던 채색 구름이 공중으로부터 쫓아 암자를 두르며 문득 한 여인이 칠보가사로 꾸민 관을 쓰고 구름 속으로부터 와 정씨 곁에서 이르되

"부인은 이 아기를 아끼지 말고 거리에 버리라. 십구 년이 지나면 원수를 갚고 서로 만날 날이 있으리라."

하고 문득 간 데 없더니 이슥하여 해산하니 활달한 기남자라. 정씨 마음이 황홀하여 손을 합장하고 명천께 무수히 발원하더니 여승이 아이 울음소리를 듣고 황망히 들어와 위로하여 국과 밥을 권하며 왈

"부인은 깊이 생각하소서. 이곳은 아이 딸린 부인을 알지 못하고, 또 아이를 데리고 문 밖으로 나갈진대

11-뒤

진디 부인의 기이훈 형격을 감쵸지 못ᄒ고 쏘훈 강포훈 스름
만닐 거신이 심양을 ᄒ옵셔 이 아기을 바리미 읏더훈잇가 이곳데
남자 귀ᄒ여 아희을 분명 거두어 친ᄌ식 갓치 기으나이 부인은 이
곳데 안보ᄒ여 타일의 죠흔 시졀을 만닉여 후사을 꼿치 말게 ᄒ옴
미 읏더훈잇가 증씨 희산시의
예 션여의 말도 들엇쏘 여승의 마리 유리훈지라 두로 싱각ᄒ여 바
리 쓰즐 증
훈 후의 입벗던 나삼을 버셔 이기을 씨고 금봉치을 쎄예 가삼의 넛
코 이어나 ᄒ날을 향ᄒ야 지비ᄒ고 빌어 왈 쳡의 가군 소윤은 악한
사람은 안이라 평싱의 져객
ᄒ미 읍던이 천도 무심ᄒ사 흉격을 만닉여 쳥츈의 희중고혼이 되
고 쏘훈
혈육은 이 아희뿐이라 만일 소씨로 ᄒ여곰 싱젼잉 얼 리 읍거딘 황
천후토ᄒ신 실영
은 어여비 여기사 이 아희을 진 사람이 거두어 타일의 원쓔을 갑고
모자 다시 만닉게 ᄒ
옵소셔 빌기을 다하미 아희을 여승의게 믹기고 눈물 금치 못훈이
장잉훔
물 이로 층양치 못ᄒ여 인ᄒ여 통곡ᄒ난지라 여승이 아기을 바다
안쏘 디류촌

부인의 기이한 행적을 감추지 못합니다. 또한 강포한 사람을 만날 것이니 깊이 헤아리시어 이 아기를 버림이 어떠하니까? 이곳에 남자가 귀하여 아이를 분명 거두어 친자식 같이 기를 사람이 있을 것이니, 부인은 이곳에 안보하여 타일에 좋은 시절을 만나 후사를 끊어지지 않게 하심이 어떠하니까?"

정씨가 해산할 때 선녀의 말도 들었고, 여승의 말이 유리한지라. 두루 생각하여 버릴 뜻을 정한 후에 입었던 나삼을 벗어 아기를 싸고 금봉채를 빼어 가슴에 넣고 일어나 하늘을 향하여 재배하고 빌어 왈

"첩의 가군 소윤은 악한 사람이 아니라. 평생에 대적함이 없더니 천도가 무심하사 흉적을 만나 청춘에 해중고혼(海中孤魂)이 되고 또한 혈육은 이 아이뿐이라. 만일 소씨가 생전에 올 리 없거든 황천후토이신 신령은 불쌍히 여기사 이 아이를 기를 사람이 거두어 타일에 원수를 갚고 모자(母子)가 다시 만나게 하옵소서."

빌기를 다하매 아이를 여승에게 맡기고 눈물을 금치 못하니 자닝함을 이루 칭량치 못하여 인하여 통곡하는지라. 여승이 아기를 받아 안고 대류촌에

의 바리고 도러왓난지라 ᄒ고 부인계 고ᄒᆞᆫ디 부인이 드르미 졍신
이 아

득ᄒᆞ야 일셩 통곡의 인사을 모로겨날 여승이 급피 구하여 인사을
진졍한 후의 ᄒᆞᆫ날을 우러려 통곡 왈 이 몸이 젼셰의 무삼 죄
로 금셰의 나셔 목젼의 차목ᄒᆞᆫ 이을 당ᄒᆞ온이 명쳔이 살피소셔
쳡갓틋 목슘은 웃지 셰상의 부지ᄒᆞ리요 이 몸이 쥭그면 가군
의 궁쳔지통12)과 셔룡의 디쳔지슈13)을 갑풀 사람이 업기로 혈
혈한 잔명을 보젼ᄒᆞ와 타일의 바린 자식을 만너게 ᄒᆞ옵소셔
여승이 위로 왈 지성이면 감쳔이라 ᄒᆞ오니 부인은 너머 스러 마옵
소

셔 부인이 답왈 나의 잔명은 존사의 덕으로 지금 보젼ᄒᆞ오니 은
혜 빅골난망이라 예셔 오파구 ᄯᅡᆼ이 무지인이 ᄒᆞ오니 ᄯᅩ 이 졀이 깁
지 못ᄒᆞ니 만일 흉젹을 만너오면 목슘을 보젼치 못ᄒᆞ
리니 노사는 쳡의 은신할 고즐 가르치소셔 여승이 왈 과연

버리고 돌아왔는지라. 그리고 부인께 고한대 부인이 들으매 정신이 아득하여 일성 통곡하며 인사를 모르거늘 여승이 급히 구하여 인사를 진정한 후에 하늘을 우러러 통곡 왈

"이 몸이 전세(前世)에 무슨 죄로 금세에 나서, 목전(目前)에 참혹한 일을 당하오니 명천이 살피소서. 첩 같은 목숨이 어찌 세상에 부지하리오. 이 몸이 죽으면 가군의 궁천지통(窮天之痛)과 서룡에게 대천지수(戴天之讐)를 갚을 사람이 없기로 혈혈한 잔명을 보전하여 타일(他日)에 버린 자식을 만나게 하옵소서."

여승이 위로 왈

"지성이면 감천이라 하오니 부인은 너무 슬퍼 마옵소서."

부인이 답하기를

"나의 잔명은 존사의 덕으로 지금 보전하오니 은혜가 백골난망이라. 여기서 오파구 땅이 얼마나 이웃한 마을인지 알 수가 없고 또 이 절이 깊지 못하니 만일 흉적을 만나오면 목숨을 보전치 못하리니 노사는 첩이 은신할 곳을 가르치소서."

여승이 왈

"과연

이곳든 오릭 은신할 곳지 아니오니 예서 북으로 오십 이을 더 가면 월봉산이라 하난 산의는 사람이 임으로 츄립지 못ᄒ 난 곳지라 그 강온틱 한 암자가 잇시되 도통한 여승만 잇서 불경을 일삼으니 일은바 부각도장산이라 ᄒ오민 소승이 그 산의 가셔 의틱 고져 ᄒ나 졀의 들어가면 왕닉ᄒ기 어려워 의식을 나소와 갈 길이 읍셔 가지 못하엿나이다 즁씨 왈 그려면 그 졀 사람은 싱이을 엇지 ᄒ난잇가 여승이 답왈 그 졀 동구박 팔심 이 박계 젼장이 마은이 갑슬 후이 쥬오면 양식을 쥰비ᄒ난이다 즁씨 이 말을 듯고 몸으로쎠 금빅 은자 와 치단 보화을 니여 여승을 쥬며 왈 이거슬 아난 지 잇씨면 갑시쳔금이 될 거신이 노사난 이 두 가지 지물을 가지고 우리 두 사람의 의식을 장만ᄒ여 월봉산으로 드러감미 웃더ᄒ익가 여승이 딕왈 이 금빅만 가져도 두 스롬이 심 연 의식을 ᄒ올지라 이난 부인을 위홈미 안이라 노승이 평싱의 원ᄒ던

이곳은 오래 은신할 곳이 아니오니, 여기서 북으로 오십 리를 더 가면 월봉산이라 하는 산이 있는데 사람이 임의로 출입하지 못하는 곳이라. 그 가운데 한 암자가 있으되 도통한 여승만 있어 불경을 일삼으니 이른바 부각도장산이라 하오매, 소승이 그 산에 가서 의탁하고자 하였으나 절에 들어가면 왕래하기 어려워 의식을 마련하여 갈 길이 없어 가지 못하였나이다."

정씨 왈

"그러면 그 절 사람은 생계를 어찌 하나이까?"

여승이 답 왈

"그 절 동구 밖 팔십 리 밖에 전장(田莊)이 많으니 값을 후히 주면 양식을 준비하나이다."

정씨가 이 말을 듣고 몸에서 금백 은자와 채단 보화를 내어 여승을 주며 왈

"이것을 아는 자 있으면 값이 천금이 될 것이니 노사는 이 두 가지 재물을 가지고 우리 두 사람의 의식을 장만하여 월봉산으로 들어감이 어떠하리까?"

여승이 대답하기를

"이 금백만 가져도 두 사람이 십 년 의식을 할지라. 이는 부인을 위함이 아니라, 노승이 평생에 원하던

빈라 수일만 더 유하여 부인의 기운이 편복ᄒ거던 가사이다 ᄒ고
사오일 후의 일신이 평안ᄒ거날 불전의 하즉ᄒ고 여승을 직쵹ᄒ여
월봉산 자호암의 드어가 자초을 감초리라 각셜이라 이적의 셔룡이
슐이 찌여 즁씨을 보러 ᄒ고 급피 즁당의 들어간이 방문이 열이고
인젹이 고요하거늘 불을 혜고 본이 즁씨와 츄파 간 디 읍고 후원
문이 열여난지라 마암의 불노ᄒ여 즉시 칼을 집고

북편 져근 질노 쫏쳐 가던이 한 심이을 너머 가셔 목이 말나 운물
을 차져간이 히미ᄒ 가온디 신을 버셔 물가의 노어거늘 구벼본이
사람의 신쳬 잇난지라

어두운 밤의 살피지 못ᄒ고 흔가 즁씨가 이고데 죽어도다 앙앙하
물 머금고

츄파을 차자 죽기러 하고 쏘 심 이을 가셔 디류촌의 다다나 죵젹을
모로고

다만 아히 소리 들이거날 셔룡이 디히ᄒ여 왈 니 무자식하던이 ᄒ
나리

귀자을 쥬시도다 ᄒ고 품을 열고 아는이 아히 우름을 긋치고 아연
ᄒ거날 셔룡이 질겨 졔 집의 도러온이 잇쩌 그 동이 조디히 자식
나은 지 한 달리

바라. 수일만 더 유하여 부인의 기운이 회복되거든 가사이다."

하고 사오일(四五日) 후에 일신이 평안하거늘 불전에 하직하고 여승을 재촉하여 월봉산 자호암에 들어가 자취를 감추니라.

각설이라. 이적에 서룡이 술이 깨어 정씨를 보려고 급히 중당에 들어가니 방문이 열려 있고 인적이 고요하거늘, 불을 켜고 보니 정씨와 추파가 간 데 없고 후원 문이 열렸는지라. 마음에 분노하여 즉시 칼을 집고 북편 작은 길로 쫓아가더니 한 십 리를 넘어 가서 목이 말라 우물을 찾아가니 희미한 가운데 신을 벗어 물가에 놓아두었거늘 굽어보니 사람의 신체가 있는지라. 어두운 밤이라 살피지 못하고

"정씨가 이곳에 죽었도다!"

하며 앙앙함을 머금고 추파를 찾아 죽이려고 또 십 리를 가서 대류촌에 다다랐으나 종적을 모르고, 다만 아이 소리가 들리거늘 서룡이 대희하여 왈

"내가 자식이 없더니 하늘이 귀자를 주시도다!"

하고 품을 열고 안으니 아이가 울음을 그치고 애연하거늘 서룡이 즐겨 제 집에 돌아오니, 이때 그 동류 조대회의 자식이 나은 지 한 달이

못호여 쥬그미 유도 유예호미 조터히 쳐을 불너 왈 니 이 아희을 길의셔 으더왓신이 그터 바리난 저즐 며겨 사오 연 길너 쥬면 니 자식을 삼아 후사을 잉고 쳔금으로 쳐 상급호리라 호터 조터히 부체 흔연이 혀락호고 아희을 싼 치로 안기고 금빅 십양을 쥬어 보니이라 각셜 소윤이 황쳔짱의셔 도적의 동이여 물의 던지이 급혼 물결을 쫏초 밤이 맛도록 힝호여 혼 고의 다다

른이 이 짱은 투쥬 쎵이라 잇써 객상 도공이라 호난 스람이 비을 맛참 그곳데 터 씌우고 금방 글을 노피 달고 가고져 호던이 문득 본이 혼 스룸이 물결의노 써오오며 스룸을 부으난 듯 소리 들이거날 도공이 사공을 급피 불너 건져 니여 민

거슬 그르고 본이 인사을 치리지 못호고 다만 가삼의 미미혼 습결 쑨일너라

인호여 비을 노어가며 오슬 벗기고 마은 으슬 입피고 여려 가지 야을 니여 머겨 구혼

이 오시의 당호여 무슈혼 피을 토호고 인사을 차려 일어안지며 이로터 이 비

는 뉘여 비며 이 짱은 어너 짱이요 호터 션즁 스룸이 다 왈 이 짱은 투쥬 짱이요 이

못되어 죽어 젖도 유여하매, 조대희 처를 불러 왈

"내 이 아이를 길에서 얻어왔으니 그대가 버리는 젖을 먹여 사오 년 길러 주면 내 자식을 삼아 후사를 잇고 천금으로 쳐 상급하리라."

한대 조대희 부부가 흔연히 허락하므로 아이를 싼 채로 안기고 금백 십 냥을 주어 보내니라.

각설. 소윤이 황천 땅에서 도적에게 동인 채 물에 던져지니 급한 물결을 쫓아 밤이 맞도록 행하여 한 곳에 다다르니 이 땅은 투주 땅이라. 이때 객상 도공이라 하는 사람이 배를 마침 그곳에 대어 띄우고 금방 글을 높이 달고 가고자 하더니 문득 보니 한 사람이 물결 위로 떠오며 사람을 부르는 듯 소리가 들리거늘 도공이 사공을 급히 불러 건져 내어 맨 것을 끄르고 보니 인사를 차리지 못하고 다만 가슴에 미미한 숨결뿐일러라. 인하여 배를 놓아가며 옷을 벗기고 마른 옷을 입히고 여러 가지 약을 내어 먹여 구하니 오시가 되어 무수한 피를 토하고 인사를 차려 일어나 앉으며 이르되

"이 배는 누구의 배며 이 땅은 어느 땅이요?"

한대 선중 사람이 다 왈

"이 땅은 투주 땅이요, 이

빈는 객션인이 그디는 어너 쌍 사람이며 무삼 연고로 슈즁의 죽게
되여 날노 흐여곰 구흐게 된잇가 윤이 일어나 두 변 졀흐고 왈 존
공은 엇더혼 사람이며 나난 웃지흐여 이곳데 완난고 흐며 혼변 죽
기는 아려건이와 다시

사라나문 아지 못흐온이 이거슨 진실노 인간인 줄 아리요 흐거널
도공이 다시 보민 의복이 졍졔흐고 언어범졀이 낭낭흐여 옥으로
다듬문 듯 혼 소연이라 그계야 범인이 안인 줄 알고 밧비 몸을 이
어 답예흐고 느난 혼갓

홍핀흐난 스롬이연이와 상공의 의형을 살펴보온즉 물가의 쳐흐난
사람

안이라 무삼 연고로 몸을 동이여 히상의 쩌 곤흐신잇가 빈을 금조
의

투쥬 지경의 슈옵더니 상공이 물의 쩌셔 오기로 즉시 건져 빈의 올
여 의복

을 갈고 약그로 구안흐여 이졔 평복흐엿건이와 창황 즁의 아지 못
흐시니 감이 뭇잡난이 어너 쌍 엇더혼 상공으로 이 지경의 당흐기
난

무삼 연고신잇가 소윤이 근본은 기이고 다만 이르되 싱은 탁쥬 쌍

배는 객선이니 그대는 어느 땅 사람이며 무슨 연고로 수중에서 죽게 되어 내가 구하게 되었나이까?"

윤이 일어나 두 번 절하고 왈

"존공은 어떠한 사람이며, 나는 어찌하여 이곳에 왔는고?"

하며

"한번 죽기는 알았거니와 다시 살아남은 알지 못하오니 이것이 진실로 인간세계인 줄 어찌 알리오."

하거늘 도공이 다시 보매 의복이 정제되고 언어범절이 낭랑하여 옥으로 다듬은 듯한 소년이라. 그제야 범인이 아닌 줄 알고 바삐 몸을 일으켜 답례하고

"나는 한갓 흥판하는 사람이거니와 상공의 의용을 살펴본즉 물가에 처하는 사람이 아니라. 무슨 연고로 몸을 동이여 해상에 떠다니며 곤하게 되었나이까? 배를 금조(今朝)에 투주 지경에 대고 쉬었더니 상공이 물에 떠서 오기로 즉시 건져 배에 올려 의복을 갈고 약으로 구완하여 이제 평복하였거니와 창황 중에 알지 못하시니 감히 묻잡나니, 어느 땅 어떠한 상공이시며 이 지경이 되신 것은 무슨 연고시니까?"

소윤이 근본을 속이고 다만 이르되

"생은 탁주 땅에

의 사난 스롬으로 약간 지물을 가지고 흥판ᄒ더가 지물을 도젹의
게 앗기고 몸이 ᄯ 슈즁의 고기밥이 된 비라 엇지 존공의 구ᄒ심을
입어 살기을 바러사오릿가 지상지덕을 무어스로쎠 갑푸리요 아지
못거라 탁쥬난 여셔

을민나 ᄒ며 황쳔 ᄯ방은 을민나 훈잇가 도공이 답 왈 탁쥬나 일즉
왕 닉치 못ᄒ여시니 모로건이와 뉵노나 수로나 다 쳘 이라 스롬이
자쥬 통치 못ᄒ난 고지요 황쳔ᄯ방은 ᄯ 빅 이가 너문지라 상공이 혈
혈단신으로 득

달키 어렵도다 ᄒ고 젼두사을 웃지잇가 윤이 추연 탄 왈 닉 비록
나이 졀무나

이 차목훈 변을 당ᄒ민 인사을 차리지 못ᄒ여 고향이 아득하여 혼
빅도

일우지 못할 거신이 혹발 모친은 문의ᄒ여 불초훈 자식을 싱각ᄒ
시며 쳥연 쳐자난 졍졀을 짓키여 슬푼 넉시 구원의 훈을 품엇ᄯ다
복

즁의 기친 혀육은 어미을 ᄶᆺᄎ 칼알의 놀닌 피 되엿ᄯ다 이난 다
나의 불

효ᄒ미라 살아 씰더 읍씨이 차알리 죽어 션인의 뒤을 ᄶᅩ치미 올토

사는 사람으로 약간의 재물을 가지고 흥판하다가 재물을 도적에게 빼앗기고 몸이 또 수중의 고기밥이 된 바라. 어찌 존공의 구하심을 입어 살기를 바랐사오리까? 재상지덕을 무엇으로써 갚을지 알지 못할지라. 탁주는 여기서 얼마나 되며 황천 땅은 얼마나 되니까?"

도공이 답하기를

"탁주는 일찍이 왕래치 못하여 모르거니와 육로나 수로나 다 천리라. 사람이 자주 통하지 못하는 곳이오. 황천 땅은 또 백 리가 넘는지라. 상공이 혈혈단신으로 득달키 어렵도다."

하고

"전두사(前頭事)를 어찌하리까?"

윤이 추연히 탄식하기를

"내 비록 나이가 젊으나 이 참혹한 변을 당하매 인사를 차리지 못하고 고향이 아득하여 혼백도 이루지 못할 것이니, 학발 모친은 문에 의지하여 불초한 자식을 생각하시며, 처연한 처자는 정절을 지키어 슬픈 넋이 구원의 한을 품었도다. 복중에서 끊어진 혈육은 어미를 쫓아 칼날의 놀란 피 되었도다. 이는 다 나의 불초함이라. 살아 쓸데 없으니 차라리 죽어 선인의 뒤를 쫓음이 옳도다."

다 ᄒ고 다시 비즌을 부들고 물의 쒸고져 ᄒ거날 도공이 급피 부들어 위로 왈 남ᄌ 셰상의 쳐ᄒ미 여자와 다은이 ᄒ번 잉화 만니문 예법텀 상사라 그더난 엇지 씨닷지 못ᄒ고 쳔금갓튼 귀쳬을 바리려ᄒ신잇가 만일 의퇵할 고지 어러올 진딘 노셩이 맛당이 심을 다ᄒ여 죤공을 모심인이 안즉 괴로온 슈심을

차무소셔 윤이 다시 쑤려 안져 사례 왈 소셩의 육십 편모 계시고이 모모혼 단신이나 쳔금갓치 사랑ᄒ되 이 지경 만닌 후의 죽넌 건만 갓지 못ᄒ야 자결코져 ᄒ더니 죤공이 더옥 은혜을 베푸사 준명을 구ᄒ시고 몸이 의퇵ᄒ기을 허ᄒ신이 하날갓튼 덕퇵을 가이 층양치 못할 노소이다 술을 나소어 머근이 수리 졈졈

취ᄒ미 더옥 실푼 심회을 증치 못하야 모친을 싱각ᄒ며 눈물을 흘인이 션

즁 스롭이 디 슬어ᄒ더라 도공이 위로 왈 너마 슬어 마옵소셔 상공의 풍치는 마

참녀 ᄒ방의 오리 쳐ᄒ지 안이할 비라 반다시 반다시 원수을 갑고 고향의 도려

가 영귀을 누리인이 웃지 허슈이 상힌ᄒ리요 일령구령 날이 졀물고 비

하고 다시 뱃전을 붙들고 물에 뛰어들고자 하거늘 도공이 급히 붙들어 위로 왈

"남자가 세상에 처하매 여자와 다르니 한번 앵화 만남은 예로부터 상사라. 그대는 어찌 깨닫지 못하고 천금 같은 귀체를 버리려 하시니까? 만일 의탁할 곳이 어려울진댄 노생이 마땅히 힘을 다하여 존공을 모심이니 아직 괴로운 수심을 참으소서."

윤이 다시 꿇어 앉아 사례 왈

"소생에게는 육십 편모가 계시고 이 모모한 단신을 천금같이 사랑하되, 이 지경을 만난 후에 죽는 것만 같지 못하여 자결코자 하더니 존공이 더욱 은혜를 베푸시어 잔명을 구하시고 몸 의탁하기를 허하시니 하늘같은 덕택을 가히 측량치 못하나이다."

술을 나누어 먹으니 술이 점점 취하매 더욱 슬픈 심회를 정치 못하여 모친을 생각하며 눈물을 흘리니 선중 사람이 다 슬퍼하더라. 도공이 위로 왈

"너무 슬퍼 마옵소서. 상공의 풍채는 마침내 하방에 오래 처하지 아니할 바라. 반드시 원수를 갚고 고향에 돌아가 영귀를 누리리니 어찌 허수히 상해하리오."

이러구러 날이 저물고 배가

을 언덕의 더히이 삼가촌이 도공의 집이라 소윤을 다리고 집의 드러와 별당의 머물을 의식을 관훈ᄒ니 일신이 평안ᄒ나 상하촌 션비와 혹동을 모와 글도 가으치며 시셔도 의논ᄒ며 마암을 스사로 위로ᄒ난지라 모든 션비더리 진수승찬으로 다토어 더졉ᄒ이 윤이 일노 ᄒ여곰 의식은 하나 고향의 갈 일이 망연ᄒ미 심사을 증치 못ᄒ여 탄식 안홀 날리웁더라 각셜 잇써 소 상셔 부인 장씨 소윤을 임소로 보니고 그이난 정회 날노 간절ᄒ더니 ᄎᄌ 소요 고호여 왈 형의 소식이 삼연을 ᄭᆫ치이 이난 반다시 심상훈 연괴 안이오니 ᄒ 노복으로 수쳘 이 원졍의 음신을 살피기 어렵사온이 원컨딘 소ᄌ 친이 형의 진젹훈[14] 소식을 ᄲᆯ이 도러와 모친의 싱각ᄒ시난 정회을 들게 ᄒ린이다 훈디 부인이 허락ᄒ여 왈 네 형을 위ᄒ여 일엇틋 훈지 복막ᄒ건이

와 힝역을 조심ᄒ여 기별을 자셔이 알고 수이 도러와 날노 ᄒ여곰 문의 의지

ᄒ여 기다리난 ᄮᅳ지 읍게 ᄒ라 소요 슈명ᄒ고 힝장을 차려 두 창두을 다리

언덕에 닿으니 삼가촌이 도공의 집이라. 소윤을 데리고 집에 들어와 별당에 머물러 의식을 관할하니 일신이 평안하여 삼가촌 선비와 학동을 모아 글도 가르치며 시서도 의논하며 마음을 스스로 위로하는지라. 모든 선비들이 진수성찬으로 다투어 대접하니 윤이 이 일을 하여 의식(衣食)은 하지만 고향에 갈 일이 망연하매 심사를 정하지 못하여 탄식하지 않는 날이 없더라.

각설. 이때 소 상서 부인 장씨가 소윤을 임소로 보내고 그리는 정회가 날로 간절하더니 둘째 아들 소요가 고하여 왈

"형의 소식이 삼 년이나 끊어지니 이는 분명 심상한 연고 아니오나 노복 하나로는 수천 리 원정의 소식을 살피기 어렵사오니 원컨대 소자가 친히 형의 진적(眞的)한 소식을 알고 빨리 돌아와 모친의 생각하시는 정회를 풀게 하리이다."

한대 부인이 허락하여 왈

"네 형을 위하여 이렇듯 간절히 바라거니와 행역을 조심하여 기별을 자세히 알고 빨리 돌아와 나로 하여금 문에 의지하여 기다리는 마음이 없게 하라."

소요가 명을 받들고 행장을 차려 두 창두를 데리고

고 길을 발힝할시 모친계 흐즉홈을 고흔디 부인이 요의 손을 잡고
오렬유체흐여 말삼을 이위지 못흐거널 요 쩌날 마암이 읍셔 모친
을 위로흐여슬픈 쎗츨 감초우고 눈물을 거두고 지삼 위로흐고 외
실의 나와 그 안희 윤씨다려 일으되 형장이 임소의 가신 지 지금
삼연이라 소식이 격조흐민 모친의 우염이 만은신이 웃지 실흐의
심회 온젼흐리요 오날 기을 증흐여 발힝흐나 오즉 모친 실흐의 달
이 형졔 읍고 쪼 도라올 기야을 모로온 엇지 심사 읍시
리가 다만 그디을 민난이 모친을 지셩으로 보양흐시면 도려와 낭
자의 은혜을 치
사할 거시요 불길흐면 도오지 못할진딘 쥬거 지흐의 도러가도 낭
즈의 은혜
을 명심흐리다 유씨 눈물을 머금고 디왈 낭군이 말이 힝노의 당흐
여 웃지 불
길케 흐시난잇가 느난 시숙의 평안흐시믈 듯고 속히 도러와 존고
의 염예흐시믈
져바리게 흐소셔 모친임 셤기기난 쳡이 불민흐오나 낭군의 이르시
믈 잇
지 아니할 거시니 다만 원노 힝엿의 평안하시믈 천만 바린난이다

길을 떠날새 모친께 하직을 고하니, 부인이 요의 손을 잡고 오열하며 눈물을 흘려 말씀을 이루지 못하거늘 요가 떠날 마음이 없어 모친을 위로하여 슬픈 빛을 감추고 눈물을 거두어 재삼 위로하고, 외실에 나와 그 아내 윤씨에게 이르되

"형이 임소에 가신 지 지금 삼 년이나 소식이 적조하매 모친의 우려가 많으시니 어찌 슬하에 심회가 온전하리오. 오늘 길을 정하여 떠나나 오직 모친 슬하에 달리 형제가 없고 또 돌아올 기약을 모르니 어찌 심사가 없으리까? 다만 그대를 믿나니 모친을 지성으로 봉양하시면 돌아와 낭자의 은혜를 치사할 것이요, 불길하면 돌아오지 못할진대 죽어 지하에 돌아가도 낭자의 은혜를 명심하리다."

유씨가 눈물을 머금고 대답하기를

"낭군께서는 행로를 당하여 어찌 말씀을 불길하게 하시나이까? 시숙의 평안하심을 듣고 속히 돌아와 존고의 염려하심을 저버리게 하소서. 첩이 불민하오나 모친님 섬기기는 낭군의 이르심을 잊지 아니할 것이니 다만 먼 길에 행려가 평안하시기를 천만 바라나이다."

오 즉시 부인 유씨 부인을 이별ㅎ고 육노의 나구을 치질ㅎ여 슈로
의 난풍 볍 달어 힝한 지 칠식만의 남계을 득달ㅎ여 혈영의 승명
을 급피 물은즉 형이 안이요 다른 사람이어널 쏘 전관을 무러 왈
탁쥬 쌍 소윤이 삼 연 전의 잇 쌍 혈영으로 왓다가 이 고을의 얼미
나 거ㅎ다 이제 어너 곳의 잇난잇가 그 사람이 답왈 소씨 관원은
아지 못ㅎ엿건이와 지금 혈영의 승명은 고씨요 북경 사람이라 그
듸는 엇더한 사람이건딘 소씨을 차지시은 엇지미요 소요 이 마을
듯고 딕경ㅎ여 가삼을 두다리며 딕성통곡 왈 하인의게 쳥ㅎ여 왈
나난 곳 연전 혈영의 친제라

노모의 영을 밧자와 말이 희외의 차자 왓다가 형의 종적을 ㅇ지 못
ㅎ

나 이곳 지현은 반다시 니 형의 거처을 알 거시니 지현의게 알외라
ㅎ

인이 왈 그러면 명함을 써 쥬소서 소요 즉시 명함과 사연을 통한디
지현

이 바다보고 딕경ㅎ여 즉시 쳥ㅎ여 좌증 후의 연고을 무른디 소요
지

요가 즉시 부인 유씨를 이별하고 육로에는 나귀를 채찍질하여, 수로에는 온풍에 돛 달아 행한 지 칠 개월 만에 남계에 도달하여 현령의 성명을 급히 물은즉 형이 아니요, 다른 사람이거늘 또 전관에게 물어 왈

　"탁주 땅 소윤이 삼 년 전에 이 땅 현령으로 왔다가 이 고을에 얼마나 거하였으며, 이제는 어느 곳에 있나이까?"

　그 사람이 답하기를

　"소씨 관원은 알지 못하거니와 지금 현령의 성명은 고씨요, 북경 사람이라. 그대는 어떠한 사람이건대 소씨를 찾으시니 어쩜이요?"

　소요가 이 말을 듣고 대경(大驚)하여 가슴을 두드리며 대성통곡하며 하인에게 청하여 왈

　"나는 바로 몇 년 전 현령의 친동생이라. 노모의 명령을 받들어 만 리 해외에 찾아 왔으나 형의 종적을 알지 못하니 이곳 지현은 반드시 내 형의 거처를 알 것이라. 지현에게 아뢰어라."

　하인이 왈

　"그러면 명함을 써 주소서."

　소요가 즉시 명함과 사연을 통한대 지현이 받아보고 대경하여 즉시 청하고 좌정 후에 연고를 물으니 소요가

빈 답왈 가형15)이 사연 전의 급제ᄒ미 특별이 이곳 혈영을 제슈ᄒ
시미 도님차로 오신 후의 지금써진 소식이 읍사오미 모친의 영을
밧자와 왓사오니 가형의 거처을 알거시니 듯고저 ᄒ나이다 지현이
왈 그디 형장이 남계

혈영 도님 후로 일장 문보 읍기로 이부로서 ᄒ관을 보니시미 도님
ᄒ 지 삼연이라 그디의 말삼을 듯사오니 형장이 즁노의서 일정 적
환을

만늬미라 그디 잠간 이곳디 유ᄒ여 사람을 헷처 탐문ᄒ리라 ᄒ니
소요 이 마을 듯고 형이 죽으물 싱각ᄒ고 가삼이 막혀 통곡ᄒ며
인ᄒ여 기절ᄒ거널 지현이 그 차목ᄒ믈 금치 못ᄒ여 이원을 불
너 빅단 구효ᄒ되 죵시 차효 읍서 병이 진ᄒ니 지현이 불상이 여겨
관

곽을 갓초와 성외 심이을 나가 빙소ᄒ고 명정을 써 세워 표ᄒ니라
잇써 소요 다린 하인이 상전 묘ᄒ의 여막을 지어 두고 고향의서 차
자 오

기만 발의더니 불ᄒᆼᄒ여 죵 ᄒ나히 병이 드러 죽그미 신체을 빙소
아

릐 뭇고 홀노 잇서 고향을 싱각ᄒ고 하날을 우러러 통곡

재배하며 답하기를

"가형(家兄)이 사년 전에 급제하니 특별히 이곳 현령을 제수하시매 도임차로 오신 후에 지금까지 소식이 없어 모친의 영을 받들어 왔사오니, 가형의 거처를 아시면 듣고자 하나이다."

지현이 왈

"그대 형장이 남계 현령으로 도임한 후로 문보(文報) 한 장도 없기로 이부에서 하관을 보내시매 도임한 지 삼 년이라. 그대의 말씀을 듣사오니 형장이 중로에서 일정 적환(賊患)을 만남이라. 그대 잠깐 이곳에 유하면 사람을 흩어 탐문하리라."

하니 소요가 이 말을 듣고 형의 죽음을 생각하고 가슴이 막혀 통곡하며 인하여 기절하거늘 지현이 그 참혹함을 금치 못하여 의원을 불러 백단 구호하되 종시 차도가 없어 병이 진하니 지현이 불쌍히 여겨 관곽을 갖추어 성외 십 리를 나가 빈소를 차리고 명정을 써서 세워 표하니라.

이때 소요가 데려온 하인이 상전 묘하에 여막을 지어 두고 고향에서 찾아오기만 바라더니, 불행히 종 하나가 병이 들어 죽으매 신체를 빈소 아래에 묻고 홀로 있으며 고향을 생각하고 하늘을 우러러 통곡하는

흉난 소리의 그 말을 사람덜이 차마 보지 못할너라

각설 잇써 서룡이 그 아희을 다려더가 조디히게 믹겨 지르더니 그 아

희 점점 자러미 용모 관옥 갓고 골격이 비볌ᄒ여 범상치 안

이 한지라 다섯 살의 당도ᄒ여 비호지 안이한 글도 무불통지16)ᄒ

여 이틱빅 두지미을 넝소ᄒ여 진실노 일듸 문장이라 이러ᄒ물로 서룡

이 사랑ᄒ물 비길 써 읍더라 일홈을 계조라 ᄒ고 금이 옥식으로 기

르며 항상 말ᄒ되 널을 나은지 일식 만의 어미 죽으미 조디히을 쥬어

길너다 ᄒ고 미양 쏘기난지라 광음이 여류ᄒ여 계조의 나히 팔 세의

당ᄒ여 그 아비 서룡이 사람을 만이 죽이며 남의 직물을 만이 도

적ᄒ여 불에을 힝ᄒ니 부자간 차마 보지 못ᄒ더니 일일은 이듸17)을

정이 입고 압페 나어가 울며 잇걸 왈 소자 당도리 한 말삼을 알외

오니 복걸 부친은 유염ᄒ옵소서 디체 사람이 세상이 나미 맛당이

소리에 그 마을 사람들이 차마 보지 못할러라.

　각설. 이때 서룡이 그 아이를 데려다가 조대희에게 맡겨 기르더니 그 아이가 점점 자라매 용모가 관옥 같고 골격이 비범하여 범상치 아니한지라. 다섯 살이 되어서는 배우지 아니한 글도 무불통지(無不通知)하여 이태백, 두보를 냉소할 진실로 일대 문장이라. 이러하므로 서룡이 사랑함을 비길 데 없더라.

　이름을 계조라 하고 금의옥식(錦衣玉食)으로 기르며 항상 말하되

　"너를 나은 지 한 달 만에 어미가 죽으매 조대희에게 주어 길렀다."

하고 매양 속이는지라.

　광음이 여류하여 계조의 나이가 여덟 살이 되니 그 아비 서룡이 사람을 많이 죽이며 남의 재물을 많이 도적하여 불의를 행하니 부자간에 차마 보지 못하더니 일일은 의대(衣帶)를 정하게 입고 앞에 나아가 울며 애걸 왈

　"소자가 당돌히 한 말씀을 아뢰오니 복걸(伏乞) 부친은 유념하옵소서. 대체 사람이 세상이 나매 마땅히

예을 쌋가 예을 힝ᄒ고 비례을 힝치 말나 금슈와 달을 거시 읍거널 이

제 부친의 힝하시난 바난 남의 못할 비라 만일 붓친이 깃갓치18) 안 이ᄒ

시고 종시 힝ᄒ시면 소자 ᄯᅩ 철윤을 폐ᄒ고 몸이 죽어 보지 안이할 거시니 부친은 다시 싱각ᄒ옵소서 마암을 곤치고 힝실을 싹가 이 곳들 바리고 다른 ᄯᅡ의 가 기과ᄒ압시면 소자 비록 무지ᄒ나 힘을 다하여 일홈을 용문의 올여 공명을 세상의 빗늬여 부귀 부족

함미 읍게 할 거시니 붓친은 이익키 싱각ᄒ옵소서 서룡이 계조을 사랑함이 비길 듸 읍서 평일의 이르난 거슬 어기지 못ᄒ더니 이날 게죄

지성으로 간ᄒ난 양을 보미 마암이 감동할 분 아리라 ᄯᅩ한 다른 스 람의게 종적이 혈노할가 이심ᄒ더니 게죄의 말을 드르미 말마당 유이한지라 나어가 게죄을 붓들고 너의 마리 진실노 긋특ᄒ니 오 날붓텀 널을 다리고 다른 곳더 올머 악함을 바리고 칙함을

예를 닦아 예를 행하고 비례를 행치 말아야 하니, 그렇지 않으면 금수와 다를 것이 없거늘 이제 부친의 행하시는 바는 남의 못할 바라. 만일 부친이 개과하지 아니하시고 끝내 행하시면 소자는 천륜을 폐하고 차라리 죽어 보지 아니할 것이니 부친은 다시 생각하옵소서. 마음을 고치고 행실을 닦아 이곳을 버리고 다른 땅에 가 개과하시면 소자가 비록 무지하나 힘을 다하여 이름을 용문에 올려 공명을 세상에 빛내어 부귀가 부족함이 없게 할 것이니 부친은 익히 생각하옵소서."

서룡이 계조를 사랑함이 비길 데 없어 평상시에 이르는 것을 어기지 못하더니 이날 계조가 지성으로 간하는 양을 보매 마음이 감동할 뿐이라. 또한 다른 사람에게 종적이 탄로될까 의심하더니 계조의 말을 들으매 말마다 유익한지라. 이에 나아가 계조를 붙들고

"너의 말이 진실로 기특하니 오늘부터 너를 데리고 다른 곳에 옮아 악함을 버리고 착함을

힝하리라 ㅎ고 즉일의 조더히의 부체와 조삼용 등을 불너 게좌의
말을 전ㅎ고 써나려 ㅎ이 삼용 등도 함게 가기을 청ㅎ거날 가장을
슈십ㅎ여 조삼용 등 이십여 명을 다리고 삼빅 이 계용 쌍의 가 집
을
짓고 농사을 장만ㅎ여 실농19)쎄 엽을 본바둔 지 육칠연의 게죄의
나
이 십 오세라 맛참 힝시의 장원ㅎ여 장차 경성의 나어가 회시을 보
려 ㅎ고 써나려 할 시 서룡이 어린 아희을 슈철이 원정의 보니믈
미안
ㅎ나 쏘한 마지못ㅎ여 힝장을 차려 가동 둘을 보니나이라 게죄 집
을
써나 여러 날 만의 쌱쥬 쌍의 다달나 호련 몸이 뇌곤ㅎ여 정자의
쉬고저
ㅎ더니 문득 바리보니 쥬란화간20)이 산을 의지ㅎ여 정묘이 잇시되
장원이 퇴락ㅎ고 누각이 전복ㅎ여 사람 잇난 집 갓치 안이ㅎ여
심이 체량ㅎ더니 나구을 지촉ㅎ여 그 집 앞풀을 당ㅎ니
한 노고 두어 가지 이복을 가지고 버들의 이지ㅎ여 쌜닉ㅎ거널

행하리라."

하고 바로 그날 조대희 부부와 조삼용 등을 불러 계조의 말을 전하고 떠나려 하니 삼용 등도 함께 가기를 청하거늘 가정을 수습하여 조삼용 등 이십여 명을 데리고 삼백 리 계용 땅에 가 집을 짓고 농사를 장만하여 신농(神農)께 업을 본받은 지 육칠 년에 계조의 나이 십오 세라. 마침 이때 멀고 먼 경성으로 나아가 회시를 보려고 떠나려 할새 서룡이 어린 아이를 수천 리 원정에 보냄이 미안하나 마지못하여 행장을 차려 가동 둘을 함께 보내니라.

계조가 집을 떠나 여러 날 만에 탁주 땅에 다다라 홀연 몸이 노곤하여 정자에 쉬고자 하더니 문득 바라보니 주란화각(朱欄畫閣)이 산을 의지하여 정묘히 있으되 장원이 퇴락하고 누각이 전복하여 사람 있는 집 같지 아니하여 심히 처량하더니 나귀를 재촉하여 그 집 앞에 당도하니 한 노고(老姑)가 두어 가지 의복을 가지고 버들에 의지하여 빨래를 하거늘

나구을 머무르고 물을 쳥호니 노고 전도히 그르스 씨여 흐으난 물
을쩌셔 말머리을 붓들고 올이더가 싱을 보고 문득 안싴을 변호고
물을 니치고 왈 물이 차지 못호온이 상공은 잠간 졍자의 머무소셔
차을 니여 올니이다 흐거널 싱이 쉬기을 좌호여 말게 나려 졍자의
올너안진이 노고 밧비 들어가 옥반의 향차을 가득 부어 가지고 두
손으로 놉피 드러 올이며 반기난 기식이 얼골의 흔연호거늘 싱이
고히 여겨 차을 마시고 그르스 니여쥰이 노고 바다 겻티 녹코 물너
안지며 싱을 보고 눈물을 흘이며 고개을 슈기고 반기난 듯호며 쩌
나지 못호거날 싱이 고이 여겨 문왈 그더 웃더훈 사람이관디 무삼
연고로 과객을 보고 져럿툿 쳬연호는야 그 연고을 알고즈 호노라
노고 더옥 눈물을 흘이며 말을 못호더가 일어나 졀호고 왈 노신은
쥬인 이른 사람이라

귀개을 만닉미 자연 쥬인을 싱각호고 비감호여 호나이다 무삼 다
은 이리 잇

사오잇가 다만 일모 셔산호고 즁간의 힝빈이 읍사오니 상공은 이
딕의

나귀를 멈추고 물을 청하니 노고가 그릇을 씻어 흐르는 물을 떠서 말머리를 붙들고 올리다가 생을 보고는 문득 안색이 변하여 물을 내치고 왈

　"물이 차지 아니하오니 상공은 잠깐 정자에 머무소서. 차를 내어 올리리다."

하거늘 생이 쉬기로 정하여 말에서 내려 정자에 올라앉으니 노고가 바삐 들어가 옥반에 향기로운 차를 가득 부어 두 손으로 높이 들어 올리며 반기는 기색이 얼굴에 가득하거늘, 생이 괴히 여겨 차를 마시고 그릇을 내어주니 노고가 받아 곁에 놓고 물러앉으며 생을 보고 눈물을 흘리며 고개를 숙이고 반기는 듯하며 떠나지 못하거늘, 생이 괴히 여겨 묻기를

　"그대는 어떠한 사람이건대 무슨 연고로 과객을 보고 이렇듯 처연해 하느냐? 그 연고를 알고자 하노라."

하니 노고가 더욱 눈물을 흘리며 말을 못하다가 일어나 절하고 왈

　"노신은 주인을 잃은 사람이라. 귀객을 만나매 자연 주인을 생각하고 비감하여 그러나이다. 무슨 다른 일이 있사오리까? 다만 일모(日暮) 서산(西山)하고 중간에 행인이 없사오니 상공은 이 댁에서

셔 쉬여 가옵소셔 싱이 왈 과긱이 쥬인의 관딕홈을 이버 앗게 머근 찻갑도 이우지 못ㅎ엿거던 엇지 쉬여 가기을 바러리요 ㅎ물며 이 딕을 본이 긍경지상딕인가 십푸온이 쳔ㅎ 자최로 감히 머무지 못 할지라 그려나 이 집은 웃던 스롬의 집이며 그딕난 웃던 사람인다 노고 답 왈 젼조젹 이부상셔 노야쩍이옵고 소쳡은 이 딕 비복이옵 던이 삼십 연 젼의 상셔 기셰ㅎ옵고 딕부인만 게시난이다 싱이 쏘 문왈 상셔 비록 기셰ㅎ시나 자졔도 읍셔 누각이 져리 락ㅎ는 노고 이 말을 듯고 난간의 업드러져 이지 못ㅎ거늘 싱이 마음의 싱각ㅎ 되

쉬어 가옵소서."

생이 왈

"과객이 주인의 관대함을 입어 아까 먹은 찻값도 치르지 못하였거늘 어찌 쉬어 가기를 바라리오. 하물며 이 댁을 보니 공경재상 댁인가 싶으오니 천한 지체가 감히 머물지 못할지라. 그런데 이 집은 어떤 사람의 집이며 그대는 어떤 사람인가?"

노고가 답하기를

"전조 때 이부상서 노야 댁이옵고 소첩은 이 댁 비복이옵더니 삼십 년 전에 상서는 기세하옵고 대부인만 계시나이다."

생이 또 묻기를

"상서가 비록 기세하시나 자제도 없어 누각이 저리 퇴락하였는가?"

노고가 이 말을 듣고 난간에 엎드려 일어나지 못하거늘 생이 마음에 생각하되

이 집은 남자 웁고 부인만 게신이 엇지 머무리요 ㅎ고 일어나고져 ㅎ던이 즁문 박계

비복이 왕너ㅎ며 싱을 보고 다 눈물을 흘이며 셔로 일너 왈 연졍의 긔긱이 져

엇틋 가틀소냐 ㅎ며 나셔 보거널 싱이 고히 여겨 그 소졍너을 알고져 ㅎ던이 쏘 훈

시여 옥호의 술을 담고 금반의 수십 가지 호을 들고 나어와 젼걸 왈

부인계옵셔 귀긱이 연젼의 머무신다 ㅎ오니 비록 집이 누취ㅎ오나 별

'이 집은 남자가 없고 부인만 계시니 어찌 머물리오.'

하고 일어나고자 하더니 중문 밖에 비복이 왕래하며 생을 보고 다 눈물을 흘리며 서로 일러 왈

"정자에 온 과객이 저렇듯 같을쏘냐?"

하며 나서서 보거늘 생이 괴히 여겨 그 소종래(所從來)를 알고자 하더니 또 한 시녀가 옥호에 술을 담고 금반에 수십 가지 안주를 들고 나아와 전갈하기를

"부인께오서 귀객이 정자에 머무신다 하오니 비록 집이 누추하오나

쌍의 드어와 쉬여 가기을 청ᄒ나니다 셩이 황공ᄒ여 일어나 절ᄒ
고 시비을 터ᄒ여 왈 쳔셩이 감히 부인게 말삼을 터답지 못ᄒ난이
쳔셩의 쓰즐 젼차로 엿자오라 부인 말삼을 감히 거역ᄒ난 비 안이
로되 귀긱쩍 남자 안이 게신더 과긱이 임으로 드지 못ᄒ노소이다
시비 드려가던이 쏘ᄒ 와 젼ᄒ되 빅발이 다 된 과부 즁씨난 이졔
나이 구십이요 집의 거나린 자식 읍사온이 귀긱이 ᄒ로밤 머물기
무삼 허물이 잇시리요 쏘 비복의 말을 들으믜 노인이 친이 보와 알
고져 ᄒ신 쓰지온이 번거이 말으시고 잠간 벌쌍으로 드러오시면
당힝이로소이다 이렁
구렁 셔양은 직을 늠고 동영의 달이 빈취난지라 마지못ᄒ여 시비
을 따
라 별당의 다다른이 노고 열이 비복을 다리고 이로되 스룸의 얼고
리 혹 갓턴이
이도 잇건이와 거름 걸넌 것도 더옥 갓튼 이 이난 인당 우리 쥬인
이요 타인
는 안이로다 ᄒ나 셩이 듯고 싱각ᄒ되 일졍 져의 죽근 쥬인과 방불
ᄒ니 그러ᄒ난쏘다 ᄒ고 들은 체 안이 ᄒ고 당상의 오른이 집비 비
록 화

별당에 들어와 쉬어 가기를 청하나이다."

생이 황공하여 일어나 절하고 시비를 대하여 왈

"천생(賤生)이 감히 부인의 말씀에 대답하지 못하나니 천생의 뜻을 여쭈어라. 부인 말씀을 감히 거역하는바 아니로되 귀댁에 남자가 아니 계신대 과객이 임의로 들지 못하겠소이다."

시비가 들어가더니 또한 와서 전하되

"백발이 다 된 과부 장씨는 이제 나이 구십이요, 집에 거느린 자식이 없사오니 귀객이 하룻밤 머물기에 무슨 허물이 있으리오. 또 비복의 말을 들으매 노인이 친히 보아 알고자 하신 뜻이오니 번거롭게 여기지 마시고 잠깐 별당으로 들어오시면 다행이로소이다."

이러구러 석양은 재를 넘고 동령에 달이 비취는지라. 마지못하여 시비를 따라 별당에 다다르니 노고가 여러 비복을 데리고 와서 이르되

"사람의 얼굴이 혹 같은 이도 있거니와 걸음 걷는 것도 더욱 같으니 이는 응당 우리 주인이요, 타인은 아니로다."

하나 생이 듣고 생각하되

"일정 저의 죽은 주인과 방불하니 그리 하는도다."

하고 들은 체 아니 하고 당상에 오르니 집이 비록

례호나 전후가 퇴락호고 초목이 황양호더라 이윽고 석반을 드인인
야소와 산과 정결호더라 상을 니미 시비 드러와 전결호되 부인이
나오신다 호거널 싱이 십분 황공호여 피할 고지 읍셔 게호의 나러
셧던이 나제 보던 노고와 사오 시비 부인을 옹위호여 셤뜰의 다다
으미 부인이 친이 팔을 들어 담장의 올이거널 싱이 부복호여 사양
왈 소즈 감히 디좌호오릿가 혼디 부인이 면져 올너 셔벽 증좌호시
고 싱을 동벽으로 쳥호거날 싱이 다시 공경호여 두변 졀호고 쑤러
안졋던이 부인이 답예호고 좌우을 명호여 등촉을 발키고 왈 존긱
은 과도이 말으시고 평안이 증좌호시면 노신이 일단 고혈홀 말이
잇시이 혀물치 마르소셔 싱이 부득호여 다시 몸을 구퍼 졀호고 염
실[21] 증좌호여 부인 말삼을 기다린이 부인이 혼번 보고 눈물을 흘
여 정신을 차리지 못

호거날 싱이 고히 여겨 다시 졀호고 뭇자오되 나제 노고와 비복 등
이 소즈을 보

고 마암이 슬어호거널 아지 못호엿삽던이 부인계옵셔 쏘훈 일엇틋
호심

화려하나 전후가 퇴락하고 초목이 황량하더라. 이윽고 석반을 들이니 야채와 산과가 정결하더라. 상을 내매 시비가 들어와 전갈하되

"부인이 나오신다."

하거늘 생이 십분 황공하여 피할 곳이 없어 계하에 내려섰더니 낮에 보았던 노고와 사오 명의 시비가 부인을 옹위하여 섬돌에 다다르매 부인이 친히 팔을 들어 담장에 올리거늘 생이 부복하여 사양왈

"소자가 감히 대좌하오리까?"

한대 부인이 먼저 올라 서벽에 정좌하시고 생을 동벽으로 청하거늘 생이 다시 공경하여 두 번 절하고 꿇어앉았더니 부인이 답례하고 좌우를 명하여 등촉을 밝히고 왈

"존객은 과도히 마시고 평안히 정좌하시면 노신이 일단 고할 말이 있으니 허물치 마소서."

생이 부득불 다시 몸을 굽혀 절하고 염슬 정좌하여 부인의 말씀을 기다리니 부인이 한번 보고 눈물을 흘려 정신을 차리지 못하거늘 생이 괴히 여겨 다시 절하고 묻자오되

"낮에 노고와 비복 등이 소자를 보고 마음에 슬퍼하거늘 알지 못하였더니 부인께옵서 또한 이렇듯 하심은

문 아지 못거라 무삼 연고 잇난잇가 부인이 나삼을 들어 눈물을 씨
스며 왈 노

첩이 말삼 뭇잡기 고이ᄒ오나 귀긱의 승명은 무어시며 연셰난 을
미나 ᄒ며 언

어 곳테 스는잇가 싱이 부복디 왈 소싱의 승명은 셔계죄옵고 ᄒ람
부 계용 ᄯᅡ의

사옵더니 마참 힝시의 참여ᄒ와 회시을 보려 ᄒ고 경셩으로 가오
며 나은 십오 셰로

소이다 부인이 더옥 슬어ᄒ여 눈물으 무수이 흘이거널 싱이 ᄯᅩ 감
창ᄒ여 문

왈 부인의 일엇틋 ᄒ시믈 보오니 소ᄌᆞ도 마음을 진정치 못할지
라 원컨딘 부인은 명빅히 이르사 실상을 기우지 마옵소셔 부인

이 하날을 바러보고 기리 탄식 왈 노신의 가군은 전 상셔 소한경이
니

본디 변성 사람으로 선제 붕ᄒ시고 세상이 ᄯᅳᆺ과 달나 벼살을 사
양ᄒ고 이 ᄯᅡᆼ의 와 거쳐ᄒ더니 삼십 연 전의 거셰ᄒ시고 두 자식
을 이지ᄒ여 이 몸이 구구이 머무더니 십오 연 전의 장자 소윤이
급제ᄒ미 이부의서 남계혈영을 제슈ᄒ시민 그 처 증씨로 더

알지 못 할 일이라! 무슨 연고 있나이까?"

부인이 나삼을 들어 눈물을 씻으며 왈

"노첩이 말씀 여쭙기 괴이하오나 귀객의 성명은 무엇이며, 연세는 얼마나 하며, 어느 곳에 사나이까?"

생이 부복하여 대답하기를

"소생의 성명은 서계조이옵고 하람부 계용 땅에 살았더니, 마침 때맞추어 회시를 보려고 경성으로 가오며, 나이는 십오 세로소이다."

부인이 더욱 슬퍼하여 눈물을 무수히 흘리거늘 생이 또 감창(感愴)하여 묻기를

"부인이 이렇듯 하심을 보오니 소자도 마음을 진정치 못할지라. 원컨대 부인은 명백히 이르시어 실상을 숨기지 마옵소서."

부인이 하늘을 바라보고 깊이 탄식 왈

"노신의 가군은 전 상서 소한경이니 본디 변성 사람으로 선제 붕하시고 세상이 뜻과 달라 벼슬을 사양하고 이 땅에 와 거처하더니 삼십 년 전에 거세하시고 두 자식을 의지하여 이 몸이 구구히 머물더니 십오 년 전에 장자 소윤이 급제하매 이부에서 남계현령을 제수하시매 그 처 정씨와 더불어

부러 임소로 가고 노신은 차자 요의게 이퇵ᄒ옵더니 윤이 한번
간 후 소식이 돈절ᄒ여 과만이 지너되 소식이 읍기로 요가 제 형을
위ᄒ여 노신의게 ᄒ직ᄒ고 ᄯ난 지 ᄯ한 삼 연이라 분명 두 자식이
다 즁노의서 죽엇난지라 노신이 이런 망극한 변을 보고 엇지 세상
의
살 마음이 잇시리요만은 두 자식의 희골을 찻지 못ᄒ고 ᄯ한 설영
진위을 전할 고지 읍서 지금ᄯ진 구차이 목슘을 부지하엿나이다
언필의 실셩통곡ᄒ니 그 차목흠물 목석이라도 감동ᄒᆞᆯ너라
싱이 ᄯ한 비창ᄒ여 눈물을 흘리며 엿자오되 부인의 궁천지통[22]
은 임의 드러삽건이와 소자난 범상한 과긱이언이와 불너 보시고
이럿틋
감참ᄒ시문 엇지미잇가 부인이 체읍 탄왈 귀긱을 디ᄒ여 정
을 베푸나니 고이타 마을소서 긱에 용모와 거동을 보온니 장ᄌ
소윤과 호리[23]도 다름이 읍삽고 연차도 십오세라 ᄒ오니

임소로 가고 노신은 차자 요에게 의탁하였더니 윤이 한번 간 후 소식이 돈절하여 과반이 지나되 소식이 없기로 요가 제 형을 위하여 노신에게 하직하고 떠난 지 또한 삼 년이라. 분명 두 자식이 다 중로에서 죽었는지라. 노신이 이런 망극한 변을 보고 어찌 세상에 살 마음이 있으리오마는 두 자식의 해골을 찾지 못하고 또한 진위를 전할 곳이 없어 지금까지 구차히 목숨을 부지하였나이다."

말을 마치고 실성통곡하니 그 참혹함은 목석이라도 감동할러라.

생이 또한 비창하여 눈물을 흘리며 여쭈되

"부인의 궁천지통(窮天之痛)은 이미 들었사옵거니와 소자는 범상한 과객이온데 불러 보시고 이렇듯 감창하심은 어쩜이니까?"

부인이 눈물을 흘리며 탄식하기를

"귀객을 대하여 정을 베푸나니 괴이하다 마소서. 객의 용모와 거동을 보오니 장자 소윤과 호리(毫釐)도 다름이 없사옵고 연차도 십오 세라 하오니 이난 윤이 쩌나던 히라 이러무로 죽은 자식 만닌 듯ᄒ여 자연 슬푼 마음이 간절ᄒ여이다 싱이 위로 왈 양위 영낭의 진적ᄒ 기별을 듯지 못ᄒ여 계실진딘 힝노 슈철 이 밧게 듯사오니 사방의 도적이 이러나 길이 막켜다 ᄒ오니 비록 세상의 계시나 고향의 득달치 못ᄒ가 십푸오니 부인은 안심ᄒ사 니종사을 바릭소서 ᄒ며 위로ᄒ니 부인이 쥬찬을 닉여 권ᄒ여 정회을 베프오니 의의함이 모자나 다름읍더라 밤이 장차 삼경이 되민 부인이 이러나 드러가시며 왈 평안이 유슉ᄒ시고 명일 늣긔야 보기을 당부하시고 가시거날 싱이 부인의 경상을 보고

싱각ᄒ여 월식을 쬐여 비회ᄒ더가 심회을 풀 고지 읍서 가동을 명ᄒ여 힝장의 단금을 닉여 낙츈방 가사을 지어 곡조의 올여 난간

을 이지ᄒ여 두어 번 타더니 노고 나와 거문고을 두다리며 왈 귀긱은

이 가사 빈운 고지 잇시리라 기이지 마르소서 싱이 답왈 이 말은 그

이는 윤이 떠나던 해라. 이러므로 죽은 자식 만난 듯하여 자연 슬픈 마음이 간절하여이다."

생이 위로 왈

"두 분 아드님의 진적한 기별을 듣지 못하여 계실진대 행로(行路) 수천 리 밖에 들리기로, 사방에 도적이 일어나 길이 막혔다 하오니, 비록 세상에 계시나 고향에 득달치 못하였나 싶으오니 부인은 안심하시고 나중 일을 바라소서."

하며 위로하니 부인이 주찬을 내어 권하여 정회를 베푸니 의의함이 모자(母子)나 다름없더라.

밤이 장차 삼경이 되매 부인이 일어나 들어가시며 평안히 유숙하시고 명일 늦게야 보기를 당부하시고 가시거늘, 생이 부인의 경상을 보고 생각하여 월색을 띠어 배회하다가 심회를 풀 곳이 없어, 가동을 명하여 행장에서 단금을 꺼내고 낙춘방 가사를 지어 곡조에 올려 난간을 의지하여 두어 번 타더니, 노고가 나와 거문고를 두드리며 왈

"귀객은 이 가사 배운 곳이 있으리라. 숨기지 마소서."

생이 답하기를

"이 말은

디 나을 구박흐미로다 니 앗게 부인의 정셩이 차목흐물 보고
심사 감흐여 소련이 가사을 지어 곡조의 올엿쩌던 엇지 빈운 고지
잇스리요 노고 답왈 상공은 노첩을 하졍이라 읍슈이여기지 마르
소서 첩이 잠간 음율을 아난지라 이 곡조는 낙츈방이라 우리 소 상
공
이 남계로 가실 적의 디부인을 위흐여 이 가사을 지여 위로흐시던
비라 아지 못거라 존긱은 어디을 이연흐여 이 곡조흘 히롱흐신잇
가 흐
며 그 가사 일편을 외우니 자게 소졀의 흔 지도 다름 읍거널 셩이
거문고
을 맛치고 문 왈 세상의 고이흔 일도 잇도다 이 가사을 악게 지어
거문고의
올여 시험흐더니 웃지 님의 의사을 먼저 알이요 노고 쏘 거문고을
보더
가 놀니여 왈 귀긱은 이 거문고 잇난 고즐 자서이 이르소서 세상의
고이한 일
도 잇도다 귀긱이 우리 쥬인이 안이신잇가 이 거문고는 우리 소 쥬
인이 사랑
흐던 비라 하날이 지시하신민가 진실노 이심을 씨닷지 못할노소

그대가 나를 구박함이로다. 내가 아까 부인의 경상이 참혹함을 보고 심사에 감동하여 소년이 가사를 지어 곡조에 올렸거든 어찌 배운 곳이 있으리오."

노고가 답하기를

"상공은 노첩을 아랫사람이라 업신여기지 마옵소서. 첩이 음률을 조금 아는지라. 이 곡조는 낙춘방이라. 우리 소 상공이 남계로 가실 적에 대부인을 위하여 이 가사를 지어 위로하시던 바라. 알지 못할 일이라! 존객은 어디를 이별하여 이 곡조를 희롱하시니까?" 하며 그 가사 일 편을 외우니 자기의 소절과 한 자도 다름이 없거늘 생이 거문고를 마치고 묻기를

"세상에 괴이한 일도 있도다. 이 가사를 아까 지어 거문고에 올려 시험하였더니 어찌 남의 생각을 먼저 알리오."

노고가 또 거문고를 보다가 놀라 왈

"귀객은 이 거문고 있는 곳을 자세히 이르소서. 세상에 괴이한 일도 있도다. 귀객이 우리 주인이 아니시나이까? 이 거문고는 우리 소 주인이 사랑하던 바라. 하늘이 지시하심인가? 진실로 의심을 깨닫지 못하겠사오이다."

이다 싱이 왈 이난 닉 집 세전지무[24]리라 엇지 소 상공이 알 비리
요 혹 갓튼 기물인들 읍시랴 ᄒ며 심이 중심의 이혹ᄒ여 즉시 거문
고을 가동의게 밋기고 방의 드러가 전전불미ᄒ더니 장차 동방이
발난지라 이러나소세[25]을 맛친 후의 가동으로 ᄒ야금 노고을 청ᄒ
여 하직을 고ᄒ니 부인이 일변 조반을 진촉ᄒ며 밧비 나와 싱을 이
별할시 권권한 정과 연연한 회포을 모자간 이별의서 더ᄒ더라 싱
이 지비 하직한디 부부인이 전전ᄒ여 차마 쩌나지 못ᄒ여 방황ᄒ
더니 부인이 시비을 명ᄒ여 농을 닉리와 쇄금을 열고 나삼 한 별을
닉여 쥬며 왈 이거슬 노신이 이

거슬 노신이 손소 글노ᄒ여 남여 나삼을 만드러 여삼은 며날이 증
씨을

입피고 이난 자식 윤을 입피려 ᄒ더니 등화 쩌러져 조고만한 흠미
잇

기로 즉시 곤쳐 두엇던이 윤이 도러올 기약이 망연ᄒ오미 노신의
자식

싱각ᄒ난 쓰슬 읍게 귀긱의게 전ᄒ나 내 비록 누차ᄒ나 입부

생이 왈

"이는 내 집 세전지물(世傳之物)이라. 어찌 소 상공이 알 바 있으리오. 혹 같은 기물인들 없으랴?"

하며 심히 중심에 의혹하여 즉시 거문고를 가동에게 맡기고 방에 들어가 전전불매(輾轉不寐)하더니 장차 동방이 밝는지라. 일어나 소세(梳洗)를 마친 후에 가동으로 하여금 노고를 청하여 하직을 고하니 부인이 일변 조반을 재촉하며 바삐 나와 생을 이별할새 권권한 정과 연연한 회포는 모자간(母子間) 이별에서 더하더라.

생이 재배 하직한대 부인이 전전하여 차마 떠나지 못하여 방황하더니 부인이 시비를 명하여 농을 내어와 자물쇠를 열고 나삼 한 벌을 내어 주며 왈

"이것을 노신이 손수 일하여 남녀 나삼을 만들어 여자 나삼은 며느리 정씨를 입히고 이것은 자식 윤을 입히려 했더니, 등화가 떨어져 조그마한 흠이 있기로 즉시 고쳐 두었으나 윤이 돌아올 기약이 망연하매 노신이 자식 생각하는 뜻이 없게 귀객에게 전하나니, 비록 누차하나 입으시고

시고 노신의 연연한 정을 잇지 마르시소서 이번 과게난 정영코
장원할 거시이 가실 쩌의 남계로 사람을 보니여 두 자식의 존망을 탐
문ᄒ여 노첩의게 전ᄒ면 지ᄒ의 도러가 풀을 미저 보은ᄒ리라 언파
의 방성디곡ᄒ시니 일가 노복이 다 통곡ᄒ난지라 노고 싱의 소미을
붓들고 더욱 스러ᄒ니 이 노고는 윤의 유모 쥬씨라 쏘한 이연ᄒ여
권권이 이별ᄒ고 나귀을 모라 길을 힝한이 마암이 자연 변노ᄒ여
공명의 쓰지 읍고 이묵이 조발ᄒ여 천만가지로 싱각ᄒ되 쌔닷지
못ᄒ고 사오일 힝ᄒ더니 한 곳의 다달나 셕양은 히을 넘고 인간
은 저권ᄒ여 증히 민망ᄒ더니 풍편의 호련 드르니 옥저소리 은은
이거널 저소리을 싸라가니 낙낙 장송은 벽계슈을 둘너 잇고 층
암절벽은 반공의 다렷난듸 동자 슈삼인이 한 노인을 뫼서 단암
우의 안저 청학을 츔츄이며 옥제을 불이거널 싱이 우러러 바

노신의 연연한 정을 잊지 마시소서. 이번 과거는 정녕코 장원할 것이니 가실 때에 남계로 사람을 보내어 두 자식의 존망을 탐문하여 노첩에게 전하면 지하에 돌아가 풀을 맺어 보은하리라"

　말을 마치고 방성대곡하시니 일가 노복이 다 통곡하는지라. 노고가 생의 소매를 붙들고 더욱 슬퍼하니 이 노고는 윤의 유모 주씨라. 또한 애연하여 권권이 이별하고 나귀를 몰아 길을 행하니 마음이 자연 번로하여 공명에 뜻이 없고 의문이 조발하여 천만가지로 생각하되 깨닫지 못하고 사오일 행하더니, 한 곳에 다다라 하늘에 석양은 넘어가고 인간은 적막하여 정히 민망하더니, 풍편에 홀연 들으니 옥저소리가 은은히 들리거늘 옥저소리를 따라가니 낙락장송은 벽계수를 둘러 있고 층암절벽은 반공에 달렸는데 동자 수삼인이 한 노인을 모셔 반암 위에 앉아 청학을 춤추게 하며 옥저를 불거늘, 생이 우러러

리 보니 표표정정[26]함이 인간 사람 안이어널 전도히 말게 니려 가
동을 물이치고 단신으로 풀입풀 붓들고 전전이 올너가니 바회가
싸근듯ㅎ여발을 붓치지 못ㅎ고 손의 자부미 읍서 우러러 기리 노
인을 향ㅎ여 두번 절ㅎ고 섯시니 동자 학을 타고 나려와 이로디 상
공은 이 학의 자최을 싸르소서 싱이 그 학의 자최을 싸라 올나가니
슌ㅎ기 평지갓더라 싱이 나어가 다시 직비ㅎ고 눈을 드러 노인을
바리보니 창안 학발이 표연ㅎ고 갈건야복이 세상 사람 갓지 안터
라 싱이 절하물 보고 조곰도 몸을 요동치 안니ㅎ며 문득 이르되 나
난 그듸의 조부의 브지라 물의함물 허물치 말나 그듸 듸인은 무양
ㅎ시며 자친은

어더 계시넌요 그러나 손연이 원정 누철이을 발섭ㅎ민[27] 긔력이
곤핍

할지라 한 잔 차로 위로코져 ㅎ노라 싱이 디경 왈 소자난 지늬가난
아

희라 뭇지 아니하시민 감히 고하지 못ㅎ엿건이와 선싱은 웃지 조

바라보니 표표정정(表表亭亭)함이 인간세계의 사람이 아니거늘 앞으로 나아가 말에서 내려 가동을 물리치고 단신으로 풀잎을 붙들고 전전하며 올라가니, 바위가 깎은 듯하여 발을 붙이지 못하고 손에 잡을 것이 없어 우러러 길게 노인을 향하여 두 번 절하고 섰으니 동자가 학을 타고 내려와 이르되

"상공은 이 학의 자취를 따르소서."

생이 그 학의 자취를 따라 올라가니 순하기가 평지 같더라. 생이 나아가 다시 재배하고 눈을 들어 노인을 바라보니 창안(蒼顔) 학발(鶴髮)이 표연하고 갈건야복이 세상사람 같지 않더라.

생이 절하는 것을 보고 조금도 몸을 요동치 아니하며 문득 이르되

"나는 그대 조부의 벗이라. 무례함을 허물치 말라. 그대 대인은 무양하시며 자친(慈親)은 어디 계시느뇨? 그러나 소년이 원정(遠程) 수천 리를 돌아다니매 기력이 곤핍할지라. 한 잔 차로 위로하고자 하노라."

생이 대경 왈

"소자는 지나가는 아이라. 묻지 아니하시매 감히 고하지 못하였거니와 선생께서는 어찌

부의 붕우라 ᄒ시고 조모의 안부을 무르시낫잇가 조부난 세
상을 바린지 육십 여연이요 아비난 살어시나 하방 밋천한 사람이
라 반다시 선성 안전의 뵈오미 읍실 거시요 어미난 십오 연 전의
싱
을 나으시고 죽어난지라 선성의 무르시물 아지 못할노소이다 이난
선
싱이 지너가난 과긱을 조롱하난쏘다 ᄒ고 무슈이 이혹ᄒ거널 노인
이 잠소 왈 그디는 늘근의 마리 망영갓트나 그더 디인 소상공을 뵈
안지
지금 이십여 연이요 그듸 모친은 안즉 산중의 무양ᄒ거널 고히 드
르민 쏘 일봉서을 쥬거널 싱 바다보니 ᄒ엿시되 외손자 소싱의게
붓
치노라 ᄒ엿거널 바다들고 그 쓰줄 살펴보니 인간 글과 달나 아지
못ᄒ나 다만 피봉[28]의 외손자 소싱이라 ᄒ엿시미 의혹하여 왈 소
자 아압지 못ᄒ건이와 외손자라 ᄒ오면 승을 소씨라 하시난 말
삼은 웃진 이리신잇가 노인 고 마을 치 듯지 안이하고 붓

조부의 붕우라 하시고 조모의 안부를 물으시나이까? 조부는 세상을 버린 지 육십여 년이요, 아비는 살아있으나 하방의 미천한 사람이라 선생 눈앞에 뵐 일이 없을 것이요, 어미는 십오 년 전에 생을 낳으시고 죽었는지라. 선생의 물으심을 알지 못하겠소이다. 이는 선생이 지나가는 과객을 조롱하는 것이도다."

하고 무수히 의혹하거늘 노인이 가만히 웃고 왈

"그대는 늙은이의 말이 망령 같겠으나 그대의 대인 소 상공을 뵌 지가 지금 이십여 년이요, 그대 모친은 아직 산중에 무양하니라."

하거늘 괴이해 하며 들으매 또 일봉서(一封書)를 주거늘 생이 받아보니 하였으되

외손자 소생에게 부치노라.

하였거늘 받아들고 그 뜻을 살펴보니 인간 글과 달라 알지 못하나 다만 겉봉에 '외손자 소생'이라 하였으매 의혹하여 왈

"소자는 알지 못하거니와 외손자라 하오면 성을 소씨라 하시는 말씀이온대 어쩐 일이시니까?"

노인이 그 말을 채 듣지 아니하고

치을 치며 위여 왈 노인이 망영으로 한 히 그릇 썻신들 무슴 관

계잇시며 슈이 도러가 공명을 이루고 후의 틱평으로 지니게 ㅎ

라 ㅎ고 일후의 알 이리 잇실이라 ㅎ고 통자을 명ㅎ여 옥호

의 향츠을 연ㅎ여 삼 비을 권ㅎ니 싱이 바다 마시니 차도 아니요 슐도 아

니로딕 마시 향기롭고 정신니 쇄락ㅎ여 몸이 청천으로 오르난 듯ㅎ

더라 일정 싱각ㅎ믹 이전 마음과 다른지라 두어번 절ㅎ고 공경이 사례

왈 쥬시난 차효난 세상 사람이 먹을 비 아니어널 감히 뭇잡난이 선싱계옵

서 싱을 인도ㅎ여 선악을 쥬신잇가 노인이 왈 닉 고구을 잇지 못ㅎ여 그딕

을 두어 잔 차로 권ㅎ니 일후의 정신이 휜츌ㅎ여 빅병이 읍시면 문장

이 자츌ㅎ나니 다시 뭇지 말나 ㅎ고 동자을 명ㅎ여 소싱을 평지의 인도ㅎ

라 ㅎ며 소미을 쓸처 경각간의 거처을 몰을너라 그 동자을 짜러 평

지의 닉린 후의 동자 나난 드시 가거널 싱의 이혹ㅎ여 소 상서 집의셔

부채를 치며 외쳐 왈

"노인이 망령으로 한 획 그릇 썼던들 무슨 관계있으며 쉬이 돌아가 공명을 이루고 후에 태평으로 지내라."

하고

"후에 알 일이 있으리라."

하며 동자를 명하여 옥호에 향기로운 차를 부어 연이어 삼배(三盃)를 권하니 생이 받아 마시니 차도 아니요, 술도 아니로되 맛이 향기롭고 정신이 쇄락하여 몸이 푸른 하늘로 오르는 듯하더라. 일정 생각하매 이전 마음과 다른지라. 두어 번 절하고 공경히 사례 왈

"주시는 차는 세상 사람이 먹을 바가 아니거늘, 감히 묻잡나니 선생께옵서 생을 인도하여 선약(仙藥)을 주시니까?"

노인이 왈

"내 오랜 친구를 잊지 못하여 그대에게 두어 잔 차로 권하니 일후에 정신이 훤칠하여 백병이 없으며 문장이 저절로 나올 것이니 다시 묻지 말라."

하고 동자를 명하여

"소생을 평지에 인도하라."

하며 소매를 떨치니 눈 깜빡할 사이에 거처를 모를러라. 그 동자를 따라 평지에 내린 후에 동자가 나는 듯이 가거늘 생이 의혹하여 소 상서 집에서의

고이한 일이 심중의 미처 염예 무궁할 지음의 또 노선의 마리 소성
이라 하미 더욱 이심호여 과거을 보지 말고 도로 집의 나려가 부친
계
물어 근본을 알고저 호더가 다시곰 싱각호되 뇌 어러씰 쩌붓텀 부
친
이 항상 사람을 살히호고 지물을 노략호기로 업을 일삼으니 나도
혹 소씨의 혈육으로서 이 집의 이퇵혼가 진실 우리 부친이 서씨의
게 죽음물 입어 그러한가 이처럼 싱각호되 쩌달를 기리 읍서 또 싱
각
호되 노신이 날을 쏘기지 아니하리인이 그 말을 좃차 경성의 가 과
거을
할진된 몸이 귀히 된 연후의 천호 사람으로 하야금 근본을 알너라
호고 경성의 이르니 과일이 님박호여기로 장중의 드러가 장원의
쩨이여
천자 층찬 왈 이십 전 장원은 천고이 히한 이리로다 호시고 즉시
할님 혹
사을 제슈호시니 명망이 일국의 읏씀이라 천자 별궁과 노비 금은
을 무
슈이 상사호시니 영귀함이 극홈이 극호되 오즉 심중의 이혹한이

괴이한 일이 심중에 맺혀 염려가 무궁할 즈음에 또 노선의 말이 소생이라 하매, 더욱 의심하여 과거를 보지 않고 도로 집에 내려가 부친께 물어 근본을 알고자 하다가, 다시금 생각하되

'내 어렸을 때부터 부친이 항상 사람을 살해하고 재물을 노략하기로 업을 일삼으니 나도 혹 소씨의 혈육으로서 이 집에 의탁한 것인가? 진실로 우리 부친이 서씨에게 죽음을 당해 그러한가?'

이처럼 생각하되 깨달을 길이 없어 또 생각하되

'노신이 나를 속이지 아니하리니 그 말을 좇아 경성에 가 과거를 보고 몸이 귀히 된 연후에 천하 사람으로 하여금 근본을 알게 하리라.'

하고 경성에 이르니 과거일이 임박하였기로 장중에 들어가 장원으로 뽑히니 천자가 칭찬 왈

"이십 전 장원은 천고에 희한한 일이로다."

하시고 즉시 한림학사를 제수하시니 명망이 일국의 으뜸이라. 천자가 별궁과 노비, 금은을 무수히 상사하시니 영귀함이 더할 수 없으되 오직 심중에 의혹하니

이리 날노 더호여 부귀의 쓰지 읍서 벼살을 갈고 고향의 도러가 이
심된 일을물고저 호여 상소을 지어 베살을 사양할시 그 상소의 호
엿시되 소신이 본디 하방 천인 몸으로 천은이 망극호여 외람이 옥
당 중님의 처하엿사오되 연세 민만호여 중즉을 감당치 못할 쑌 아
이와 아비 나이 육십이 늠습고 실호의 다른 형제 읍삽고 산천이 격
원호여 일장 신사도 쓴처스오니 복걸 황상은 신의 벼사을 거두시
고 고향의 도러가 늘근 아비을 잠간 위로호옵고 도러와 승은을 갑
사오리다 상이 부답호시되 경은 비록 연소호나 직덕이 겸전호엿시
니 진짓 국가의 쥬석이요 짐의 괴공이라 엇지 일시라도 써나리요

이것이 날로 더하여 부귀에 뜻이 없어 벼슬을 갈고 고향에 돌아가 의심된 일을 묻고자 하여 상소를 지어 벼슬을 사양할새 그 상소에 하였으되

소신이 본디 하방 천인의 몸으로 천은이 망극하여 외람되이 옥당 중림에 처하였사오되 연세 미만(未滿)하여 중직을 감당치 못할 뿐 아니라 아비 나이는 육십이 넘사옵고 슬하에 다른 형제 없사오며 산천이 격원하여 일장 서신도 끊어졌사오니 복걸 황상은 신의 벼슬을 거두시고 고향에 돌아가 늙은 아비를 잠깐 위로하옵고 돌아와 승은을 갚게 하옵소서.

상이 부답하시되

경은 비록 연소하나 재덕이 겸전하였으니 짐짓 국가의 주석이요, 짐이 특별히 아끼는 신하라. 어찌 일시라도 떠나리오.

ᄒᆞ신되 싱이 십샨 황공ᄒᆞ여 감불싱의[29) ᄒ

더니 상이 문득 가라사되 맛쌍이 경의 아비을 베살을 쥬어 부리인
이 사양치

말나 ᄒᆞ시거날 싱이 더옥 황공ᄒᆞ여 다시 상소ᄒᆞ여 왈 신의 아비난
근본이

불가 밋천한 빅성으로 문무간 비혼거시 읍삽고 ᄯᅩ 식견이 읍사오
니 엇지

하신대 생이 십분 황공하여 감히 엄두도 내지 못하더니 상이 문득
가라사대

"마땅히 경의 아비에게 벼슬을 주어 부르리니 사양치 말라."
하시거늘 생이 더욱 황공하여 다시 상소하여 왈

　　신의 아비는 근본이 불과 미천한 백성으로 문무(文武)간에
　배운 것이 없사옵고 또 식견이 없사오니 어찌

조관의 참예ᄒ리요 승교을 거두시고 신의 어미 신을 낫삽고 일싁이

못ᄒ여 죽엇사요니 물너가 아베 얼골도 보고 어미 무덤의 성묘도 ᄒ게 ᄒ옵시며 슈히 나어와 승은을 갑사오리다 천자 불윤ᄒ사 쪼 허치 안니ᄒ시니 싱이 마지못ᄒ여 죽임을 안찰ᄒ니 마암이 정즉ᄒ미 조정의 유명ᄒ더라 각설 잇적의 황후 귀척의 옥여 둔 지 구혼ᄒ여 구름 모이듯 ᄒ되 싱이 한갓 이혹을 푸치 못ᄒ엿고 쪼 부명이옵

난 고로 혼인의 쓰지 읍서 사면으로 다 허락지 아니 ᄒ엿더니 병부상서 왕

경은 금시 명이지상이요 그 부인 석씨난 지금 황후낭낭의 친제라 일즉

삼자 일예을 두어시미 삼자난 다 성취ᄒ고 여아의 명은 정숙낭자요 연

세는 십오세라 화용월틱는 세상의 쌍이 읍고 겸ᄒ여 임사의 덕이 잇고

일동일정이 다 본듸 잇스미 비례울 힝치 안이ᄒ니 진실노 여중군자

이러ᄒ무로 부모 과의ᄒ여 틱서ᄒ기을 각별이 ᄒ더니 일일은 조

조관(朝官)에 참여하리오. 승교를 거두시고 신의 어미는 신을 낳고 한 달이 못되어 죽었사오니 물러가 아비의 얼굴도 보고 어미 무덤에 성묘도 하게 하오시면 쉬이 나아와 승은을 갚겠사옵니다.

천자 불윤하사 또 허락하지 아니하시니 생이 마지못하여 죽림을 안찰하니 마음이 정직하매 조정에 유명하더라.

각설. 이때에 황후 인척에 옥녀 둔 자들이 구혼하여 구름 모이듯 하되 생이 한갓 의혹을 풀치 못하였고 또 부친의 명이 없는 고로 혼인에 뜻이 없어 사면으로 다 허락지 아니 하였더니 병부상서 왕경은 지금 명재상이요, 그 부인 석씨는 지금 황후낭랑의 친제(親弟)라. 일찍 삼남 일녀를 두었으매 삼남은 다 성취하고, 여아의 명은 정숙낭자요, 나이는 십오 세라. 화용월태는 세상에 쌍이 없고 겸하여 임사의 덕이 있고 일동일정(一動一靜)이 다 본데있으매 비례를 행치 아니하니 진실로 여중군자라. 이러하므로 부모가 과애(過愛)하여 택서하기를 각별히 하더니 일일은

회ᄒ고 드러오며 히식이 만안ᄒ여 밧비 소졔을 불너 안치우고 왈
여아의 비필을 증ᄒ리라 ᄒ니 부인이 문왈 웃던 사람을 보고 저다
시 질기시 난잇가 상서 답 왈 시방 장원 서계조는 ᄒ날이 ᄂ신 븨
라 용모 풍치는 다시 이르지 말고 문장지덕이 만조정의 독부요 ᄂ
평싱 보던 비 처음이라 청ᄒ여 혼인을 증ᄒ사이다 부인이 ᄯᅩ한 깃
거 왈 진실노 곳 상서의 말갓 틀진듸 우리 집 복이로되 듸사을 살
펴 처결ᄒ옵소서 상서 답 왈

조회하고 들어오며 희색이 만안하여 바삐 소저를 불러 앉히고 왈

"여아의 배필을 정하리라."

하니 부인이 묻기를

"어떤 사람을 보고 저다지 즐기시나이까?"

상서가 답하기를

"시방(時方) 장원 서계조는 하늘이 내신 바라. 용모 풍채는 이를 것도 없고 문장재덕이 온 조정에서 독보적이요, 내 평생 본 바 처음이라. 청하여 혼인을 정하사이다."

부인이 또한 기뻐 왈

"진실로 상서의 말 같을진대 우리 집 복이로되 대사를 살펴 처결(處決)하옵소서."

상서가 답하기를

늬 쓰지틱서을 범홀이 하릿가 아히 나히 십오 세로되 힝둥거지난 으른의 지늬난지라

이러무로 황상이 층찬ᄒ여 가라사되 할님 석계조는 세상의 쌍이 읍난 군자요 일듸의 호걸이라 ᄒ시니 좌우 빅관이 항복하난지라 두렵건틴 이을가 ᄒ

나이다 즉시 미뭐을 불너 서가의 구혼ᄒ난 쓰즐 이르고 왈 여아의 지덕은 너히

도 임의 아난 빅라 ᄒ고 누누 당부한듸 미뭐 되왈 인간의난 소제의 짝이 읍

실가 ᄒ엿더니 서 할님이 방불ᄒ오면 첩이 웃지 즁미ᄒ기을 사양 ᄒ

"내 뜻에 택서(擇壻)를 범홀히 하리까? 아이 나이가 십오 세로 되 행동거지는 어른보다 나은지라. 이러므로 황상이 칭찬하여 가라사대 '한림 서계조는 세상에 쌍이 없는 군자요, 일대 호걸이라.' 하시니 좌우 백관이 항복하는지라. 두렵건대 잃을까 하나이다."

즉시 매파를 불러 서가에 구혼하는 뜻을 이르고 왈

"여아의 재덕은 너희도 이미 아는 바라."

하고 누누이 당부한대 매파가 대답하기를

"인간세계에는 소저의 짝이 없을까 하였더니 서 한림에 방불하면 첩이 어찌 중매하기를 사양하오리까?"

옷잇가 ᄒ고 즉시 서 할님 부중의 가 명첩을 드리고 늬청의 드러가
니시예 명첩을 바다 드리고 미뤼을 청ᄒ여 안치고 학사 친이 이르
되 그디 이리 오기는 필연 혼인을 위ᄒ미니 늬 혼자 잇서 부명을
밧잡지 못한지라 이러무로 의의한 ᄊᆞᆯᄌᆞᆯ 좃지 못하노라 미뤼 왕연
왈 노신니 노야의게 말삼ᄒ옵기 당돌ᄒ오나 감히 한 말삼을 알외
난니 단금 왕 상서딕 소제난 절디 화용이라 틱사의 덕과 이비의 힝
실이 잇고 겸ᄒ여 문장이 이틱븩의 지늬오니 진즛 요조슉예요 군
자호구30)라 상서 슈연을 틱서ᄒ시더가 상공의 풍치을 보시고 노신
으로 하여곰 낭자의 조흔 인연을 밎고저 ᄒ여 부르시기로 황명을
밧자와 존전의 알욀 말삼은 상공을 위ᄒ미라 이제 학사계옵서 거
절ᄒ시니 다시 알외 말삼 읍나이다 싱이 답왈 만일 그디의 말과 갓
틀진딘 왕 상서의 성덕을 바리린니 엇지 존명을 어기리
요만는 혼인은 인간디사라 친명 읍시 자단함이 불가한지라 이러

하고 즉시 서 한림 부중에 가서 명첩(名帖)을 드리고 내정에 들어가니 시녀가 명첩을 받고 매파를 청하여 앉히고 학사가 친히 이르되

"그대가 이리 온 것은 필연 혼인을 위함이니 나 혼자 있어 부친의 명을 받지 못한지라. 이러므로 의의한 뜻을 좇지 못하노라."

매파가 망연하여 왈

"노신이 노야에게 말씀하옵기 당돌하오나 감히 한 말씀을 아뢰나니 지금 왕 상서 댁 소저는 절대 화용이라. 태사의 덕과 이비의 행실이 있고 겸하여 문장이 이태백보다 나으니 짐짓 요조숙녀요, 군자호구(君子好逑)라. 상서께서 수년을 택서하시다가 상공의 풍채를 보시고 노신으로 하여금 낭자의 좋은 인연을 맺고자 하여 부르시기로 황명을 받들어 존전에 아뢸 말씀은 상공을 위함이라. 이제 학사께옵서 거절하시니 다시 아뢸 말씀이 없나이다."

생이 답하기를

"만일 그대의 말과 같을진대 왕 상서의 성덕을 바라리니 어찌 존명을 어기랴마는 혼인은 인간대사라. 부모의 명령 없이 자단(自斷)함이 불가한지라. 이러므로

무로 존명을 밧드지 못ᄒ나이다 그디는 이 연유로 도러가 회보하
라 ᄆᆡ

ᄑᆡ 다시 긔굿치 못ᄒ고 낙막키 도러가 할님의 말삼을 고ᄒ여 왈 쳔
첩이 셔 할님을 보온니 이 사람은 하날이 ᄂᆡ사 소제의 비필을 증하
시미라 타일의 혼예을 이루련이와 지금은 소진과 장의 갓튼 구
변이라도 달닉지 못할너이다 상셔 왈 이 사람은 선명 군자라 혼인
즁사

을 임으로 허하지 아니ᄒ니 ᄂᆡ 친이 가 보고 쳥ᄒ리라 ᄒ시고 명
일의 상셔 친이 할님 부즁의 가니 학사 의관을 증제ᄒ고 계ᄒ의 ᄂᆡ
려가 공경ᄒ여 마자 서로 읍ᄒ고 당의 올나 빈쥬지예31)을 마지ᄆᆡ
싱이

공슈사례 왈 소싱은 초야의 미쳔ᄒᆫ 사람이라 쳔힝으로 빅의
의 올나 벼사리 옥단의 쳐ᄒ엿사오되 디인의 쳥덕을 한 번도 나어
가 문후치 못ᄒ엿더니 금일 상공이 쳔만임ᄆᆡ 님ᄒ시니 불승
황공ᄒ여이다 상셔 답왈 노복 국운을 입사와 벼사리 디신의

존명을 받들지 못하나이다. 그대는 이 연유로 돌아가 회보하라."

매파가 다시 말하지 못하고 낙망하여 돌아가 한림의 말씀을 고하여 왈

"천첩이 서 한림을 보오니 이 사람은 하늘이 내사 소저의 배필을 정하심이라. 타일에 혼례를 이루려니와 지금은 소진(蘇秦)과 장의(張儀) 같은 언변이라도 달래지 못할러이다."

상서 왈

"이 사람은 분명 군자라. 혼인 중사를 임의로 허하지 아니하니 내 친히 가서 보고 청하리라."

하시고 명일에 상서가 친히 한림 부중에 가니 학사가 의관을 정제하고 계하에 내려가 공경하여 맞아 서로 읍(揖)하고 당(堂)에 올라 빈주지례(賓主之禮)로 맞으매 생이 공수(拱手)하고 사례 왈

"소생은 초야의 미천한 사람이라. 천행으로 백의에서 올라 벼슬이 옥관에 처하였으되 대인의 청덕(淸德)을 한 번도 나아가 문후(問候)치 못하였더니 금일 상공이 천만의외로 임하시니 불승(不勝)황공하여이다."

상서가 답하기를

"노부가 국은을 입사와 벼슬이 대신에

당ᄒ엿사오니 지더이 읍서 승상의 너부신 은혜을 갑삽지 못
ᄒ믈 한탄ᄒ엿더니 학사의 청덕이 국가의 크게 즁한니 이난
노부 우러러 흠앙하던 비라 이러무로 문안의 나어와 발게 가르치
물 듯고저 ᄒ며 겸ᄒ여 관쥬의 지흠ᄒ난 법을 본밧고저 ᄒ오니 겸
손함믈엇지 이엇틋 과히 ᄒ나요 학사 이러나 사례 왈 듸인의 명을
감히 당치 못할노소이다 그러나 소셩의 경망한 죄 환을 당코저 ᄒ
나이다 상서 흔연 왈 쥬인이 이르지 안이ᄒ여 긔이 먼저 청ᄒ자 ᄒ
니 엇지 사양ᄒ리요 싱이 시비을 명ᄒ여 옥반의 향차을 드러 좌석
의 나어와 친이 잔을 드러 슈삼
비 미치니 상서 싱의 손을 잡고 왈 더제 믜자의 마리 웃더야 싱이
몸을
굽퍼 공경 듸왈 과연 작일의 믜자 전ᄒ난 마리 잇스되 소자 부명이
읍삽기로 임으로 허락지 못ᄒ엿나이다 상서 왈 노부 학사을 위
ᄒ여 사모하난 정이 간절ᄒ기로 청ᄒ난 비 잇더니 학사 싱각이

이르렀사오니 재덕이 없어 승상의 넓으신 은혜를 갚지 못함을 한 탄하였더니 학사의 청덕이 국가에 크게 중하니 이는 노부가 우러 러 흠앙하던 바라. 이러므로 문안에 나아와 밝게 가르침을 듣고자 하고 겸하여 관중의 지음(知音)하는 법을 본받고자 하오니 겸손함 이 어찌 이렇듯 과하느뇨?"

학사가 일어나 사례 왈

"대인의 명을 감히 당치 못할로소이다. 그러나 소생의 경망한 죄로 환을 당코자 하나이다."

상서가 흔연히 왈

"주인이 이르지 아니하여 객이 먼저 청하니 어찌 사양하리오."

생이 시비를 명하여 옥반에 향기 나는 차를 들고 좌석에 나아와 친히 잔을 들어 수삼 배 바치니 상서가 생의 손을 잡고 왈

"어제 중매인의 말이 어떠냐?"

생이 몸을 굽혀 공경이 대답하기를

"과연 작일에 중매인이 전하는 말이 있으되 소자 부친의 명이 없기로 임의로 허락지 못하였나이다."

상서 왈

"노부가 학사를 위하여 사모하는 정이 간절하기로 청하였더니 학사 생각이

힝허 모듸로써 진쥬을 밧구선난가 ᄒ여 거절ᄒ엿스나 웃지 모로이
요 그러나 불초한 여식이 비록 임사의 덕과 문악의 고으문 읍거이
와 학사
의 쯧즐 어기지 안이할 듯ᄒ니 이혹지 말고 조혼 언약을 허하미
엇더ᄒ요 싱이 듸석 듸왈 듸읜이 소자의 용연함을 이즈시고 거두
어 실
ᄒ의 두고저 ᄒ시니 은혜 망극ᄒ온지라 감히 사양ᄒ올잇가만
안 소자난 남방 민천한 사람이라 가세 시미 천빅하옵고 지죄 뇌
둔ᄒ와 향당의 츔 빗난 비 되엿더니 천은이 망극ᄒ와 이리 영귀
한들 감히 공후귀쩍의 절혼ᄒ오릿가 하물며 가향32)이 전권ᄒ
와 소자의 도라옴을 손을 곱어 지다리옵고 쏘 친명이 읍사오니 자
식이 되여 웃지 아베게 고치 안이ᄒ옵고 인간듸사을 처ᄒ오릿가
ᄒ
물며 소자의 심즁의 이혹하난 이리 잇기로 안즉 가취예난 싱각
이 망연ᄒ예이다 상서 답왈 노인이 비록 아난 일이 업사오나 잠

행여 바뀌셨는가 하여…. 거절하였으나 어찌 모르리오. 그러나 불초한 여식이 비록 임사의 덕과 장강의 고움은 없거니와 학사의 뜻을 어기지 아니할 듯하니 의혹하지 말고 좋은 언약을 허함이 어떠하뇨?"

생이 대석(對席)하여 대답하기를

"대인이 소자의 용렬함을 잊으시고 거두어 슬하에 두고자 하시니 은혜 망극하온지라. 감히 사양하오리까마는 소자는 남방의 미천한 사람이라. 가세(家勢)가 심히 천박하옵고 재주는 노둔하여 향당에 침 뱉는바 되었더니 천은이 망극하와 이리 영귀한들 감히 공후귀댁에 정혼하오리까? 하물며 가향(家鄉)이 곤곤(困困)하와 소자의 돌아옴을 손꼽아 기다리옵고 또 부모의 명이 없사오니 자식이 되어 어찌 아버지께 고하지 아니하옵고 인간대사를 정하오리까? 하물며 소자의 심중에 의혹하는 일이 있기로 아직 가취(嫁娶)에는 생각이 망연하나이다."

상서가 답하기를

"노인이 비록 아는 일이 없사오나 잠깐

간 사람의 동정을 아나니 그듸 웃지 혼혼 마가의 날이요 선세 비록 산
야의 뭇처시나 반다시 근본이 잇실지라 왕후장상이 웃지 씨
가 잇시리요 일즉 거지을 짝거 몸이 금마 옥당의 처흐엿시미 웃
지 그다시 겸손한야 노부의 은근한 쓰즐 저바리난요 비록 부명이
옵
사오나 듸슌갓튼 승인도 불가취흐엿사오니 그듸의 제 아름
답고 정한 슉예을 취홀진딘 웃지 부명을 기다리리요 바릐건딘
다시 싱각흐라 싱이 다시 사양 왈 감히 존명을 거역흐난 빈 아이라
마암의 의혹하난 일을 아베게 물어 쾌히 안 연후의 만일 이혹
이 옵사오면 아비 명을 쫏차 도아와 듸인 술흐의 잇사와 권권
한 쓰즐 갑사오리다 설파의 기식이 참담흐고 말삼이 정죽흐
니 상서 다시 강빅히 권치 못흐여 다시 이르되 부장이런이 즁쳔금
이라 흐오니 타일의 언약을 저바리지 말나 싱이 돈슈 왈 소자

사람의 동정을 아나니 그대 어찌 혼혼한 집안에 나리오. 선대가 비록 산야에 묻혔으나 반드시 근본이 있을지라. 왕후장상(王侯將相)에 어찌 씨가 있으리오. 일찍 행동거지를 닦아 몸이 금마 옥당에 처하였으매 어찌 그다지 겸손하여 노부의 은근한 뜻을 저버리느뇨? 비록 부친의 명이 없으나 대순(大舜) 같은 성인도 불가취하였으니 그대가 저 아름답고 정한 숙녀를 취할진대 어찌 부친 명을 기다리리오. 바라건대 다시 생각하라."

생이 다시 사양하여 왈

"감히 존명을 거역하는바 아니라 마음의 의혹하는 일을 아비에게 물어 쾌히 안 연후(然後)에 만일 의혹이 없사오면 아비 명을 좇아 돌아와 대인 슬하에 있사와 권권한 뜻을 갚사오리다."

말을 마친 후에 기색이 참담하고 말씀이 정직하니 상서가 다시 강박하여 권하지 못해 다시 이르되

"'장부일언(丈夫一言)이 중천금(重千金)이라.' 하니 타일에 언약을 저버리지 말라."

생이 돈수(頓首) 왈

"소자가

심사 평안호고 천명을 드르면 되인의게 이퇵호물 바릭나이다 날
이 저물미 상서 도러가시이라 일노붓터 서로 왕닉호며 공함이비
할듸 읍더라 각설 잇씌 영난 황제 즉위한지 육십사연이라 나히
만흐사 정사 범영이 천하의 밋치지 못호여 빅셩의게 헷퇵되미
읍서 남방 각도 각읍의 츌쳑33)이 분명치 못호미 빅셩이 다 도
적이 되여 강상지변34)이 연속호난 곳로 천자 크게 근심하사 장차
조신 중의 명망 잇난 신히을 가히여 남방을 전슈코저 호여 특
별이 석계조로 병부시즁 겸 간이 틱슈을 제슈호시고 남방 슌무
안찰사을 제슈호이시고 인금과 부월을 쥬시며 왈 짐의 몸
을 경의게 밋겨 보늬니 각도 자사와 군슈 혈영의 선악을 구
별호고 츌쳑을 임으로 호여 어진 일홈을 빗늬고 삼연 늬의
도러와 짐의 근심을 들게 호라 호시니 할님이 빅비 사은호

심사 평안하고 부친 명을 들으면 대인에게 의탁하길 바라나이다."

날이 저물매 상서가 돌아가시니라. 이로부터 서로 왕래하며 공경함이 비할 데 없더라.

각설. 이때 영락 황제가 즉위한 지 육십사 년이라. 나이 많으시어 정사 법령이 천하에 미치지 못하여 백성에게 혜택 됨이 없어 남방 각도 각 읍에 출척(黜陟)이 분명하지 않으매 백성이 다 도적이 되어 강상지변(綱常之變)이 연속하는 고로 천자가 크게 근심하사 장차 조신 중에 명망 있는 신하를 가리어 남방을 전수하고자 하여 특별히 서계조로 병부시중 겸 간의태수를 제수하시고 남방 순무안찰사를 제수하시어 인검과 부월을 주시며 왈

"짐의 몸을 경에게 맡겨 보내니 각도 자사와 군수 현령의 선악을 구별하고 출척을 임의로 하여 어진 이름을 빛내고 삼년 내에 돌아와 짐의 근심을 덜게 하라."

하시니 한림이 백배 사은하고

고 길을 쩌나려 할시 왕 상서 서 할님을 쳥ᄒ여 젼송ᄒ더니
슐이 반취ᄒ여 싱의 손을 잡고 曰 노부 그듸로 더부러 졍을
통한 후로 하로만 못 보와도 삼츄갓치 여겨더니 이졔 삼연이
별을 당ᄒ니 졍을 쟝차 엇지ᄒ리요 옛 사람도 자식을 슙기
지 아니한지라 ᄒ물며 그듸는 나의 ᄋᆡ서라 무삼 허물이 잇시리
요 ᄒ고 쟝자 일민을 불너 曰 너는 드러가 부인게 곤ᄒ라 이졔 서
학사로 더부러 드러가린이 너이 삼형제 각각 쳐자을 거나리고 즁
당의 모히고 부인은 여아을 다리고 나오라 ᄒ시니 왕셩이 슈
명ᄒ고 드러가니라 학사 비록 상서의 듸덕을 심복ᄒ여 혼
인을 졍ᄒ엿시나 쳐자의 셔낙을 아지 못ᄒ여 울밀35) ᄒ
던이 이 마을 듯고 마암의 깃부나 그짓 사양 왈 디인의 승덕의 비
록 이레ᄒ시나 소자 부인게 뵈옵기 외람ᄒ옵고 하물며 니당의 들

길을 떠나려 할새 왕 상서가 서 한림을 청하여 전송하더니 술이 반취하여 생의 손을 잡고 왈

"노부가 그대와 더불어 정을 통한 후로 하루만 못 보아도 삼추(三秋)같이 여겼더니 이제 삼년 이별을 당하니 정을 장차 어찌하리오. 옛 사람도 자식을 숨기지 아니하는데 하물며 그대는 나의 애서라. 무슨 허물이 있으리오."

하고 장자 일민을 불러 왈

"너는 들어가 부인께 고하라. 이제 서 학사와 더불어 들어가리니 너의 삼형제 각각 처자를 거느리고 중당에 모이고 부인은 여아를 데리고 나오라."

하시니 왕성이 수명하고 들어 가니라. 학사가 비록 상서의 대덕을 심복하여 혼인을 정하였으나 처자의 승낙을 알지 못하여 울민하더니 이 말을 듣고 마음에 기쁘나 거짓으로 사양하기를

"대인의 성덕이 비록 이러하시나 소자가 부인 뵈옵기가 외람되옵고 하물며 내당에

어가오며 더욱 예 안인가 하나이다 셔 디소왈 노부난 쳔자을 모시고 평안이 잇고 학사는 황명을 밧자와 말 이 원졍을 가온이 오날 부인을 뵈옴이 올커날 웃지 사양을 두리요 흐시고 삼자로 싱을 붓쓰러 소믜을 잡고 니당의 드러간이 즁당의 쥬렴을 듸류우고 난간의 일싱이 고요흐더라 그 강온디 산호고우을 셰우고 빈쥬을 분흐엿시니 동벽 동좌의난 상셔 양위 안질 디요 셔벽은 싱이 안질 디라 장자 병부시랑 일민의 쳐 쥬씨와 츠자 이부낭즁 쳘민의 쳐 방씨와 삼자 할임 명인의 쳐 좃씨을 거나리고 쓰의 나리고 마즐시 이어사 통쳔관을 씨고 비 옥디을 씌고 단신의 장복을 갓초와 올너오더가 부인이 나와 마지물 보고 진퇴 음양흐난[36] 거동은 슈양버들 흔가지가 춘풍의 휘노난듯 츄상갓툿 기질이 사람으로 흐여곰 졍신이 살난케 하난지라 셔싱의 손을 이쩌려 당상의 오르며 시비로 흐여곰 교위을 읍시 흐고 질이의 안

들어감은 더욱 예가 아닌가 하나이다."

상서가 대소 왈

"노부는 천자를 모시고 평안히 있고 학사는 황명을 받자와 만
리 원정을 가오니 오늘 부인을 뵘이 옳거늘 어찌 사양하리오."
하시고 세 아들과 생을 붙들어 소매를 잡고 내당에 들어가니 중당
에 주렴을 드리우고 난간의 일색이 고요하더라. 그 가운데 산호 고
주를 세우고 진주로 분장하였으니 동벽 동좌에는 상서 양위 앉을
데요, 서벽은 생이 앉을 데라. 장자인 병부시랑 일민의 처 주씨와
차자 이부낭중 철민의 처 방씨와 삼자 한림 명인의 처 조씨를 거느
리고 뜰에 내려 맞을새 이어서 통천관을 쓰고 백옥대를 띠고 단신
의 장복을 갖추어 올라오다가 부인이 나와 맞음을 보고 진퇴 읍양
하는 거동은 수양버들 한 가지가 춘풍에 휘노는 듯 추상같은 기질
이 사람으로 하여금 정신이 산란케 하는지라. 서생의 손을 이끌어
당상에 오르며 시비로 하여금 교의(交椅)를 없이 하고 자리에 앉으
매

지미 디부인은 여어 부인을 거나리고 셔벽 증죄ᄒ고 상셔는 성을
다리고 동벽 증좌ᄒ시고 삼자난 남향 증좌ᄒ 후의 상셔 좌우을
살펴보더가 왈 시위 중의 여아 홀노 참예치 안이함은 무삼 이이용
이난 가법이 부정ᄒ여 이엇타 ᄒ시고 시비을 명ᄒ여 소졔을 쳥ᄒ
여 왈 아비 귀긱을 디ᄒ여 늘근 어미와 모든 자식이 ᄒ가지로 볼진
디 네 홀노 피ᄒ여 부명을 거역ᄒ이 도로여 희연ᄒ지라 ᄲᆯ이 나와
사죄ᄒ라 ᄒ시고 부인다러 왈 전일 셔 혹사의 말곳 ᄒ면 과돗ᄶᅡ ᄒ
시던이 금일 친이 보시
민 웃더ᄒ신잇가 부인이 문득 성을 본이 옥면화안이 셰상 기남자
라
ᄒ연함을 이기지 못ᄒ더가 ᄒ니 소답 왈 상공이 오날 존긱을 디ᄒ
여 말
삼을 과히 ᄒ신이 비작의 곤ᄒ신가 ᄒ나이다 말을 맛치며 몸을 이
러 혹
사을 향ᄒ여 왈 가군의 이으심을 듯고 상공 도덕 풍치을 익키 알어
평일
의 앙모ᄒᆷ 깁삽더니 오날날 뉘취ᄒ 집의 용임ᄒ신이 흔히ᄒᆷ을 익
계치

대부인은 여러 부인을 거느리고 서벽에 정좌하고, 상서는 생을 데리고 동벽에 정좌하시고, 삼자는 남향에 정좌한 후에 상서가 좌우를 살펴보다가 왈

"이 중에 여아 홀로 참여치 아니함은 무슨 일이뇨? 이는 가법(家法)이 부정하여 이렇다."

하시고 시비를 명하여 소저를 청하여 왈

"아비가 귀객을 대하여 늙은 어미와 모든 자식이 한가지로 볼진대 네 홀로 피하여 아비 명을 거역하니 도리어 매우 이상하여 놀라운지라. 빨리 나와 사죄하라."

하시고 부인더러 왈

"전일 서 학사의 말만 하면 과도하다 하시더니 금일 친히 보시매 어떠하시니까?"

부인이 문득 생을 보니 옥면화안이 세상 기남자라. 흔연(欣然)함을 이기지 못하다가 웃으며 말하기를

"상공이 오늘 존객을 대하여 말씀을 과히 하시니 곤하신가 하나이다."

말을 마치며 몸을 일으켜 학사를 향하여 왈

"가군의 이르심을 듣고 상공의 도덕과 풍채를 익히 알아 평소에 앙모함이 깊었더니 오늘 누추한 집에 왕림하시니 기쁨을 억제하지

못할노소이다 학사 이러나 지비호고 공경디왈 디인이 소싱갓틋 인싱을 편이호시물 입사와 오날 부인 안젼의 뵈옵고 쏘훈 과도이 은이호시미 즁이 과만37)이로소이다 호며 눈을 잔간 들어 부인을 바러본이 비록 연광은 놉푸시나 용모 틔월호여 유훈졍졍38)함이 소연 츈싴의 감훈미 읍고 가장 볍도와 덕힝이 할난함을 보고 쏘 삼부인이 온공 졍졍호여 풍치 화러호니 그 동졍이 현슉홈을 알너라 극히 깃거하던이 셔상 낭자 나오물 짓촉훈이 유모 초운이 민망호여 게호의 쑤려 고 왈 소졔 요사이 기운이 불편호여 감히 존젼의 나오지 못호옵고 쏘훈 졍신을 슈습지 못호와 부르시난 존명을 봉승치 못호온이 쳔비의 틱만훈 죄을 쳥호나이다 상셔 밋쳐 디답지 안이호여 부인이 왈 이 아히 틱일의 부모 명영 거사인 빅 읍던이 이려홈 문 병간이 격실 호옵고 쏘훈 연약훈 몸으로 비난 후사을 셩틱함이 엇덜가 호온이 상는 살피소 상셔 디 왈 셔랑으로 더부러 혼인을 언약하미 천지와 못하겠소이다."

하니 학사가 일어나 재배하고 공경히 대답하기를

"대인이 소생 같은 인생을 편애하시어 오늘 부인 안전에 뵈옵고 또한 과도히 은애하심이 저에게 과만(過滿)이로소이다."

하며 눈을 잠깐 들어 부인을 바라보니 비록 연세는 높으시나 용모가 탁월하여 유한정정(幽閑靜貞)함이 소년 춘색에 감함이 없고 가정 법도와 덕행이 높음을 보고 또 세 부인이 온공(溫恭) 정정(貞靜)하여 풍채 화려하니 그 동정이 현숙함을 알러라. 극히 기뻐하더니 상서가 낭자가 나올 것을 재촉하니 유모 초운이 민망하여 계하에 꿇어 고하기를

"소저가 요사이 기운이 불편하여 감히 존전에 나오지 못하옵고 또한 정신을 수습하지 못하여 부르시는 존명을 봉승치 못하오니 천비(賤婢)의 태만한 죄를 청하나이다."

상서가 미처 대답하지 아니하여 부인이 왈

"이 아이가 다른 날에는 부모 명령을 거스른 바가 없더니 이러함은 병중이 적실하옵고, 또한 연약한 몸으로 비니 뒷날 성대하게 대접함이 어떨까 하오니 상서께서는 살피소서."

상서가 대답하기를

"서랑으로 더불어 혼인을 언약하매 천지와

귀신이 아난 비라 비록 예을 힝치 못ᄒ엿시나 서학사
난 내에 아람다온 긱이요 여아는 곳 섯씨의 며나리라 연광
이 차타ᄒ여 예을 이우지 못ᄒ엿시나 이외의 황명을 밧
와 남방으로 힝ᄒ시민 학사의 회환할 기약이 삼 연이라
이제 여아 부모 안전의 한잔 슐노 원정ᄒ난 가정을 위로홈이
웃지 맛당치 안이ᄒ리요 학사 상서계 고왈 디인의 말삼이 소
자을 위ᄒ여 금감은ᄒ미 무궁ᄒ오나 부인 말삼이 당연ᄒ옵고
소제 나오지 안이함도 예모에 당연한 이리오니 소자 ᄒ즉ᄒ나이다
ᄒ고 이러난듸 상서 학사을 붓드러 겻테 안치고 소미을 잡고 왈
늬 하난 이른 비례로 알건이와 구타여 조곰도 교틔로옴이 읍시니
학사난 노부 취중 인사을 웃지 말고 여아을 한번 보라 ᄒ시며 초
운을 ᄭ지저 왈 자식이 아베 말을 슌종치 안이ᄒ니 삼강이 ᄭ어

귀신이 아는 바라. 비록 예를 행치 못하였으나 서 학사는 나의 아름다운 객이요, 여아는 곧 서씨의 며느리라. 시기를 놓쳐 예를 이루지 못하였으나 의외의 황명을 받아 남방으로 행하시매 학사가 다시 돌아올 기약이 삼 년이라. 이제 여아가 부모 안전에 한잔 술로 원정하는 가장을 위로함이 어찌 마땅치 아니하리오."

학사가 상서께 고하기를

"대인의 말씀이 소자를 위하니 감은함이 무궁하오나 부인 말씀이 당연하옵고, 소저가 나오지 아니하는 것도 예모에 당연한 일이오니 소자는 하직하나이다."

하고 일어나니 상서가 학사를 붙들어 곁에 앉히고 소매를 잡고 왈

"나 하는 일이 예가 아님을 알거니와 구태여 조금도 교태가 없으니 학사는 노부의 취중 인사를 웃지 말고 여아를 한번 보라."

하시며 초운을 꾸짖어 왈

"자식이 아비 말을 순종치 아니하니 삼강이 끊어지고

지고 오류이 상지라 빨이 나어와 조치을 감당ᄒ라 ᄒ시니 초운이가

장 민망ᄒ여 이듸로 소제계 전ᄒᆞ더 소제 정황 질식ᄒ여 유모다려 무르

되 부명이 이러틋 쥰졀ᄒ시나 무단이 외긔 보기난 예힁이 안

이라 이 일을 엇지ᄒ리요 상공이 취즁일 ᄲᅮᆫ 안이라 즁졍

의 혜아리미 계신고로 학사을 닉당의 청입ᄒ여 부인과 삼

소제을 거나려 한가지로 보게 ᄒ시고 ᄯᅩ 날을 불으시니

맛참닉 안이 가든 못ᄒ리라 외긔듸면은 비례언이와 부모

의 명영 좃치문 ᄯᅩ한 예문이라 ᄒ고 장복을 차려 나어온니 유

모 유예 왈 우리 소제난 서 할님의 부부 되리로다 ᄒ니 소제 더

욱 붓그러옴을 머금고 연보39)을 너즈기 하여 좌석의 이르러 여

러 시비로 붓들이여 서스니 학사 낭자 나오물 보고 안지 못

ᄒ여 이러서니 완연이 낭자로 마조 섯난지라 학사 츄파을

오륜이 상하는지라. 빨리 나아와 조치를 감당하라."

하시니 초운이 매우 민망하여 이대로 소저께 전한대 소저가 경황 질색하여 유모더러 묻되

"부명이 이렇듯 준절하시나 무단히 외객 보기는 예행(禮行)이 아니라. 이 일을 어찌하리오. 상공이 취중일 뿐 아니라 심중에 헤아림이 계신고로 학사를 내당에 들어오기 청하여 부인과 삼 소저를 거느려 한가지로 보게 하시고 또 나를 부르시니 마침내 아니 가진 못하리라. 외객 대면은 예가 아니려니와 부모의 명령을 좇음은 또한 예임이라."

하고 장복을 차려 나아오니 유모 유여히 왈

"우리 소저는 서 한림과 부부 되리로다."

하니 소저가 더욱 부끄러움을 머금고 연보(蓮步)를 나직이 하여 좌석에 이르러 여러 시비에 붙들리어 섰으니 학사가 낭자 나옴을 보고 앉지 못하여 일어서니 완연히 낭자와 마주 섰는지라. 학사가 추파를

드러 소제을 잠간 본니 윤틱한 얼고리 금분의 모란화 아츰
이실 먹은 듯 잔약한 틔되난 옥분 찬 미화가 세우의 씨
여난듯 요요정정40)함이 서상의 쎅여난지라 상서 소제을 칙ᄒ
여 왈 네 아히나 귀긱을 더ᄒ여 예빅을 더디홈문 웃지미요
별석의 나어와 예빅을 지촉한듸 소제 나어가 예함도 어렵고
그저 안기도 불가하여 고기을 슈기고 공경이 섯더가 부명
을 밧자와 좌의 나어가 지비ᄒ니 할님이 쏘한 공경ᄒ여
답예한듸 상서 디소 왈 비록 화촉은 벳푸지 안이ᄒ여시나 분명한
교비로다 학사의 마음의 신부 엇더한고 ᄒ시며 질거오물 층양
치 못ᄒ여 부인더러 왈 학사는 나의 사위요 여아의 가군이라 이제
원
별을 당ᄒ오니 웃지 한잔 슐노 위로치 안이ᄒ이요 부인이 잠소 왈
상공의 명을 기다리미요 첩의 박함은 아리로소이다 인ᄒ여

들어 소저를 잠깐 보니 윤택한 얼굴이 금분의 모란화가 아침 이슬을 먹은 듯 잔약한 태도는 옥분 찬 매화가 세우(細雨)에 피어난 듯 요요정정(夭夭貞靜)함이 세상에 빼어난지라. 상서가 소저를 책하여 왈

"네 아이나 귀객을 대하여 배례를 더디 함은 어쩜이뇨?"

별석에 나아와 배례를 재촉한대 소저가 나아가 예함도 어렵고 그저 앉기도 불가하여 고개를 숙이고 공경히 섰다가 부명을 받자와 좌석에 나아가 재배하니 한림이 또한 공경하여 답례한대 상서가 대소 왈

"비록 화촉은 베풀지 아니하였으나 분명한 교배로다. 학사의 마음에 신부가 어떠한고?"

하시며 즐거움을 측량치 못하여 부인더러 왈

"학사는 나의 사위요, 여아의 가군이라. 이제 원별을 당하오니 어찌 한잔 술로 위로치 아니하리오."

부인이 가만히 웃으며 왈

"상공의 명을 기다림이요, 첩의 박함은 아니로소이다."

인하여

옥반의 가호을 나소와 슐을 여러 슌비 지늬미 학사 취흥으로 말삼
이 활발ᄒ여 자조 눈을 드러 소제을 살펴보히 환한 쓰지 안
식의 현제ᄒ지라 상서 싱을 도러보며 왈 학사난 염치 너무
과도ᄒ도다 웃지 남의 규즁 여자을 듸ᄒ여 자조 살피난야 ᄒ
더니 언어 사이의 일낙서산 ᄒ고 월츌 동영ᄒ데 그렁저렁 그 밤을
지닉고 이튼날 상서 양위게 고ᄒ고 옥윤거의 어사마을 타고 남으
로 ᄒ할ᄉ 전송ᄒ난 사람이 심 이의 버럿더라 왕 상서 삼자
을 다 타리고 장막의 나어와 각별이 조심ᄒ더라 발ᄒ한 지 이십 三
일
만의 황학산의 다다른니 산천이 슈례ᄒ고 경긔는 절승하미 정이
쥬
제ᄒ던니 효련이 한 동자 갈건도복으로 암석의 걸안저서 옥제을
부더가 싱의 거동을 보고 제 불기을 끈치고 팔을 드러 읍ᄒ고
손을 치거날 싱이 눈을 드러 바릐보니 얼고리 관옥 갓고 ᄒ동

옥반에 가효(佳肴)를 내어와 술이 여러 순배 지나매 학사가 취흥으로 말씀이 활발하여 자주 눈을 들어 소저를 살펴보니 환한 뜻이 안색에 현저한지라. 상서가 생을 돌아보며 왈

"학사는 염치가 너무 과도하도다. 어찌 남의 규중 여자를 대하여 자주 살피느냐?"

하더니 어느 사이에 일락서산(日落西山)하고 월출 동영한데 그렁저렁 그 밤을 지내고 이튿날 상서 양위께 고하고 옥륜거(玉輪車)에 어사마를 타고 남으로 행할새 전송하는 사람이 십 리에 벌여 있더라. 왕 상서가 세 아들을 다 데리고 장막에 나아와 각별히 조심하더라. 발행한 지 이십삼 일 만에 황학산에 다다르니 산천이 수려하고 경개는 절승하매 정히 주저하더니 홀연히 한 동자가 갈건도복으로 암석에 걸터앉아서 옥저를 불다가 생의 거동을 보고 옥저 불기를 그치고 팔을 들어 읍하고 손을 치거늘 생이 눈을 들어 바라보니 얼굴이 관옥 같고

거지 비범ᄒ여 진셰 사람 갓지 안이ᄒ거날 션동이 동자을
불너 왈 힝마을 잠간 머물나 상공계 할 마리 인노라 어사 고
이 여겨 자셔이 본이 젼일 노션 압페 혹춤 추이던 동자라 젼도히
말계 나려 읍ᄒ고 왈 션동은 어듸로셔 오며 노션은 무양ᄒ시양 동
자
듸왈 풍진 활노의 영귀함이 으더ᄒ용 노사 이르시되 틱후지공 진
미가 유예ᄒ되 말 이 원정 핍곤ᄒ심을 염예ᄒ사 ᄒ 병 션단을 보니
더이다 ᄒ고 옥호을 닉여 셩의계 젼ᄒ거널 학사 바다 들고 노션은
어듸 기
시며 닉의 힝지을 웃지 알으사 션달을 쥬시던용 힝자의 친이 가으
치
물 이부사 션가의 여러 변일되 놉푸신 자최을 ᄲᆞᆯ을 고지 읍신이
쥬소의 앙모ᄒ난 졍회을 폐장의 밋쳐던이 그듸을 그듸을 만닉시니
웃지 반갑지 안이ᄒ리요 그듸난 나을 인도ᄒ여 션셩 좌ᄒ의 뵈이
미 웃더ᄒ
뇨 듸답 소 왈 션셩 계신 고지 예션 삼 말 이라 상공이 가실 고지
안

행동거지가 비범하여 진세 사람 같지 아니하거늘 선동이 동자를 불러 왈

"행마를 잠깐 머물라. 상공께 할 말이 있노라."

어사가 괴히 여겨 자세히 보니 전일 노선 앞에서 학춤 추게 하던 동자라. 앞서 말에서 내려 읍하고 왈

"선동은 어디에서 오며 노선은 무양하시냐?"

동자가 대답하기를

"풍진 환로에 영귀함이 어떠하뇨? 노사가 이르시되 태후지공 진미가 유여하되 만 리 원정에 피곤하심을 염려하사 선단(仙丹) 한 병을 보내더이다."

하고 옥호를 내어 생에게 전하거늘 학사가 받아 들고,

"노선은 어디 계시며, 나의 행지를 어찌 아시어 선단을 주시더뇨? 행자가 선가의 친히 가르침을 여러 번 입었으되 높으신 자취를 따를 곳이 없으니 앙모하는 정회가 폐장에 미쳤더니 그대를 만났으니 어찌 반갑지 아니하리오. 그대는 나를 인도하여 선생 좌하에 보임이 어떠하뇨?"

웃으며 대답하길

"선생 계신 곳이 여기서 삼만 리라. 상공이 가실 곳이 아니라."

이라 ᄒ며 쏘흔 양낭을 쥬며 왈 이 속의 약이 드러사온이 갓다 증 부인계 전

ᄒ라 ᄒ더이다 혼이 혹사 더옥 고이 여겨 싱각ᄒ되 이 노인는 반다시 션긱

이어날 나을 이러틋 권열함은 엇지며 쏘흔 증 부인은 엇던 사람인고

ᄒ고 옥호양낭을 바다 상의 노코 두 변 졀ᄒ고 동자다러 션용이 짓핏

관익ᄒ시믈 입버시니 그 은혜 난망이언이와 다만 증 부인은 뉘구시며

어터 계신고 실노 아지 못ᄒ여 양낭을 젼치 못홀인이라 동자 디 왈

임시ᄒ오면 자연 아올시니 물지 마르소셔 ᄒ고 읍ᄒ여 이별ᄒ거날

혹사 아연ᄒ여 쌀라가 다시 물고져 ᄒ던이 문득 옥졔 소리 나며 순시간의

간터 읍거날 혹사 옥호을 열고 향달을 맛본이 정신이 쇄락ᄒ여 구쳔

을 오르난 듯ᄒ더라 공중을 힝ᄒ여 동자을 사례ᄒ고 즉시 기을 써난이라

즉시 탁쥬의 션문 녹코 향ᄒ던이 혈영이 어사의 션문을 보고 빅 이 박게 나와 마즐시 깃치창금은 이월을 히롱ᄒ이 위예 거동이 비

하며 또한 약낭을 주며 왈

"이 속에 약이 들었사오니 가져다 정 부인께 전하라 하더이다."

하니 학사가 더욱 괴히 여겨 생각하되

'이 노인은 반드시 선객이거늘 나를 이렇듯 권애(眷愛)함은 어찌됨이며 또한 정 부인은 어떤 사람인고?'

하고 옥호약낭을 받아 상에 놓고 두 번 절하고 동자더러

"선동이 깊이 관대하시니 그 은혜 난망이거니와 다만 정 부인은 누구시며 어디 계신지 실로 알지 못하여 약낭을 전하지 못할 것인지라."

동자가 대답하기를

"임지로 가시오면 자연 알 것이니 묻지 마소서."

하고 읍하여 이별하거늘 학사가 아연하여 따라가 다시 묻고자 하더니 문득 옥저 소리 나며 순식간에 간 데 없거늘 학사가 옥호를 열고 향기로운 차를 맛보니 정신이 쇄락하여 구천을 오르는 듯하더라. 공중을 향하여 동자에게 사례하고 즉시 길을 떠나니라.

즉시 탁주에 선문 놓고 향하더니 현령이 어사의 선문을 보고 백리 밖에 나와 맞을새 기치창검은 일월을 희롱하니 위의 거동이 비할

할 듸 읍더라 어사 골의 임하야 혈영의 분부ᄒ되 이 고을 소 승상
댁으로 션문 놋코 차담을 진비ᄒ라 ᄒ시고 자사로 ᄒ여곰 힝ᄒ라
혼

이라 각셜 잇쩌 소 승상 부인이 셔셩 나삼 준 후로 일시도 이질 듸
읍셔

날노 기다리더니 일이은 몽사을 으든즉 셔셩이 그 나삼을 입고 황
용을 타고 와

승상 사당의 보인디 승상이 ᄒ연이 와 이로디 부인는 엇지 잠을 깃
피 드러

져 손자을 모르시난잇가 ᄒ난 소릐의 씨다르이 일장춘몽이라 자부
유씨와 여려 비복으로 더부러 몽사을 이으고 극히 고이ᄒ여 승상
사당의 나여

가 몽사을 셜화ᄒ며 무슈이 톡곡ᄒ던이 문득 시비 엿자오되 거일
의 쉬여 가시던 셔셩이 경셩의 오너가 급졔ᄒ와 할임혹사 병부시
중

의 겸 간의팃후 남방 순무어사로 지금 나려와 승상댁으로 오신다
션

문이 왓나이다 ᄒ거널 부인이 황급ᄒ여 일변 통곡ᄒ며 일변 반겨
ᄒ여 별당을 수쇄ᄒ고 중문의 나와 바리보더니 셧편 듸로로의

데 없더라. 어사가 고을에 임하여 현령에게 분부하되

"이 고을 소 승상 댁에 선문 놓고 차담을 진배하라."

하시고 자사로 하여금 행하라 하니라.

각설. 이때 소 승상 부인이 서생에게 나삼을 준 후로 일시도 잊을 때가 없어 날로 기다리더니 일일은 몽사를 얻은즉 서생이 그 나삼을 입고 황룡을 타고 와 승상 사당에 보인대 승상이 홀연히 와 이르되

"부인은 어찌 잠을 깊이 들어 제 손자를 모르시나이까?"

하는 소리에 깨달으니 일장춘몽이라. 자부 유씨와 여러 비복과 더불어 몽사를 이르고 극히 괴이하여 승상 사당에 나아가 몽사를 이야기하며 무수히 통곡하더니 문득 시비가 여쭈되

"지난날에 쉬어 가시던 서생이 경성에 올라가 급제하여 한림학사 병부시중 겸 간의태후 남방 순무어사로 지금 내려와 승상 댁으로 오신다 하는 선문이 왔나이다."

하거늘 부인이 황급하여 일변 통곡하며 일변 반겨하여 별당을 소쇄하고 중문에 나와 바라보더니 서편대로로

수삼 향차 셧씨되 그 중의 이위 소연이 옥윤거을 모라 부인을 바리보

고 반기난 듯 순시간의 즁문의 다다으난지라 부인이 반겨 마자 별당

의 모시고 힝노의 근고ᄒ와 어사 베살을 ᄒ여 오심을 난만 치사ᄒ더 어사 분인계 빗사ᄒ고 엿자오되 소자난 근본 밋쳔ᄒ 사람

의 자식으로 쳔은을 입사와 일시 영귀ᄒ온들 이다시 권이ᄒ시잇가

ᄒ고 ᄯᅩ 고왈 소자 이졔 몸이 어사 되엿시미 승상이 싱존ᄒ엿시면

승상 좌ᄒ의 불임을 이부런이와 그럿치 못ᄒ여오니 소자 웃지

승상 뫼ᄒ의 뫼압지 못ᄒ릿가 즉시 모ᄒ의 나어가 국궁직비ᄒ고도

려온이 부인이 어사의 거동을 보시고 이별ᄒ 자식 만닙 갓터여 질겨ᄒ심을 마지안이ᄒ더라 잇ᄯᅥ 혈영이 차담을 나소와 더부인계

드리옵고 어사도 갓치 차담을 바든 후의 열읍 슈령으로 동좌

ᄒ여 질길시 어사 잔을 바드시고 몽사을 싱각ᄒ여 심즁의

수삼의 장식한 수레가 섰으되 그 중에 일위 소년이 옥윤거를 몰아 부인을 바라보고 반기는 듯 순식간에 중문에 다다르는지라. 부인이 반겨 맞아 별당에 모시고 행로에 근고하와 어사 벼슬을 하여 오심을 만만 치사한대 어사 부인께 백배사례하고 여쭈되

"소자는 근본이 미천한 사람의 자식으로 천은(天恩)을 입사와 일시 영귀하온들 이다지 권애(眷愛)하시니까?"

하고 또 고하기를

"소자가 이제 어사의 몸이 되었으매 승상이 생존하였으면 승상 좌하에 부림을 입으려니와 그렇지 못하오니 소자가 어찌 승상 묘하(墓下)에 뵙지 못하리까?"

하고 즉시 묘하에 나아가 국궁재배하고 돌아오니 부인이 어사의 거동을 보시고 이별한 자식 만남 같아 즐겨하심을 마지아니하더라. 이때 현령이 차담을 내어와 대부인께 드리고 어사도 같이 차담을 받은 후에 열읍 수령과 자리를 같이하여 앉아 즐길새, 어사가 잔을 받으시고 몽사를 생각하여 심중에

싱각ᄒ되 어사 분명 아달이면 웃지 승을 셔가라 ᄒ리요
ᄒ시고 자연 마암이 감창ᄒ여 두 아달을 싱각ᄒ고 눈물
을 흘이며 아모 말도 못ᄒ시니 좌우의 보난 사람이 부인의 차
목ᄒ 경싱을 보고 다 눈물을 짓고 도러가더라 잔치을 파ᄒ고 어
사 부인계 ᄒ직을 고ᄒ디 부인이 어사의 손을 잡고 당부 왈
어사난 각도 각읍의 순찰ᄒ난이 니 두 자식의 존망을 탐지ᄒ
후의 격기로 펀지을 짝가 노부인의 날노 싱각ᄒ난 쓰즐 들계 ᄒ소
셔 어사 지비ᄒ고 엿자오되 소자들 웃지 이즐잇가 부인은 무사
편복ᄒ기을 바러나이다 ᄒ고 즉시 문을 셔 남방 계용을 힝ᄒ
이라

생각하되

'어사가 분명히 아들이면 어찌 성을 서가라 하리오.'

하시고 자연 마음이 감창하여 두 아들을 생각하고 눈물을 흘리며 아무 말도 못하시니 좌우에 보는 사람이 부인의 참혹한 경상을 보고 다 눈물을 짓고 돌아가더라. 잔치를 파하고 어사가 부인께 하직을 고한대 부인이 어사의 손을 잡고 당부 왈

"어사는 각도 각읍을 순찰하나니 내 두 자식의 존망을 탐지한 후에 적기에 편지를 닦아 노부인이 날로 생각하는 뜻을 덜게 하소서."

어사가 재배하고 여쭈되

"소자인들 어찌 잊으리까? 부인은 무사하시고 평안하시기를 바라나이다."

하고 즉시 문을 나서 남방 계용으로 행하니라.

월
봉
기
(하)

월봉긔 흐권이라

각설 잇씌 슈적 서룡이 계용군 보천면이라 흐난 짱의 사뎌
라 잇써 어사 계용 지경의 이르러 서룡의계 편지흐여 보니되 소
자 계죄는 천힝으로 급제흐여 할님학사 겸 남방순무 어
사로 니려오온니 바로 집의 도라와 부친계 반가온 영화을 뵈
옵고 십푸오나 어사 볘살은 각도 슈령의 능부와 빅셩의 길고
을 살피고저 흐옵기로 국사 급흐와 즉시 가 뵈압지 못흐
온니 죄사무석이로소이다 흐엿거늘 서룡이 편지을 보
고 되히흐여 가로듸 흐방 미천한 사람으로 자식이 읍셔 남의 자
식을 으더 길너더니 순무어사 흐여 나러온다 흐이 웃지 길겁
지 안이흐리요 계조의 얼고을 보기을 날노 기다리더라 잇써 어사
나이 십
구 세라 열읍의 순힝흐여 불상흔 빅셩은 상도 쥬며 수령의
능부을 혜아려 임으로 출쳑41)흐고 도젹은 자바 주긴이

월봉기 하권이라

각설. 이때 수적(水賊) 서룡이 계용군 보천면이라 하는 땅에 살더라. 이때 어사가 계용 지경에 이르러 서룡에게 편지하여 보내되

> 소자 제조는 천행으로 급제하여 한림학사 겸 남방순무 어사로 내려오니 바로 집에 돌아와 부친께 반가운 영화를 뵈옵고 싶으나 어사 벼슬은 각도 수령의 능불능(能不能)과 백성의 질고를 살피고자 하옵기로 국사가 급하여 즉시 가 뵈옵지 못하오니 죄사무석(罪死無惜)이로소이다.

하였거늘 서룡이 편지를 보고 크게 기뻐하여 가로되
"하방 미천한 사람으로 자식이 없어 남의 자식을 얻어 길렀더니 순무어사 되어 내려온다 하니 어찌 즐겁지 아니하리오."
하며 계조의 얼굴 보기를 날로 기다리더라. 이때 어사 나이가 십구 세라. 열읍에 순행하여 불쌍한 백성은 상도 주며 수령의 능불능(能不能)을 헤아려 임의로 출척(黜陟)하고 도적은 잡아 죽이니

일어무로 어사의 신긔홈이 천흐의 읍도다 흐고 층찬 안이

일 읍더라 각셜 잇써 월봉산 여승이 맛참 삼문 박계 나왓더가 어사

의 공사 어지단 마을 듯고 졀의 도라와 즁 부인게 엿자오되 경셩의

셔 순

무어사 나려와 빅셩을 어엽비 여긔고 셔낙을 구별흐여 다사린이

그 어

질기 흐날갓터여 사방의 원망의 마리 읍고 빅셩덜이 격양가을 부

을더라 흔더 즁 부인이 그 마을 드르시고 싱각흐되

이러므로

"어사의 신기함이 천하에 없도다."

하고 칭찬 아니 하는 이가 없더라.

각설. 이때 월봉산의 여승이 마침 산문 밖에 나왔다가 어사가 어질단 말을 듣고 절에 돌아와 정 부인께 여쭈되

"경성에서 순무어사가 내려와 백성을 어여삐 여기고 선악을 구별하여 다스리니 그 어질기가 하늘같아 사방에 원망의 말이 없고 백성들이 격양가를 부르더이다."

한대 정 부인이 그 말을 들으시고 생각하되

우리 불상함을

명천이 도으심이라 슈젹 셔룡이 은당 난방을 쩌나지 안이ᄒ엿실 거신이

잇써을 당ᄒ여 구기던 사연으로 원졍을 지여 명찰ᄒ신 어사계 드려 가군

의 원쑤을 갑푸면 닌 죽은들 무삼 훈이 잇시이요 훈디 여승이 왈 부인

을 엇지 혼자 보닌시잇가 ᄒ며 여승 사오 인이 부인을 뫼시고 오랴 ᄒ거날

부인이 왈 닌 젼후의 그딕의계 수고을 만이 짓쳣시니 엇지 훈 가지로

가기을 바러리요 훈디 여승이 답 왈 부인이 졍막 산즁의 곳초이

'우리 불쌍함을 명천이 도우심이라. 수적 서룡이 응당 남방을 떠나지 아니하였을 것이니 이때를 당하여 구기던 사연으로 원정을 지어 명철하신 어사께 드려 가군의 원수를 갚으면 내 죽은들 무슨 한이 있으리오.'

한대 여승이 왈

"부인을 어찌 혼자 보내리까?"

하며 여승 사오 인이 부인을 모시고 오려 하거늘, 부인이 왈

"내 전후에 그대에게 수고를 많이 끼쳤으니 어찌 함께 가기를 바라리오."

한대 여승이 답하기를

"부인이 적막 산중에 고초

잇사와 향상 실푼 눈물노 셰월을 보너시더가 천힝으로 신명ᄒ신 어사을 만너 부인의 가삼의 밋친 훈을 풀계 되엇시니 엇지 깃부지 안이하릿가 소승이 부인과 십구 연을 동기갓치 지너엿사온이 오 날날 부인을 혼자 보너시고 소승은 엇지 편이 며무릿가 쳘이라 도 부인과 혼가지로 가사이다 즉시 더나 초힝노숙42)ᄒ고 도도발 셥43)ᄒ여 오육 일 만의 계오 고을의 득달훈이 어시 맛참 긱사의 좌 기44)ᄒ

여거날 부인이 머리는 싹지 안이ᄒ엿시나 힝식은 여승과 다름이 읍

난고로 삿갓슬 숙겨 씨고 원정을 품의 푼고 어사 압페 드러가 원정 을

올이고 삭가슬 드려 어사의 얼골을 살펴보니 가군 소윤과 조곰도 다름

이 읍더라 부인이 크계 놀너여 심중의 싱각ᄒ되 셰상의 갓틋 사람 도

잇도다 ᄒ시고 실푼 눈물을 흘이고 물너나온이 여승이 문 박계 셧더가 부인의 손을 잡고 사람 읍난 고데 가 부인 귀의 은근이 일 너

있으시어 항상 슬픈 눈물로 세월을 보내시다가 천행으로 신명하신 어사를 만나 부인 가슴에 맺힌 한을 풀게 되었으니 어찌 기쁘지 아니하리까? 소승이 부인과 십구 년을 동기같이 지내었사오니 오늘 부인을 혼자 보내고 소승이 어찌 편히 머물리까? 천리라도 부인과 한가지로 가겠나이다."

하고 즉시 떠나 초행노숙(草行露宿)하고 도도발섭(滔滔跋涉)하여 오륙 일 만에 겨우 고을에 득달하니 어사가 마침 객사에 좌기(坐起)하였거늘 부인이 머리는 깎지 아니하였으나 행색은 여승과 다름이 없는 고로 삿갓을 숙여 쓰고 원정을 품에 품고 어사 앞에 들어가 원정을 올리고 삿갓을 들어 어사의 얼굴을 살펴보니 가군 소윤과 조금도 다름이 없더라. 부인이 크게 놀라 심중에 생각하되

'세상에 같은 사람도 있도다.'

하시고 슬픈 눈물을 흘리고 물러나오니 여승이 문 밖에 섰다가 부인의 손을 잡고 사람 없는 곳에 가 부인 귀에 은근히 일러

왈 어사의 근본을 자셔이 탐지훈이 셔룡의 아달리라 하오민
이난 자난 범을 침노함이라 웃지 두렵지 안이흘리요 가급의 도러
가사이다 훈디 부인이 디경실식하여 눈물을 흘이며 왈 니 원졍 올
이며 어사의 기상을 살펴본이 진실노 현인군자의 얼골리라 국녹을
머그며 웃지 불칙훈 의을 힝흐며 셔룡은 천흐디젹이라 웃 져런 착
훈 아달을 두엇시리요 명천이 소소흐이 결단코 그럿치 안이흐리로
다 여승 왈 부인이 졍막 산중의 계옵셔 십구 여 고싱흠은 요힝 원
쓔을
갑고 고향의 도러가 친척을 다시 만니 보시물 위함일넌이 도리여
도젹의
계 죽고져 흐난잇가 어사 만일 셔룡의 아달이면 분명이 명치할지
라
도 그 압페 힝젹을 감초 거시요 필경 부인을 죽일 듯흐온이 부인는
빅변
성각흐와 어셔 도러가 환을 면흐사이다 흐고 여승 사오 인이 셔로
부인을
모시고 월봉산으로 드러간이라 잇찌 어시 공사을 페훈 지 오리던
이 문득 여

왈

"어사의 근본을 자세히 탐지하니 서룡의 아들이라 하오매 이는 자는 범을 침노함이라. 어찌 두렵지 아니하리오. 가급적 돌아가사이다."

한대 부인이 대경실색하여 눈물을 흘리며 왈

"내 원정 올리며 어사의 기상을 살펴보니 진실로 현인군자(賢人君子)의 얼굴이라. 국록을 먹으며 어찌 불측한 의를 행하며, 서룡은 천하대적이라 어찌 저런 착한 아들을 두었으리오? 명천이 소소하니 결단코 그렇지 아니하리로다."

여승 왈

"부인이 적막 산중에 계시어 십구 년 고생함은 요행 원수를 갚고 고향에 돌아가 친척을 다시 만나 보시길 위함인데 도리어 도적에게 죽고자 하나이까? 어사가 만일 서룡의 아들이면 분명히 명치(明治)할지라도 그 앞에 행적을 감출 것이요, 필경 부인을 죽일 듯하오니 부인은 백번 생각하시어 어서 돌아가 환을 면하사이다."

하고 여승 사오 인이 서로 부인을 모시고 월봉산으로 들어가니라.

이때 어사가 공무를 폐한 지 오래더니 문득

177

승이 원정을 올이거널 어사 원정을 자셔이 본이 그 사연의 흐엿시
되소여난 탁쥬 씽의 사옵던 션션 졔젹 이부상셔 소호경의 메날리
요 그 아달 소윤의 안희라 가군이 일즉 등과하와 나라의셔 남계혈
영을 졔슈흐시기로 도 임차로 가압더가 황쳔 씽의 슈젹 셔롱이라
흐난 놈이 비을 더이고 말이 심이 공슌 흐기로 조곰도 의심 읍시
노복 이십 명을 다리고 그 놈의 비의 올너 풍셰을 쌀어가옵더가 희
즁의셔 그 놈이 가군과 노복 이심 벼명을 다 죽겨 물의 너코 쳡
을 겹측흐려 흐옵기로 목젼의 그런 망측흔 일을 보옵고 웃지 일신
들 부지할 마암이 잇사오리가 차라리 자결흐여 도젹의 드려온 욕
을 이즐려 흐옵더니 도젹의 동싱 셔릉이 쳡을 위흐여 도망흐라 지
시흐기로 쳡이 굿터 이 싱각흐온즉 쳡이 마조 죽사오면 니두의 조
흔 씨을 만니여 원
쑤을 갑고져 흐온들 뉘리셔 셔롱의 원쑤을 갑사올리가 잔명
을 지금쩌진 보존흐온 지 십구 연이라 골슈의 사못친 슬

여승이 원정을 올리거늘 어사가 원정을 자세히 보니 그 사연에 하였으되

　　소녀는 탁주 땅에 살던 선제(先帝)적 이부상서 소한경의 며느리요, 그 아들 소유의 아내라. 가군이 일찍 등과하여 나라에서 남계현령을 제수하시기로 도임차로 가옵다가 황천 땅의 수적 서룡이라 하는 놈이 배를 대이고 말이 심히 공순하기로 조금도 의심 없이 노복 이십 명을 데리고 그 놈의 배에 올라 풍세를 따라 가옵는데 해중에서 그 놈이 가군과 노복 이십 여명을 다 죽여 물에 넣고 첩을 겁측하려 하옵기로 목전에 그런 망측한 일을 보옵고 어찌 일신인들 부지할 마음이 있사오리까? 차라리 자결하여 도적의 더러운 욕을 잊으려 하옵더니 도적의 동생 서룽이 첩을 위하여 도망하라 지시하기로 첩이 그때 생각하온즉 첩마저 죽사오면 내두(來頭)에 좋은 때를 만나 원수를 갚고자 하온들 뉘라서 서룡의 원수를 갚사오리까? 잔명을 지금까지 보존하온 지 십구 년이라. 골수에 사무친 슬픈

3—뒤

푼 눈물노 셰월을 보니옵더니 명쳔이 감동ᄒ오

신지 귀신이 도으신진 명찰ᄒ신 어사임을 만니와 쳡의 복즁

의 밋친 원을 낫나치 아외온이 복결 사도난 쳡의 원정을 ᄒ감

ᄒ압사 쳡의 원쑤을 갑파 쥬옵시면 쳡이 죽사와 구원의 도라가도

눈

을 감삽고 삿도의 ᄒ날갓틋 웃헤을 풀을 미져 갑사오리다 ᄒ엿거

널

어사 그 원정을 보시고 눈물을 흘이며 정신을 진정치 못ᄒ여 계

우 싱각ᄒ되 황학산 노션이 일으되 못친이 산즁의 계옵셔 무양이

지닌다 ᄒ옵고 탁쥬 소 승상딕 더부인이 일을되 메나리가 증 부인

이

ᄒ시던이 일정 니의 모친이 분명ᄒ도다 ᄒ시고 즉시 하인을 분부

하

여 원정 들인을 모셔 드리라 ᄒ디 ᄒ인이 쳥영ᄒ고 두로 방문ᄒ들

어데가 차즐리요 찻지 못ᄒᄂ 사을 고ᄒ디 어사 다시 싱각ᄒ시

니 일즉 셔룡의 집의셔 자리 낫슨이 부인이 일정 나을 셔룡의 아들

노 아르

눈물로 세월을 보내옵더니 명천이 감동하오신지 귀신이 도우신지 명철하신 어사님을 만나 첩의 복중에 맺힌 원을 낱낱이 아뢰오니 복걸 사또는 첩의 원정을 하감하시어 첩의 원수를 갚아 주시오면 첩이 죽어 저승에 돌아가도 눈을 감겠사옵고 사또의 하늘같은 은혜를 풀을 맺어 갚사오리다.

하였거늘 어사가 그 원정을 보시고 눈물을 흘리며 정신을 진정치 못하여 겨우 생각하되

'황학산 노선이 이르되 모친이 산중에 계시어 무양히 지낸다 하고 탁주 소 승상댁 대부인이 이르되 며느리가 정 부인이라 하시더니 나의 모친이 분명하도다.'

하시고 즉시 하인을 분부하여 원정 올린 사람을 모셔 들이라 한대 하인이 청령하고 두루 방문한들 어디가 찾으리오. 찾지 못하는 것을 고한대 어사가 다시 생각하되

'내 일찍이 서룡의 집에서 자랐으니 부인이 분명 나를 서룡의 아들로 아시고

시고 후환이 잇실 줄 알고 원정을 드리고 피ㅎ셧도다 ㅎ시고
금슈도 모자지정을 알거던 ㅎ물며 사람이야 오힝증기을 타고
나셔 웃지 오운을 모로리요 즉 부인이 늬의 모친의 분명ㅎ면 나난
일
더 죄인이라 ㅎ고 다시 ㅎ인을 분부ㅎ되 이모 사람이라도 즉 부인
을
모셔오면 천금으로 상급ㅎ리라 ㅎ시고 명을 늬리운이 그 고을 사
람들
이 부인을 찻지 못ㅎ여 사방으로 버러 찻더라 잇떠 월봉산 여승과
즉 부인이 몸을 도망ㅎ여 절노 들려왓시나 무삼 분부 잇실가 ㅎ여
그 기미을 자셔이 알고져 ㅎ여 여승이 고을의 나려와 들은즉 사람
더리
셔로 이으되 어데 가 즉 부인을 차질고 ㅎ며 그히 수상ㅎ거날 여승
이 문왈
엇더ㅎ 사람을 져다시 찬난잇가 ㅎ더 그 사람이 왈 어사게옵셔 즉
부인이
라 ㅎ난 사람을 찻나이다 승이 그 말을 듯고 월봉산으로 도러와
말ㅎ엿 왈 지금 부인을 차자 죽기러 ㅎ고 사방의 사람을

후환이 있을 줄 알고 원정을 올리고 피하였도다.'

하시고

"금수도 모자지정을 알거든 하물며 사람이야 오행정기를 타고 나서 어찌 오륜을 모르리오. 정 부인이 나의 모친임이 분명하면 나는 일대(一大) 죄인이라."

하고 다시 하인에게 분부하되

"아무 사람이라도 정 부인을 모셔오면 천금으로 상급하리라."

하시고 명을 내리니 그 고을 사람들이 부인을 찾지 못하여 사방으로 흩어져 찾더라.

이때 월봉산 여승과 정 부인이 몸을 도망하여 절로 돌아왔으나 무슨 분부 있을까 하여 그 기미를 자세히 알고자 하여 여승이 고을에 내려와 들은즉 사람들이 서로 이르되

"어디에 가 정 부인을 찾을꼬?"

하니 지극히 수상하거늘 여승이 묻기를

"어떤 사람을 저다지 찾나이까?"

한대 그 사람이 왈

"어사께옵서 정 부인이라 하는 사람을 찾나이다."

여승이 그 말을 듣고 월봉산으로 돌아와 말하기를

"지금 부인을 찾아 죽이려고 사방에 사람을

헛쳬사온이 이곳의 잇다가는 속졀읍시 잡필 거신이 이곳

데 잇지 말고 깁피 드러가 몸을 감초러 ᄒ더라 잇쩌 어사 부인의 소식

을 듯지 못ᄒ여 실푼 마음을 쥬야 진졍치 못ᄒ더가 싱각ᄒ

되 니 손슈 단여 차질만 갓지 못ᄒ다 ᄒ고 즉시 번복ᄒ고 나와 두로

찻다가 혼 고데 다다나 시졍ᄒ기로 수리나 사 머그려 ᄒ고 혼

주졈의 드러 간이라 각셜 잇쩌 소윤이 도공의 집의 잇셔 미일 원ᄒ

되 혹발 자친은 언어 쩌나 다시 볼고 항상 비회을 금치 못더니 일

일은 도공이 나왓더가 도러와 이으되 경셩의셔 순무어사 나여와

발기난 귀신 갓고 강즉홈이 송쥭 갓트미 빅셩더리 격양가을 부

르더라 훈디 소윤이 그 마을 듯고 왈 니 잇쩌을 만니신이 진졍 셔원

ᄒ여 원쓰을 갑고져 ᄒ여 젼후 고싱ᄒ던 사연의로 원졍을 지여가지고

도공더러 왈 어사 어지다 ᄒ오미 원졍을 진달ᄒ여 니 원쓰을 갑고져

흩었사오니 이곳에 있다가는 속절없이 잡힐 것이니 이곳에 있지
말고 깊이 들어가 몸을 감추라."

하더라. 이때 어사가 부인의 소식을 듣지 못하여 슬픈 마음을 주야
진정치 못하다가 생각하되

'내가 손수 다녀 찾음만 같지 못하다.'

하고 즉시 변복하고 나와 두루 찾다가 한 곳에 다다라 시장하기로
술이나 사 먹으려고 한 주점에 들어 가니라.

각설. 이때 소윤이 도공의 집에 있어 매일 원하되

"학발 자친은 어느 때에나 다시 볼꼬?"

하며 항상 비회를 금치 못하더니 일일은 도공이 나왔다가 돌아와
이르되

"경성에서 순무어사가 내려왔는데 밝기는 귀신같고 강직함이
송죽 같으매 백성들이 격양가를 부르더라."

한대 소윤이 그 말을 듣고 왈

"내 이때를 만났으니 진정 서원하여 원수를 갚으리라."

하며 전후 고생하던 사연으로 원정을 지어 도공더러 왈

"어사가 어질다 하오매 원정을 진달하여 내 원수를 갚고자

ᄒ여 쩌나려 ᄒ온이 십구 연 깃친 은혜을 갑자오면 빅골난망이로
소이다 ᄒ며 즉시 이별ᄒ고 쩌날시 어사 잇난 고을노 차자 가다가
드은즉 도공의 말과 갓치 어사 착ᄒ 션셩이 진동ᄒ거널 ᄒ 고데 다
달나 힝인다려 어사의 승명과 거지을 무은즉 디답 왈 게용 썽 셔룡
의

아달이라 ᄒ거날 듯고 디경ᄒ여 왈 니 이제 원정을 정치 안이홈은
ᄒ날리 도으심이라 ᄒ고 도로 나오더가 마암이 살난키로 술노쎠
마암을

풀만 갓지 못ᄒ다 ᄒ고 주점을 차자간이 ᄒ 소연이 안자씨되 쥬식
을 만이 놋코 안져거날 후갈ᄒ여 불고염치ᄒ고 소연압페 나가 안
지아 소연이 이러나 담예ᄒ고 쥬육을 권ᄒ거늘 소윤이 사양치 안
이ᄒ고 머글

시 수리 사오 비의 지닌 후의 소연이 문왈 존공의 기식을 보온즉
슈식이

가득ᄒ엿사온이 그 연고을 알고져 ᄒ오며 웃지 져리 곤곤이 단이
시난잇가 ᄒ디 소윤이 갓가이 나어가 손연의 손을 잡고 왈 그디 말

하여 떠나려 하오니 십구 년 끼친 은혜를 갚자오면 백골난망이로소이다."

하며 즉시 이별하고 떠날새 어사가 있는 고을로 찾아 가다가 들은즉 도공의 말과 같이 어사의 착한 선성(善性)이 진동하거늘 한 곳에 다다라 행인더러 어사의 성명과 거주지를 물은즉 대답하기를

"계용 땅 서룡의 아들이라."

하거늘 듣고 대경하여 왈

"내가 이제 원정을 정하지 아니한 것은 하늘이 도우심이라."

하고 도로 나오다가 마음이 산란하기로

"술로써 마음을 품만 같지 못하다."

하고 주점을 찾아가니 한 소년이 앉았으되 주식(酒食)을 많이 놓고 앉았거늘 구갈(口渴)하여 불고염치(不顧廉恥)하고 소년 앞에 나가 앉자 소년이 일어나 답례하고 주육을 권하거늘 소윤이 사양치 아니하고 먹을새 술이 사오 배 지난 후에 소년이 묻기를

"존공의 기색을 보온즉 수색(愁色)이 가득하였사오니 그 연고를 알고자 하오며 어찌 그리 곤곤히 다니나이까?"

한대 소윤이 가까이 나아가 소년의 손을 잡고 왈

"그대 말씀을

삼을 드르이 흉중이 막커 말을 못ᄒ노소이다 ᄒ거늘 소연 왈 존
공은 어ᄃᆡ 계시며 존호난 뉘라 ᄒ시난잇가 소윤이 답왈 원천의
사난이다 소연이 왈 원천의 잇다 ᄒ신이 웃지 아오며 무삼 일노 져
리 기훈을 이기지 못ᄒ난잇가 소윤이 눈물을 머금고 답왈 나난 탁
쥬

ᄶᅥᆼ의 사옵더니 맛참 이 ᄶᅥᆼ의 만너 볼 사람이 잇서 왓삽더니 그 사
람이 죽어삽

기로 의탁홀 기리 읍기로 진퇴유곡이라 가도 오도 못ᄒ고 이곳데
인노라 인

기훈이 자심ᄒ노라 ᄒ디 소연 왈 존공이 탁쥬 ᄶᅥᆼ의 사라게신다 ᄒ
온이

션졔적 이부상셔 베살ᄒ시던 소훈경을 아르시난잇가

들으니 흉중이 막혀 말을 못하겠소이다."

하거늘 소년 왈

　"존공은 어디 계시며 존호는 뉘라 하시나이까?"

　소윤이 답하기를

　"원천에 사나이다."

　소년이 왈

　"원천에 있다 하시니 어찌 아오며 무슨 일로 저리 기한(飢寒)을 이기지 못하나이까?"

　소윤이 눈물을 머금고 답하기를

　"나는 탁주 땅에 살았더니 마침 이 땅에 만나 볼 사람이 있어 왔으나 그 사람이 죽었기로 의탁할 길이 없기로 진퇴유곡(進退維谷)이라. 가도 오도 못하고 이곳에 있노라. 이로 기한(飢寒)이 자심(滋甚)하노라."

한대 소년 왈

　"존공이 탁주 땅에 살아계신다 하오니 선제적 이부상서 벼슬하시던 소한경을 아시나이까?"

소윤이

놀니 싱각ᄒ되 이 사람이 나의 부친의 부친의 휘지을 아난고 시미고이

ᄒ도다 ᄒ고 답왈 그디 말삼 ᄒ옵신이 실노 반갑사이다 니 궁곤ᄒ여 아모 연분의 그 딕의 가 의식을 붓쳐 여러 히 머물러사온이 웃지 모

로잇가 그디는 엇지ᄒ여 소 승상 딕 일을 시난잇가 소연 왈 난는 황셩 사

소윤이 놀라 생각하되

'이 사람이 내 부친의 휘자(諱字)를 아는 것이 심히 괴이하도다.'

하고 답하기를

"그대 말씀하옵시니 실로 반갑나이다. 내 궁곤하여 아무 연분에라도 그 댁에 가 의식을 부쳐 여러 해 머물렀사오니 어찌 모르리까? 그대는 어찌하여 소 승상 댁 일을 아시나이까?"

소년 왈

"나는 황성

람으로 남방의 볼 일이 잇사와 니려올 기의 소 승상 딕 여정의셔 하로밤

쉬여왓사온 그 딕 일을 아나이다 소윤이 그 말을 듯고 흐숨지

으며 왈 닉 이 쌍의 나려온 지 십구 연이라 그 사의 소 승상 딕 딕 부인이 잇

쩌거진 사라게셔 긔체 알영호시던잇가 소연이 답왈 듯사온즉 기

체난 안영호옵시나 그 자제 윤이 등과호와 남계 혈영 도임

츄로 나려간지 팔연이 되도록 소식이 망연호옵기로 쥬야 이통호시 며 그

둘지 ᄌ제 요라 호는 ᄉ롬이 그 형을 차져 니려간 지 쏘훈 칠연이 로딕 소

식이 돈절호오니 딕부인 일로 호여곰 호날을 불으지지며 날로

슈삼츠 기절호더이다 흔딕 윤이 그 말을 듯고 딕셩통곡 曰 천지일 월

이 무심치 안이호거든 닉 가슴에 미친 흔을 풀계 호옵소셔 호며 기 절호

거눌 소연이 소윤을 붓들고 위로 曰 존공은 잠간 진정하옵소셔 소 승

딕 소식을 들으시고 엇지 비감호시ᄂ익가 곡절을 알고져 호ᄂ니다

사람으로 남방에 볼 일이 있사와 내려올 때에 소 승상 댁 연정에서 하룻밤 쉬어왔기에 그 댁 일을 아나이다."

소윤이 그 말을 듣고 한숨지으며 왈

"내 이 땅에 내려온 지 십구 년이라. 그 사이 소 승상 댁 대부인이 이때까지 살아계셔서 기체 안녕하시더이까?"

소년이 답하기를

"들사온즉 기체는 안녕하옵시나 그 자제 윤이 등과하여 남계 현령 도임차로 내려간 지 팔 년이 되도록 소식이 망연하옵기로 주야 애통하시며 그 둘째 자제 요라 하는 사람이 그 형을 찾아 내려간 지 또한 칠 년이로되 소식이 돈절하오니 대부인이 이 일로 인하여 하늘에 부르짖으며 날로 수삼차 기절하더이다."

한대 윤이 그 말을 듣고 대성통곡 왈

"천지일월이 무심치 아니하거든 내 가슴에 맺힌 한을 풀게 하옵소서."

하며 기절하거늘 소년이 소윤을 붙들고 위로 왈

"존공은 잠깐 진정하옵소서. 소 승상 댁 소식을 들으시고 어찌 비감하시나이까? 곡절을 알고자 하나이다."

윤이 계우 진전호여 일어느 절호고 曰 나는 그뒤 은혜을 만이 기친 스룸

이룩 우연이 그뒤 만니여 소식을 들으니 주연 슬푼 마음을 이기지 못

호와 존젼에 실체호엿노니 허물치 마옵소셔 소연이 또 문 曰 존공에 기상을 보온니 괴이호지라 소 승상 뒤으로 더부려 치척이

되여 그려호온지 진졍으로 말호옵소셔 호뒤 윤이 답 曰 글언 일은 읍느이드 소연이 또 문 曰 존공의 승씨는 뉘라 호시논익가 윤이 니심

에 싁각호되 소여의 물난 말이 가장 슈상호즉 니 웃지 실상으로 뒤답호리요 호고 일홈을 변호여 소티라 호거늘 소연이 싱각

호되 이 스람이 탁주 고힝이요 승은 소씨라 호되 명주가 다른니 웃지 이심이 읍시리요 니의 부친은 졍영 젹환을 만니여 주거건

이와 응당 슉부는 사라 겨실듯 호오나 그 실상을 아지 못니 웃지 안이 답답호리요 이 스룸이 니 물난 양을 보고 의혹호여

윤이 겨우 진정하여 일어나 절하고 왈

"나는 그 댁 은혜를 많이 끼친 사람이라. 우연히 그대를 만나 소식을 들으니 자연 슬픈 마음을 이기지 못하여 존전에 실체(失體)하였으니 허물치 마옵소서."

소년이 또 묻기를

"존공의 기상을 보오니 괴이한지라. 소 승상 댁과 친척이 되어 그러하온지 진정으로 말하옵소서."

한대 윤이 답하기를

"그런 일은 없나이다."

소년이 또 묻기를

"존공의 성씨는 뉘라 하시나이까?"

윤이 내심에 생각하되

'소년의 묻는 말이 가장 수상한즉 내 어찌 실상으로 대답하리오.'

하고 이름을 바꾸어 소태라 하거늘 소년이 생각하되

'이 사람이 탁주가 고향이요, 성은 소씨라 하되 이름이 다르니 어찌 의심이 없으리오. 나의 부친은 정녕 적환을 만나 죽었거니와 응당 숙부는 살아 계실 듯하오나 그 실상을 알지 못하니 어찌 아니 답답하리오. 이 사람이 내 묻는 양을 보고 의혹하여

일홈을 변호여 이르미로다 이난 정영코 니의 슉부라 호고
문왈 탁쥬 짱의서 이곳지 슈말이 빅이라 무삼 긴한 일이 잇삽
기로 십여 연을 머무시고 고향의 도러가실 쓰즐 듯지 안이호
신난잇가 윤이 답왈 니 이곳데 약간 거두어 갈 거시 잇사와
이 짱을 쩌나지 못호나이다 소연이 답 曰 그러호오면 쥬인을 어
디 증하신잇가 윤이 답 曰 사방 무가긱이라 날 갓튼 사람이 웃지
쥬인이 잇실잇가 두루 단이다가 천힝으로 그 어진 사람을 만늬여
쥬식도 으더먹고 세월을 보늬나이다

이름을 바꾸어 이름이로다. 이는 정녕코 나의 숙부라.'

하고 묻기를

"탁주 땅에서 이곳이 수만리 밖이라. 무슨 긴한 일이 있기로 십여 년을 머무시고 고향에 돌아가실 뜻을 갖지 아니하시나이까?"

윤이 답하기를

"내 이곳에서 약간 거두어 갈 것이 있어 이 땅을 떠나지 못하나이다."

소년이 답하기를

"그러하오면 주인을 어디 정하셨나이까?"

윤이 답하기를

"사방 무가객(無家客)이라. 나 같은 사람이 어찌 주인이 있으리까? 두루 다니다가 천행으로 그런 어진 사람을 만나 주식도 얻어먹고 세월을 보내나이다."

소연이 답 왈 늬 존공의 말

을 듯사오니 경상이 가련한지라 늬 사처로 차처오옵소서 나난 경성

사람으로 이제 긱이 되엿나이다 오류 식 머글 양식을 구하엿사

오니 존공은 쥬식 간의 염예 마르시고 사처로 왕님호옵소서

흔듸 윤이 크게 깃거 왈 사처을 어듸 종호엿난잇가 손연이 답

소년이 답하기를

"내 존공의 말을 들으오니 경상이 가련한지라. 내 사처로 찾아오옵소서. 나는 경성 사람으로 이제 객이 되었나이다. 오륙 개월 먹을 양식을 구하였사오니 존공은 주식을 염려 마시고 사처로 왕림하옵소서."

한대 윤이 크게 기뻐 왈

"사처를 어디 정하였나이까?"

소년이 답하기를

曰 이 고을 관과의서 유한다 ᄒ거널 윤이 왈 그러면 어사의
아직으로 오신잇가 손연 왈 그런 일은 읍사오나 닉 맛참 남
방으로 오더가 즁노의서 어사을 만닌즉 이전 친구라 십여 일을
동힝ᄒ여 인마가 다 곤핍ᄒ기로 슈일 머무려 ᄒ온즉 어사
계옵서 그리ᄒ라 하시고 빅미 오십 석을 쥬시민 바더삽던
니 오날 우연이 존공을 맛너와 말삼을 듯사온즉 사고무
친쳑한 긱이라 읏지 가긍치 아니하리요 부듸 날을 차저 사쳐로
오시면 자연 조혼 모칙이 잇시리이다 ᄒ더 윤이 증식 왈 닉 힝
식이 일엇틋시 초초45)ᄒ오니 날 갓틋 사람을 읏지 이다시 관디ᄒ
시난잇가 소연 왈 이사이 어사 긔운이 불편ᄒ여 공사을 폐ᄒ엿삽
기
로 ᄒ인이 문의 직키지 안이ᄒ온이 존공이 왕임ᄒ실진디 닉 먼져
ᄒ
인을 보니여 문의 기다릴 거신이 부듸 실기 마옵소서 그졔야 빅빅
치사

이 고을 관가에서 유한다 하거늘 윤이 왈

"그러면 어사의 아객(衙客)으로 오셨나이까?"

소년 왈

"그런 일은 없사오나 내 마침 남방으로 오다가 중로에서 어사를 만난즉 이전 친구라. 십여 일을 동행하여 인마(人馬)가 다 곤핍하기로 수일을 머물려 하온즉 어사께옵서 그리하라 하시고 백미 오십 석을 주시매 받았사옵더니 오늘 우연히 존공을 만나 말씀을 듣사온즉 사고무친(四顧無親)한 객이라. 어찌 가긍치 아니하리오. 부디 나를 찾아 사처로 오시면 자연 좋은 묘책이 있으리이다."

한대 윤이 정색 왈

"내 행색이 이렇듯이 초초(草草)하오니 나 같은 사람을 어찌 이다지 관대하시나이까?"

소년 왈

"요사이 어사 기운이 불편하여 공사를 폐하였기로 하인이 문에 지키지 아니하오니 존공이 왕림하실진대 내 먼저 하인을 보내어 문에 기다릴 것이니 부디 실기(失氣) 마옵소서."

하니 그제야 백배치사

ᄒᆞ고 왈 그디 말삼디로 ᄒᆞ니다 하거늘 그러ᄒᆞ오면 존호을 다
사 알고저 ᄒᆞ나이다 윤이 싱각ᄒᆞ되 니 일홈을 바로 이르지
안이 ᄒᆞ엿시나 이 사람이 어사의 친구라 ᄒᆞ니 바른 디로 ᄒᆞ
면 후한이 잇시리라 ᄒᆞ고 왈 니 승명은 소진티라 한디 소
연이 그 눈치을 알고 심즁의 싱각ᄒᆞ되 먼저는 소틔라 ᄒᆞ
고 이번은 소진티라 ᄒᆞ오미 가장 슈상ᄒᆞ도다 ᄯᅩ 승씨가
소씨라 더옥 고이ᄒᆞ도다 일변 싱각ᄒᆞᆫ즉 탁쥬 ᄶᅡᆼ의셔
조모님 말삼을 듯사오니 슉부가 부친을 차저 남계
로 가서다 ᄒᆞ시더니 이 사람이 분명 나의 슉부라 ᄒᆞ시고
ᄯᅩ 모친의 원정을 보온즉 부친이 슈즁 고혼이 되여 계신
다 ᄒᆞ엿시니 세상의 남의 자식이 되여 그 부친의 신체을 거
두지 아니ᄒᆞ면 웃지 원슈을 갑지 안이ᄒᆞ리요 문

하고 왈

　"그대 말씀대로 하리다."

하거늘

　"그러하오면 존호를 다시 알고자 하나이다."

하니 윤이 생각하되

　'내 이름을 바로 이르지 아니 하였으나 이 사람이 어사의 친구
라 하니 바른 대로 하면 후환이 있으리라.'

하고 왈

　"내 성명은 소진태라."

한대 소년이 그 눈치를 알고 심중에 생각하되

　"먼저는 소태라 하고 이번은 소진태라 하니 가장 수상하도다.
또 성씨가 소씨라 더욱 괴이하도다. 일변 생각한즉 탁주 땅에서 조
모님 말씀을 들으니 숙부가 부친을 찾아 남계로 가셨다 하시더니
이 사람이 분명 나의 숙부라. 또 모친의 원정을 본즉 부친이 수중
고혼이 되어 계신다 하였으니 세상에 남의 자식이 되어 그 부친의
신체를 거두지 아니하면 어찌 원수를 갚으리오."

득 분심이 복발46)ᄒ여 자초지종을 자셔이 알고져

ᄒ여 조디히을 차자 알라보리라 ᄒ시고 그졔야 소윤을 이별ᄒ

고 본관의 도러와 ᄒ인을 보니여 조디히을 쳥ᄒ이라 잇쩌 ᄒ인이

조디히을 불너 왓거날 어사 문왈 너난 웃지 보기 느지냥 조디히

황공 진비ᄒ고 엿자오되 웃지 감히 부르시난 영을 듯고 뵈

오리가만는 그러치 안이ᄒ와 소인의 계집이 우연이 병이 들엇기로

즉시 문안치 못ᄒ엿사온이 죄사무셕이로소이다 어사 왈 너난

나의 유부라 인정이 급푼 고로 무를 말이 잇셔 쳥ᄒ엿시니 츄호라

도

기이지 말고 자셔이 일으라

문득 분심이 복발(復發)하여 자초지종을 자세히 알고자 하여 조대희를 찾아 알아보리라 하시고 그제야 소윤을 이별하고 본관에 돌아와 하인을 보내어 조대희를 청하니라.

이때 하인이 조대희를 불러왔거늘 어사가 묻기를

"너는 어찌 보는 것이 늦으냐?"

조대희가 황공하여 재배하고 여쭈되

"어찌 감히 부르시는 영을 듣고 아니 뵈오리까마는 그렇지 아니하와 소인의 계집이 우연히 병이 들었기로 즉시 문안치 못하였사오니 죄사무석이로소이다."

어사 왈

"너는 나의 유부(乳父)라. 인정이 깊은 고로 물을 말이 있어 청하였으니 추호라도 기이지 말고 자세히 이르라."

ᄒ시고 나을 모친이 게실 쩌예 다려더가 길너너
야 상사난 후의 다례더가 길너너냐 ᄒ신디 조디히 엿자오되 엇지
ᄒ신 분부온
지 아압지 못ᄒ오나 부인 상사나 후의 다례더가 길너나이다 어사
디로 왈
너 네계 양훅ᄒ엿기로 졍이 굽퍼기로 물거던 네 읏지 나을 기이난
용 만일

하시고

"나를 모친이 계실 때에 데려다가 길렀느냐? 상사난 후에 데려다가 길렀느냐?"

하신대 조대희가 여쭈되

"어찌하신 분부인지 알지 못하오나 부인 상사난 후에 데려다가 길렀나이다."

어사가 대로 왈

"내 네게 양육되었기로 정이 깊어 묻는 것이거든 네 어찌 나를 기이느뇨? 만일

호리라도 기망ᄒ면 인정을 싱각지 안이ᄒ고 너을 죽일 거시니 바
로 알외면 유부지정을 싱각ᄒ여 용셔하련이와 그럿치 안이ᄒ면 죄
을 면치 못ᄒ리라 조뎌히 싱각ᄒᄂ이 만일 기망ᄒ면 디환이 잇슬지
라 무삼 곡졀이 잇도다 ᄒ고 다시 엿자오되 명천이 감동ᄒ여 사쇼
임 짐작ᄒ시고 이쳐럼 수문ᄒ시니 일혼들 감히 기망ᄒ오리가 젼후
수마을 자셔이 알외되 과연 아모 연 아모 달 아모 날 탁쥬 씽 소
승상 쎡 아달라 ᄒ난 사람이 일홈은 윤이라 합데다 그러셔 소연 등
과ᄒ여 남계 혈영을 졔슈ᄒ시미 도임차로 부인과 노복 이십여 명
을 거나리고 마참 비을 건닐 쎄의 소인의 괴슈 셔룡이 비을 타고
가고

디ᄒᄃᄀ 그 힝중이 지물과 부인의 화용월틱을 보고 지물을 탈취
ᄒ고 쏘

부인을 졉측고져 ᄒ여 소윤을 소겨 비의 실고 가옵더가 힝중의셔
그 노복 이십

여명을 쥬기고 소윤을 돗쳐로 쳐 죽이여 혼즉 그 동싱 셔룡이 노ᄒ
로 슈

족을 믹여 물의 던지고 지물을 아신 후의 부인을 모셔 졔 집의 도

호리라도 기망하면 인정을 생각지 아니하고 너를 죽일 것이니 바로 아뢰면 유부(乳父)의 정을 생각하여 용서하려니와 그렇지 아니하면 죄를 면치 못하리라."

조대회가 생각하니

'만일 기망하면 대환이 있을지라. 무슨 곡절이 있도다.'

하고 다시 여쭈되

"명천이 감동하여 사또님 짐작하시고 이처럼 수소문하시니 일호(一毫)인들 감히 기망하오리까?"

전후수말을 자세히 아뢰되

"과연 아무 년 아무 달 아무 날 탁주 땅 소 승상 댁 아들이라 하는 사람이 이름은 윤이라 합디다. 그래서 소년 등과하여 남계 현령을 제수하시매 도임차로 부인과 노복 이십여 명을 거느리고 마침 배를 건널 때에, 소인의 괴수 서룡이 배를 타고 가고 대하다가 그 행중이 재물과 부인의 화용월태를 보고 재물을 탈취하고 또 부인을 겁측하고자 하여 소윤을 속여 배에 싣고 가옵다가 해중에서 그 노복 이십 여명을 죽이고 소윤을 도끼로 쳐 죽이려 한즉 그 동생 서룽이 만류하여, 노로 수족을 매어 물에 던지고 재물을 빼앗은 후에 부인을 모시고 제 집에 돌아와

러와 안심ᄒ기을 달뇌고져 ᄒ여 후원의 모셧던이 그 날 밤의 부인
이 도망ᄒ여 가신 종젹을 아지 못ᄒ여 셔롱이 디로ᄒ여 뒤을 쏘차
가다가 잣초을 아지 못ᄒ여 도라오난 기의 삿도임을 감보의 싸셔
길가의 바려기로 안어다가 소인을 쥬며 길르라 ᄒ옵기로 길넌나이
다 굿더 맛참 소인의 게집이 자식 나흔 지 수쉭만의 자식이 주겄쌉
기로 유도 유예ᄒ여 쌋도임을 길너나이다 ᄒ거널 어사 눈물을 흘
여 왈 굿쩌예 니 몸의 무신 표적이 읍더냥 조터히 여자 오되 삿도
을 모셔 올 쩌예 보온즉 나삼을로 귀체을 싸옵고 금봉치을 가삼의
너허 왓더이다 굿쩌예 그 두 가지 거슬 안즉 네 집의 두엇넌양

안심시키고 달래고자 하여 후원에 모셨더니, 그 날 밤에 부인이 도망하여 가신 종적을 알지 못하여 서룡이 대로하여 뒤를 쫓아 가다가 자취를 알지 못하여 돌아오는 길에 보니, 사또님을 강보에 싸서 길가에 버렸기로 안아다가 소인을 주며 기르라 하옵기로 길렀나이다. 그때 마침 소인의 계집이 자식을 낳은 지 수 개월 만에 자식이 죽었기로 젖도 유여하여 사또님을 길렀나이다."

하거늘 어사가 눈물을 흘려 왈

"그때에 내 몸에 무슨 표적이 없더냐?"

조대희가 여쭈되

"사또를 모셔 올 때에 보온즉 나삼으로 귀체를 쌌사옵고 금봉채를 가슴에 넣어 왔더이다."

"그때에 그 두 가지 것을 아직 네 집에 두었느냐?"

조티히 왈 소인의게 잇난이다 어사 이 마을 드르시고 당부 왈 전후 슈말을 누셜치 말나 ᄒ시고 급피 가셔 두 가지을 은근이 가져 오라 분부한이 즉시 물너가 가져왓거널 바다본이 나삼 금봉치 분명ᄒ더 라 각셜 잇써 ᄒ인이 알외되 일젼젼의 즁 부인으로 더부러 ᄒ가지 로 원정 드리던 여승을 자바 왓난이다 ᄒ

조대희 왈

"소인에게 있나이다."

어사가 이 말을 들으시고 당부 왈

"전후수말을 누설치 말라."

하시고 급히 가서 두 가지를 은근히 가져 오라 분부하니 즉시 물러
가 가져왔거늘 받아보니 나삼과 금봉채가 분명하더라.

각설. 이때 하인이 아뢰되

"일전에 정 부인과 더불어 같이 원정 드리던 여승을 잡아 왔나
이다."

거날 어사 크계 깃거 왈 그 여승을 놀니지 말고 평안이 모셔 들리
라 흔디 흔인이 그 여승을 모셔 들리난지라 어사 마져 안치고 공경
이 문왈 정막산즁의 곳초 흔신 원정을 가지고 흔 가지로 왓난잇가
여승 왈 그 곡절을 웃지 난난치 셩언흐릿가 어사왈 노사난 즁부인
의 말삼을 조곰도 기이지말고 자셔이 말흐소셔 여승이 쳐음 잡페
올 쩌의난 어사 셔롱의 아달리라 흐니 일졍 부인을 차자 죽일지라
니 열번 죽어도 웃지 부인의 말삼을 누셜흐리요

하거늘 어사가 크게 기뻐하여 왈

"그 여승을 놀라게 하지 말고 평안히 모셔 들이라."

한대 하인이 그 여승을 모셔 들이는지라. 어사가 마주 앉히고 공경히 묻기를

"적막산중에서 고초 겪으신 원정을 가지고 같이 왔나이까?"

여승 왈

"그 곡절을 어찌 낱낱이 말로 다 하리이까?"

어사가 왈

"노사는 정 부인의 말씀을 조금도 기이지 말고 자세히 말하소서."

여승이 처음 잡혀 올 때에는

'어사가 서룡의 아들이라 하니 분명 부인을 찾아 죽일지라. 내 열 번 죽어도 어찌 부인의 말씀을 누설하리오.'

흐고 왓더니 이제 어사을 본이 극호 명사라 말삼이 져리 간절흐이
부인의 말삼을 즉고로 엿자오되 조곰도 희로옴이 읍시리라 흐고
여승이 다시 일어나 직비흐고 왈 좌우 흐인을 물이오면 증부인의
실상을 아윌 거신이 자셔이 드르소셔 흐인이 잇셔도 관계읍신이
진정을 난난치 이르소셔 흔디 여승이 엿자오되 증 부인는 탁쥬 쎵
의 사옵난

션계적 이부상셔 소훈경의 메나리옵고 그 아달 소윤의

하고 왔더니

　'이제 어사를 보니 극한 명사라. 말씀이 저리 간절하니 부인의
말씀을 직고(直告)로 여쭈되 조금도 해로움이 없으리라.'
하고 여승이 다시 일어나 재배하고 왈

　"좌우 하인을 물리시면 정 부인의 실상을 아뢸 것이니 자세히
들으소서."

　"하인이 있어도 관계없으니 진정을 낱낱이 이르소서."
한대 여승이 여쭈되

　"정 부인은 탁주 땅에 사는 선제적 이부상서 소한경의 며느리옵
고 그 아들 소윤의

안히라 윤이 등과 후의 남계 혈영으로 니려 가옵더가 즁노의셔 슈적 셔룡을 만니여 노복 이십여 명을 죽겨 물의 던지고 셔룡의 구함을 입어 그 날 밤의 도망ᄒ여 소승의 졀의 차저와 슬피 우실 ᄊᆡ의 소승이 맛참 ᄒᆞᆫ 꿈을 웃삽고 이러나 자셔이 드른즉 동구 박계 읍던 곡셩이 쳬랑이 들이거널 마암의 놀니 즉시 나가 보온즉 ᄒᆞᆫ 부인이 길가의 안져거날 즉시 모시고 졀의 들어가 수일 후의 희산ᄒ와 싱남ᄒ여 게시나 그 아기 나으실 ᄊᆡ의 소승의 꿈의 쳔상으로셔 ᄒᆞᆫ 션여 나려와 이르되 이 아기을 만일 이정ᄒ여 묘자 ᄒᆞᆫ 고데 잇사오면 도젹의 환을 면치 못ᄒᆞᆯ 거신이 부디 이정을 싱각지 말고 아모리 졀박ᄒᆞᆯ지라도 아기을 안어더가 이 압 디류쵼 정자나무 밋틔 바려두면 자연 어진 사람이 거두어 길너 십구 연이면 모자 다시 만니여 원쓰을 갑고 고향의 도러가리라 ᄒᆞ고 간 디 읍거날 ᄭᆡ달나 싱각ᄒ온즉 명쳔이 이르신 쯧즐 거살이면 도리여 환을 당할 듯ᄒ기로 소승이 아내라. 윤이 등과한 후에 남계 현령으로 내려 가옵다가 중로에서 수적 서룡을 만나 노복 이십여 명이 죽어 물에 던져지고, 부인은 서룡에게 구함을 입어 그 날 밤에 도망하여 소승의 절에 찾아와 슬피 우실 때에, 소승이 마침 한 꿈을 얻었었고 일어나 자세히 들은즉 동구 밖에서 어떤 곡성이 처량히 들리거늘 마음에 놀라 즉시 나가 보온즉 한 부인이 길가에 앉았거늘 즉시 모시고 절에 들어가 수일 후에 해산하여 생남(生男)하셨으나 그 아기 나으실 때에 소승의 꿈에 천상으로부터 한 선녀가 내려와 이르기를 '이 아기를 만일 사랑하여 모자(母子)가 한 곳에 있사오면 도적의 환을 면치 못할 것이니 부디 애정을 생각지 말고 아무리 절박할지라도 아기를 안아다가 이 앞 대류촌 정자나무 밑에 버려두면 자연 어진 사람이 거두어 길러 십구 년이면 모자가 다시 만나 원수를 갚고 고향에 돌아가리라.' 하고 간 데 없거늘 깨달아 생각하온즉 명천이 이르신 뜻을 거스르면 도리어 환을 당할 듯하기로 소승이

부인을 천만가지로 기유ᄒ여 그 아기을 안어더가 ᄃᆔ류촌의 바려두
고 도러

와 부인을 위로ᄒ옵 듯사온이 웃더ᄒᆞᆫ 사람이 다러 갓다 ᄒ오믜 지
금거

진 사싱 거쳐을 아지 못ᄒ여 부인이 항상 싱각ᄒ시고 명쳔게 비러
슬

은 눈물노 셰월을 보니옵더니 명찰ᄒ신 사ᄯᅩ임 멍치ᄒ시단

말을 듯고 원쑤을 갑고져 ᄒ여 원정을 지여 가지고 오러 ᄒ시거날

소승이 차마 부인만 보니지 못ᄒ와 부인을 뫼시고 와 원정을 들

인 후의 고이ᄒᆞᆫ 말이 들이거날 바로 도망ᄒ엿난이다 어사 그 마을
들으시

고 눈물을 흘이고 왈 존사난 분명 이 아기을 손슈 가저더가 밧렷노
라

ᄒ시니 긋쩌 무삼 표젹이 옵던잇가 여승이 답왈 긋쩌 부인이 ᄒᆡ산
의 임ᄒ야

일자 급ᄒ기로 오슬 짓지 못ᄒ야 부인 임부시던 나삼으로 아기몸
을

싸고 부인 ᄭᅩ지시던 금봉치로 아기 가삼의 너허 바련난이다 ᄒ거
날 어

사 눈물을 거두시고 왈 이졔야 니 근본을 아리로다 ᄒ시고 여승을

부인을 천만가지로 개유하여 그 아기를 안아다가 대류촌에 버려두고 돌아와 부인을 위로하옵고 듣사오니 어떤 사람이 데려 갔다 하오매 지금까진 사생 거처를 알지 못하여 부인이 항상 생각하시고 명천께 빌어 슬픈 눈물로 세월을 보내옵더니 명철하신 사또님께서 명치하신다는 말을 듣고 원수를 갚고자 하여 원정을 지어 가지고 오라 하시거늘 소승이 차마 부인만 보내지 못하여 부인을 보시고 와 원정을 드린 후에 괴이한 말이 들리거늘 바로 도망하였나이다."

어사 그 말을 들으시고 눈물을 흘리고 왈

"존사는 분명 이 아기를 손수 가져다가 버렸노라 하시니 그때 무슨 표적이 없더이까?"

여승이 답하기를

"그때 부인이 해산에 임하여 일자가 급하기로 옷을 짓지 못하여 부인이 입으시던 나삼으로 아기 몸을 싸고 부인 꽂으시던 금봉채로 아기 가슴에 넣어 버렸나이다."

하거늘 어사가 눈물을 거두시고 왈

"이제야 내 근본을 알리로다."

하시고 여승을

관디ᄒ며 부인 계신 곳들 물더니 잇디 ᄒ인이 엿자오되 샷쇼임
과 말삼ᄒ시던 양반이 뵈아지라 ᄒ다 ᄒ거널 어사 가만이 ᄒ인을
분부ᄒ여 여승을 사체을 달은 고디ᄒ고 문 박계 나와 소윤을 마자
은근ᄒ 고디 좌중ᄒ고 안 마암의 싱각ᄒ되 이 사람의 ᄒᆡᆼ식을 보온
이 십분 고이ᄒ도다 ᄒ고 술을 조외ᄒ니 만이 권ᄒ여 취혼 후의 실
상을 무을이라 ᄒ고 술을 자로 권ᄒ여 오육 비 지닌 후의 어사 심
사을 알여 ᄒ고 문활 존공이 탁쥬 쎵 소 승상 쪅 근쳐의 산다 ᄒ온
이 이 거문고을 알으시난잇가 윤이 바다 본즉 남계로 너러갈 쩌예
ᄒᆡᆼ즁의 가져가던 거문귀을 수젹 셔룡의게 앗긴 거시 분명ᄒ이 일
번 반갑고 일번 가삼이 막키여 정신을 진정치 못ᄒ여 아못 말도 못
ᄒ거날 어사 쏘 나삼과 금봉치을 너여 노흔이 윤이 바다본즉 봉치
난 자계 장기 갈 쩌예 부인의게 납치혼 예단 봉치요 나삼은 디부인
이 손슈 싸신 비단으로 나삼을 지여 부인을 입펴 남계로 보닌 거시
어날 윤이 모친의 수품

관대하며 부인 계신 곳을 묻더니 이때 하인이 여쭈되

"사또님과 말씀하시던 양반이 뵙고자 하나이다."

하거늘 어사가 가만히 하인에게 분부하여 여승을 다른 곳에 모시게 하고 문 밖에 나와 소윤을 맞아 은근한 곳에 좌정하고 마음속에 생각하되

'이 사람의 행색을 보니 십분 괴이하도다.'

하고

'술을 좋아하니 많이 권하여 취하게 한 후에 실상을 물으리라.'

하고 술을 자주 권하여 오륙 배 지난 후에 어사 심사를 알려고 묻기를

"존공이 탁주 땅 소 승상 댁 근처에 산다 하오니 이 거문고를 아시나이까?"

윤이 받아 본즉 남계로 내려갈 때에 행중에 가져가던 거문고인데 수적 서룡에게 빼앗긴 것이 분명하니 일변 반갑고 일변 가슴이 막히어 정신을 진정치 못하여 아무 말도 못하거늘 어사가 또 나삼과 금봉채를 내어 놓으니 윤이 받아본즉 봉채는 자기 장가 갈 때에 부인에게 납채한 예단 봉채요, 나삼은 대부인이 손수 짜신 비단으로 지어 부인에게 입혀 남계로 보낸 것이거늘 윤이 모친의 수품을

을 보고 이 사람이 너 집 기물을 가지고 연고을이 다시 조롱ᄒ난고 심즁의 의혹이 만만ᄒ여 희염업난 눈물만 흘이며 ᄃᆡ답ᄒ난 말이 읍거날 어사 입어던 나삼을 버서 노흐며 이것도 젼의 보시던 긔 안이잇가 소윤이 본즉 자계 남계로 갈 쩨의 나삼을 부인이 나삼을 손슈 입퍼 보니려 ᄒ시더가 난ᄃᆡ읍난 불쏭이 쩌려져 조곰 탓기로 입퍼지 안이ᄒᆫ 거시어날 ᄯᅩ한 ᄃᆡ부인을 만너본 듯ᄒ여 그 나삼을 붓들고 ᄃᆡ셩통곡ᄒ다가 어사을 부들고 기졀ᄒ거널 어사 그 경상을 보고 슬푸물 이기지 못ᄒ여 두손으로 소윤을 어로만져 찌우며 싱각ᄒ되 이 사람이 소 승ᄃᆡᆨ 기물을 보고 이럿틋시 기졀ᄒ니 분명 무삼 곡졀이 잇도다 ᄒ여 종시 그 실상을 기운즉 이 사람이 ᄯᅩ한 진졍을 발으 아니 할 듯ᄒ오니 너 몬저 근본을 다 ᄒ리라 ᄒ고 어사 다시 이러나 지비왈 ᄃᆡ인은 늬 말삼을 드르시고 즁졍의 믿친 말삼을 앗기지 말고 낫낫치 이르소서 나난 과연 쌱쥬

보고

'이 사람이 내 집 기물을 가지고 무슨 연고로 다시 조롱하는고?'

하고 심중에 의혹이 만만하여 하염없는 눈물만 흘리며 대답하는 말이 없거늘 어사가 입었던 나삼을 벗어 놓으며

"이것도 전에 보시던 것이 아니니이까?"

소윤이 본즉 자기가 남계로 갈 때의 나삼인지라. 부인이 나삼을 손수 입혀 보내려 하시다가 난데없는 불똥이 떨어져 조금 탔기로 입히지 아니한 것이거늘 또한 대부인을 만나본 듯하여 그 나삼을 붙들고 대성통곡하다가 어사를 붙들고 기절하거늘 어사가 그 경상을 보고 슬픔을 이기지 못하여 두 손으로 소윤을 어루만져 깨우며 생각하되

'이 사람이 소 승상 댁 기물을 보고 이렇듯이 기절하니 분명 무슨 곡절이 있도다.'

하여

'종시 그 실상을 기인즉 이 사람이 또한 진정을 밝히지 아니 할 듯하니 내가 먼저 근본을 다 알리라.'

하고 어사가 다시 일어나 재배하며 왈

"대인은 내 말씀을 들으시고 중정에 맺힌 말씀을 아끼지 말고 낱낱이 이르소서. 나는 과연 탁주

12-뒤

쌍의 사옵던 선제적 이부상서 소한경의 손자요 남계 혈영 소윤
의 아들이라 부친이 소연등과 흐여 나라의서 남계 혈영을 제슈
흐시믜 도님차로 가시다가 중노의서 슈적 서룡을 만늬여 듸회
중 고기밥이 되여다 흐니 늬 이제 도적을 자바 부친의 원슈을 갑고
저 흐오나 도적 십만 명을 죽이온들 늬 예 부친이 세상의 산년 건
만
흐오릿가 흐며 쏘한 눈물을 금치 안이흐고 슬푸믈 이기 못
흐거날 그제야 끽달나 부인 복중의 드럿던 자식인 쥴 알고 달
여들어 어사의 손을 잡고 듸성통곡흐여 왈 늬 과연 소윤이로다 흐
고 기절흐거날 어사 방양으로 부친이 사라계신 쥴 알고 서로 붓들
고 통곡흐기을 마지안이흐니 산천초목이 다 슬허흐더라 소윤이 정
신을 진정흐여 어사의 손을 잡고 서룡의 환 만늬던 말삼을 하시며
목이 미여 이르되 서룡이 무변듸희 중의 슈족을 미여 물의 던지기

땅에 살던 선제적 이부상서 소한경의 손자요, 남계 현령 소윤의 아들이라. 부친이 소년등과 하여 나라에서 남계 현령을 제수하시매 도임차로 가시다가 중로에서 수적 서룡을 만나 대해 중 고기밥이 되었다 하니 내 이제 도적을 잡아 부친의 원수를 갚고자 하오나 도적 십만 명을 죽인들 내 옛 부친이 세상에 사는 것만 하오리까?"

하며 또한 눈물을 금치 아니하고 슬픔을 이기지 못하거늘 그제야 깨달아 부인 복중에 들었던 자식인 줄 알고 달려들어 어사의 손을 잡고 대성통곡하여 왈

"내 과연 소윤이로다."

하고 기절하거늘 어사가 바야흐로 부친이 살아계신 줄 알고 서로 붙들고 통곡하기를 마지아니하니 산천초목이 다 슬퍼하더라. 소윤이 정신을 진정하여 어사의 손을 잡고 서룡의 환 만났던 말씀을 하시며 목이 메어 이르기를 서룡이 무변대해 중에 수족을 매어 물에 던지기로

로 물 우의 외로이 써 삼십 이을 가더니 천힝으로 투쥬 쌍의 사난
도
공이라 하난 사람을 만늬여 잔명을 보존하시던 말삼이며 학발 자
친
을 이별한 말삼을 ᄒ시고 슬어하더라 어사 부친계 절ᄒ고 엿자오
되 모친이 서룡 환 만닌 그날 밤의 서룡의 동싱 서룽이 구하물 입
입사와 월봉산 자호암으로 가시며 즉시 소자을 나엇사오니 희산
시의
ᄭ움을 웃삽고 소자을 디류촌의 바려던니 서룡이 모친의 종적을
살펴 쫏차오다가 종시 웃지 못ᄒ고 도러갈 지음의 소자을 으더가
십오 세 당동ᄒ여 과거 소식을 듯고 황성으로 가옵더가 즁노의서
황학산 노선을 만늬여 소자다려 이르기을 소군자라 하옵거널 고히
여겨 그 ᄯᅳᆯ 물른즉 노선이 디답ᄒ기을 늘근의 말이 망영된이 안
즉
의야말 말나 ᄒ시고 노선을 이별ᄒ고 탁쥬 조모님 씌 연정의
드러가 경기을 구경ᄒ던니 슈다한 노복이 소자의 용모을

물 위에 외로이 떠 삼십 리를 가다가 천행으로 투주 땅에 사는 도 공이라 하는 사람을 만나 잔명을 보존하시던 말씀이며 학발(鶴髮) 자친(慈親)을 이별한 말씀을 하시고 슬퍼하더라.

어사가 부친께 절하고 여쭈되

"모친이 서룡의 환 만난 그날 밤에 서룡의 동생 서릉에게 구함 을 입사와 월봉산 자호암으로 가시어 즉시 소자를 낳았사오니 해 산 시에 꿈을 얻었삽고 소자를 대류촌에 버렸더니 서룡이 모친의 종적을 살펴 쫓아오다가 종시 얻지 못하고 돌아갈 즈음에 소자를 얻어가 십오 세에 당도하여 과거 소식을 듣고 황성으로 가옵다가 중로에서 황학산 노선을 만났는데 소자더러 이르기를 소군자라 하 옵거늘 괴히 여겨 그 뜻을 물은즉 노선이 대답하기를

"늙은이의 말이 망령되이 들려도 의아해 하지 말라."

하시어 노선과 이별하고 탁주 조모님 댁 연정에 들어가 경개를 구 경하더니 수다한 노복이 소자의 용모를

보고 부친의 안상과 갓타 흐고 웃지 안이 하나이옵고 듸부
인이 나오신다 흐거널 피하지 못흐여 뫼서 말삼흐온즉 붓
친을 부르시며 슬어흐시더가 소자의 얼골을 보시고 더욱 비감흐
여 흐시던 말삼과 경성의 올너가 급제흐여 어사 되여 늬려오더가
드
니 조모님이 나삼을 쥬시며 붓틱흐시던 말삼을 진달흐며 붓
친도 소자의 얼골을 자서이 보옵소서 흐며 즉시 날닌 군사 천여 명
을 발흐여 서룡과 그 동유을 다 자바오라 흐시고 만일 깃처 두
고 오면 느히을리라 군사 분부을 듯고 봉명흐여 물너가거날
어사 좌기을 비설흐고 여승게 치사흐여 曰 부친과 동석 좌기흐여
도
무관흐여이다 흐시고 분기등등흐여 서룡 자바오기만 기다리더
라 굿쩌 슈적 서룡이 그날 밤의 한 쑴을 으드니 무쇠 가미을 씨고
어전의 드러가 츔츄여 뵈이거날 서룡이 쑴을 싱각흐니 나의

보고 부친의 얼굴과 같다 하고 어찌 아니라 하나 하옵고 대부인이 나오신다 하거늘 피하지 못하여 모셔 말씀하온즉 부친을 부르시며 슬퍼하시다가 소자의 얼굴을 보시고 더욱 비감하여 하시더이다."

하고 이런 말씀과 경성에 올라가 급제하여 어사 되어 내려오다가 들으니 조모님이 나삼을 주시며 부탁하시던 말씀을 진달하며

"부친도 소자의 얼굴을 자세히 보옵소서."

하며 즉시 날랜 군사 천여 명을 발하여 서룡과 그 동류를 다 잡아오라 하시고

"만일 기처에 두고 오면 너희들을 잡아 올리리라."

하니 군사가 분부를 듣고 봉명하여 물러가거늘 어사가 좌기를 배설하고 여승에게 치사하여 왈

"부친과 동석 좌기하여도 무관하여이다."

하시고 분기등등하여 서룡 잡아오기만 기다리더라. 그때 수적 서룡이 그날 밤에 한 꿈을 얻으니 무쇠 가마를 쓰고 어전에 들어가 춤추어 보이거늘 서룡이 꿈을 생각하니

'나의

슈양자 계조는 국녹 디신이라 천자게 쥬달ᄒ여 날 갓튼 사람으로
무삼 벼살 씨기랴고 그러한지 고이ᄒ도다 ᄒ고 기별오기을 기다리
더라 잇써 쯧박의 천병만마 평원광야의 자옥ᄒ여 호통이 서리
갓더니 문득 서룡의 당유 빅여 명을 자바 가난지라 서룡 아무런
줄 모르고 어사 압페 나어가 어사는 아모리 일품 벼살ᄒ엿스나
아비을 아지 못ᄒ난요 어사왈 네 눈을 드러 당상을 보라 한듸 서
룡이 당상을 살펴보니 희즁의 쩐젓쩐 소윤이 완연이 안젓더
라

수양자 계조는 국록 대신이라. 천자께 주달하여 나 같은 사람에게 무슨 벼슬을 시키려고 그러한지 괴이하도다.'

하고 기별오기를 기다리더라.

이때 뜻밖에 천병만마가 평원광야에 자옥하여 호통이 서리 같더니 문득 서룡의 당류 백여 명을 잡아가는지라. 서룡이 아무런 줄 모르고 어사 앞에 나아가

"어사는 아무리 일품 벼슬을 하였으나 아비를 알지 못하느뇨?"

어사 왈

"네 눈을 들어 당상을 보라."

한대 서룡이 당상을 살펴보니 해중에 던졌던 소윤이 완연히 앉았더라.

서룡이 앙천소왈 양호유한이라 ᄒ고 늬 죽기난 도시 동싱
의 타시로다 뉘을 원망ᄒ리요 슈히 죽기기을 바리더라 소윤
이 어사계 청ᄒ여 曰 부인이 서룡의 구함을 입어 잔명을 보존ᄒ
엿다 ᄒ니 서룡은 죽이지 말나 한디 어사 曰 붓친의 말삼이
올토소이다 ᄒ고 즉시 분부ᄒ여 영을 늬되 서룡은 별

서룡이 앙천 소왈

"양호유환(養虎遺患)이라고 나 죽기는 도시(都是) 동생의 탓이로다. 누구를 원망하리오."

하며 쉬이 죽이기를 바라더라. 소윤이 어사께 청하여 왈

"부인이 서룡의 구함을 입어 잔명을 보존하였다 하니 서룡은 죽이지 말라."

한대 어사 왈

"부친의 말씀이 옳소이다."

하고 즉시 분부하여 영을 내되

"서룡은 별로

14-뒤

노 느여 안치라 흔디 서룡이 그즁 뛰여 니달나 소리을 크게
흐여 왈 명천이 무심치 안이흐도다 흐며 선불선[47])을 오날이
야 알이로다 흐더라 어사 왈 너와 조듸히야 느의 은인이라 흐시
고 술을 느여 먹이며 서룡과 그 당유을 다 죽이려 흐다가 문득
싱각 왈 모친을 뫼서와 안전의 죽여 모친 마암을 쾌흐게 흐리라
흐시고 여승과 한가지로 월봉산으로 힝한이라 고을서 월봉
산이 칠십 이요 자호암이 사십 이라 관분의 분부흐여 금등[48])
과 신여 수십여 명과 은자 슈천 양을 차담을 차려 월봉산 자호
암으로 듸령흐라 흐시고 어사 부자와 여승이며 필마단기로 자
호암으로 가다가 즁노의서 여승으로 모친계 통기흐니라 이적의 여
승이 압서 드러가 부인을 보시고 왈 부인이 십구 연 적막산즁의서
써기던 간장을 오날이야 풀이로다 디류촌의 바려던 아기 슈

내어 앉히라."

한대 서릉이 그중 뛰어 내달아 소리를 크게 하여 왈

　"명천이 무심치 아니하도다."

하며

　"선불선(善不善)을 오늘에야 알리로다."

　하더라. 어사 왈

　"너와 조대희야 나의 은인이라."

하시고 술을 내어 먹이며 서릉과 그 당류를 다 죽이려 하다가 문득
생각 왈

　"모친을 모셔와 안전에서 죽여 모친 마음을 쾌하게 하리라."

하시고 여승과 한가지로 월봉산으로 행하니라. 고을에서 월봉산이
칠십 리요, 자호암이 사십 리라. 관부에 분부하여 금덩과 시녀 수
십여 명과 은자 수천 냥, 차반을 차려 월봉산 자호암으로 대령하라
하시고 어사 부자(父子)와 여승이 필마단기(匹馬單騎)로 자호암으
로 가다가 중로에서 여승으로 하여금 모친께 통지하니라.

　이적에 여승이 앞서 들어가 부인을 보시고 왈

　"부인이 십구 년 적막산중에서 썩던 간장을 오늘에야 풀리로다.
대류촌에 버렸던 아기를

적 서룡이 안어더가 길너 십구 연만의 등과ᄒᆞ여 할님학사 병
부상서 겸 남방 슌부어사로 니려오나이다 그러ᄒᆞ나 부인이 원정
을 아들의게 정ᄒᆞ엿노소이다 어사 쏘ᄒᆞ 물의 죽엇던 붓친 틔휴
을 만늬여 그 도적을 다 자바 죽이려 ᄒᆞ시더가 부인을 모서 보
시난듸 죽이려 ᄒᆞ고 다 가두고 틔후 어사 직금 저게 드러오시나
이다 부인이 그 말삼을 듯고 인ᄒᆞ여 기절ᄒᆞ거날 여승덜이
붓드러 구ᄒᆞ더니 이윽고 틔후와 어사 자호암의 이르러 어사난
문 밧게 섯고 틔후난 몬저 드러와 보온니 과연 증 부인이 누어 인
사을 아지 못ᄒᆞ거늘 틔후 부인을 위로ᄒᆞ시며 ᄶᅵ워 일너 왈
부인은 정신을 진정ᄒᆞ여 눈을 ᄶᅥ 날을 보소서 죽엇던 소
윤이 왓나이다 ᄒᆞ고 눈물이 비오듯 ᄒᆞ니 좌우 제승이 차
마 보지 못할너라 이윽고 정신을 진정ᄒᆞ여 살펴본

수적 서룡이 안아다가 길러 십구 년 만에 등과하여 한림학사 병부 상서 겸 남방 순무어사로 내려오나이다. 그러하나 부인이 원정을 아들에게 전하였나이다. 어사 또한 물에 죽었던 부친 태후를 만나 그 도적을 다 잡아 죽이려 하시다가 부인을 모셔 보시는데 죽이려고 다 가두고 태후와 어사가 지금 저기 들어오시나이다."

부인이 그 말씀을 듣고 인하여 기절하거늘 여승들이 붙들어 구하더니, 이윽고 태후와 어사가 자호암에 이르러 어사는 문 밖에 섰고 태후는 먼저 들어와 보니 과연 정 부인이 누워 인사를 알지 못하거늘 태후가 부인을 위로하시며 깨워 일러 왈

"부인은 정신을 진정하여 눈을 떠 나를 보소서. 죽었던 소윤이 왔나이다."

하고 눈물이 비 오듯 하니 좌우 제승이 차마 보지 못할러라. 이윽고 정신을 진정하여 살펴본즉

즉 과연 틱후라 반가온 마음을 이기지 못ᄒ여 흉즁이
막켜 아못 말도 못ᄒ며 묵묵부답ᄒ고 안저 눈물만 흘
이거늘 틱후 다시 부인을 붓들고 서로 굿기던 전후슈말
을 낫낫치 말삼ᄒ시며 슬피 통곡ᄒ시더가 부인이
바릐보니 난듸읍넌 청츈손연이 문박게 서시되 다만 눈물만
흘여 ᄯᅡᆼ을 적시거늘 부인이 왈 저 손연은 웃더한 사람이관듸
우리 거동을 보고 웃지 슬피 울고 섯난잇가 틱후 늣기면 왈 그
손연은 듸류촌의 바려던 아기로소이다 부인이 그 말을 듯고 급
피 문 박게 늬달나 어사을 붓들고 통곡ᄒ시다가 인하여 기절
ᄒ거널 틱후와 어사 부인을 위로ᄒ되 종시 진정치 못ᄒ난지라 어
사 더옥 망극ᄒ여 하날을 부르지즈며 의통ᄒ더가 문득 싱각
ᄒ고 황학산 노선이 양낭을 쥬시며 증 부인게 드리라 ᄒ시

과연 태후라. 반가운 마음을 이기지 못하여 흉중이 막혀 아무 말도 못하며 묵묵부답하고 앉아 눈물만 흘리거늘, 태후가 다시 부인을 붙들고 서로 구기던 전후수말을 낱낱이 말씀하시며 슬피 통곡하시다가 부인이 바라보니, 난데없는 청춘소년이 문 밖에 섰으되 다만 눈물만 흘려 땅을 적시거늘 부인이 왈

"저 소년은 어떠한 사람이건대 우리 거동을 보고 어찌 슬피 울고 섰나이까?"

태후가 흐느끼면서 왈

"그 소년은 대류촌에 버렸던 아기로소이다."

부인이 그 말을 듣고 급히 문 밖에 내달아 어사를 붙들고 통곡하시다가 인하여 기절하거늘 태후와 어사가 부인을 위로하되 종시 진정치 못하는지라. 어사가 더욱 망극하여 하늘을 부르짖으며 애통하다가 문득 생각하고

'황학산 노선이 약낭을 주시며 정 부인께 드리라 하시더니

더니 일정 급한 쯰예 씨미라 ㅎ고 양낭을 늬여 보니 환약 다섯 긔
라 즁 부인이 자호암의서 십구 연 전의 바렷던 아들과 희즁의 이
럿던 가군을 만나면 반가온 마암을 이기지 못ㅎ여 일정 세상
을 이별홀 거시니 그쯰의 씨고 그 남은 약은 집의 도러오면 자연
씰
고지 잇시리라 ㅎ엿거늘 어사 그 약을 일환을 목수의 가러 부
인의 입의 뒤류우니 이윽ㅎ여 육믹이 통ㅎ고 슘을 늬여 쉬니
틱후와 어사 반가와 슬허ㅎ거날 부인이 진정ㅎ여 어사의 손
을 잡고 방성통곡ㅎ시다가 말삼ㅎ시되 니 널을 나
을 쯰의 천명을 거사리지 못ㅎ여 듸류촌의 바리고 쥬야 일구
월심의 죽어 오작의 밥이 되난가 사라 사부가 길넌넌가 ㅎ고
하일과 세존님계 츅슈 발원ㅎ여 세월을 보늬더니 죽지 안
이ㅎ고 입신양명ㅎ여 늬의 큰 원슈을 갑고 죽어던

분명 급한 때에 씀이라.'

하고 약낭을 내어 보니 환약 다섯 개라. 정 부인이 자호암에서 십구 년 전에 버렸던 아들과 해중에 잃었던 가군을 만나면 반가운 마음을 이기지 못하여 분명 세상을 이별할 것이니 그때에 쓰고 그 남은 약은 집에 돌아오면 자연 쓸 곳이 있으리라 하였거늘 어사가 그 약 일 환을 갈아 부인의 입에 드리니 이슥하여 육맥(六脈)이 통하고 숨을 내어 쉬니 태후와 어사가 반가워 슬퍼하거늘 부인이 진정하여 어사의 손을 잡고 방성통곡하시다가 말씀하시되

"내 너를 낳을 때에 천명을 거스르지 못하여 대류촌에 버리고 주야 일구월심에 죽어 오작의 밥이 되었는가, 살아 사부가 길렀는가 하고 하늘과 세존님께 축수 발원하여 세월을 보내더니, 죽지 아니하고 입신양명하여 나의 큰 원수를 갚고, 죽었던

붓친을 만늬고 산즁의 슈문 어미을 차자오며 선영의 영화
을 밧드니 천지일월과 세존님이 감동ᄒᆞ시미 안이리요 ᄒᆞ
시고 삼인이 법당의 들어가 북힝사비ᄒᆞ고 나와 제승다려 치
사ᄒᆞ시며 즉시 낙봉연을 비셜ᄒᆞ시고 서로 더부러 질길싀
어사 친이 잔을 드러 제승계 권ᄒᆞ여 曰 모친의 십구 연 기친 은혜
난 빅골난망이라 ᄒᆞ시고 치ᄒᆞ한듸 여승이 합장 비례 왈 웃지 공이
라 ᄒᆞ리요 존귀ᄒᆞ신 몸이 천한 즁을 위ᄒᆞ여 이다시 관듸ᄒᆞ신
잇가 이거시 다 소승의 공이 안이와 노승의 공이로소이다 쏘 부인
의
팔자 쏜더러 부인이 상제 득죄ᄒᆞ와 인간의 적강ᄒᆞ여 이 절의 잠
시 고싱ᄒᆞ시다가 이런 경사을 보시니 웃지 인간의 일언 이리 잇
사오릿가 못늬 질겨ᄒᆞ더라 틱후와 어사 그 노승을 청ᄒᆞ여 曰
모자와 붓친을 만늬게 ᄒᆞ시니 그 은혜을 싱각ᄒᆞ올진듼 몸

부친을 만나고 산중에 숨은 어미를 찾아오며 선영의 영화를 받드니, 천지일월과 세존님이 감동하심이 아니리오."

하시고 세 사람이 법당에 들어가 북향사배하고 나와 제승더러 치사하시며 즉시 낙봉연을 배설하시고 서로 더불어 즐길새 어사가 친히 잔을 들어 제승께 권하여 왈

"모친의 십구 년 끼친 은혜는 백골난망이라."

하시고 치하한대 여승이 합장 배례 왈

"어찌 공이라 하리오. 존귀하신 몸이 천한 중을 위하여 이다지 관대하시니까? 이것이 다 소승의 공이 아니라 노승의 공이로소이다. 또 부인의 팔자로 부인이 상제께 득죄하여 인간에 적강하여 이 절에서 잠시 고생하시다가 이런 경사를 보시니 어찌 인간에 이런 일이 있사오리까?"

하며 못내 즐겨하더라. 태후와 어사가 그 노승을 청하여 왈

"모자와 부친을 만나게 하시니 그 은혜를 생각하올진대 몸이

이 맛도록 갑사와도 이로 웃지 다 갑사로잇가 이졔난 존사와
모친과 혼가지로 모셔 십구 연 깃친 은혜을 만분지일이나 갑고져
혼이 존사난 사양치 마옵소셔 ᄒᆞ고 인ᄒᆞ여 은자 천양을 쥬시며
왈 이거시 비록 약소ᄒᆞ오나 모천의 은혜을 표ᄒᆞ나이다 졔승이 일
시의 이

려나 사례ᄒᆞ고 치사 왈 상공의 쥬시난 거슬 웃지 사양ᄒᆞ오릿가 이
암자가 퇴락ᄒᆞ엿사온이 이 지물노 졀을 즁수ᄒᆞ옵고 셰존임계
발원ᄒᆞ오리다 어사 인ᄒᆞ야 부인이 이 졀의 고싱ᄒᆞ더가 십구 연간
의 티후

와 어사을 만너 쓰즈로 그을 지여 현판의 싸겨 자호암 젼면의 붓쳐
만셰 유젼ᄒᆞ게 ᄒᆞ고 졔승으로 더부려 이별ᄒᆞ고 써날싀 즁 부인는
금등을

타고 티후난 여승과 갓치 괴자을 타고 어사난 쳘이 디완말⁴⁹⁾을
노피 타고 길을 써날 시 여승이 사문 박 심 이을 나와 젼송ᄒᆞ며 차
마 이

별ᄒᆞ지 못ᄒᆞ여 ᄒᆞ거날 부인이 쏘ᄒᆞ 그 졍을 잇지 못ᄒᆞ야 눈

다하도록 갚아도 이로 어찌 다 갚사오리까? 이제는 존사와 모친과 같이 모셔 십구 년 끼친 은혜를 만분지일이나 갚고자 하니 존사는 사양치 마옵소서."

하고 인하여 은자 천 냥을 주시며 왈

"이것이 비록 약소하오나 모친의 은혜를 표하나이다."

제승이 일시에 일어나 사례하고 치사 왈

"상공의 주시는 것을 어찌 사양하오리까? 이 암자가 퇴락하였사오니 이 재물로 절을 중수하옵고 세존님께 발원하오리다."

어사가 인하여 부인이 이 절에서 고생하다가 십구 년 만에 태후와 어사를 만난 뜻으로 글을 지어 현판에 새겨 자호암 전면에 붙여 만세 유전하게 하고 제승으로 더불어 이별하고 떠날새 정 부인은 금덩을 타고 태후는 여승과 같이 교자를 타고 어사는 천리 가는 대완마(大宛馬)를 높이 타고 길을 떠날새 여승이 산문 밖 십 리를 나와 전송하며 차마 이별하지 못하였거늘 부인이 또한 그 정을 잊지 못하여

물을 흘이시며 왈 모든 존사난 나을 싱각지 말고 평안이

계시옵소셔 ᄒ시니 졔승이 셔로 도려가기을 마지안이ᄒ야 영화로 가난 길

이 도로 비감ᄒ여 써날 마암이 읍더라 어사 부인을 모시고 고을의 들어가 좌

증 후의 부인계 고ᄒ되 소자 희즁의 죽겻던 붓친을 쳔ᄒ힝으로 만너옵고 ᄯ 산즁의 고싱ᄒ시던 모친을 모셔와 쳔ᄒ의 가득ᄒ 원쑤

을 갑사오니 그 쓰즈로 졔문 지여 쳔지계 고ᄒ고 수금ᄒ 죄인을 자바 올여

일변 능지쳬참ᄒ면 극형으로 쥬길식 셔롱은 별노 니여 요참50)ᄒ고 사

자로 돗치로 갈나 사방의 회시ᄒ고 셔룽을 불너 이으되 너 비록 셔룡

의 동싱이로되 그 형의 몹신 힝실을 본밧지 안이ᄒ고 쳔셩이 착ᄒ기

로 너을 주기지 안이홀 ᄲᆫ더려 니의 모친을 인도ᄒ여 네 형의 환을 면ᄒ계 ᄒ엿시니 너난 쳔자계 쥬달ᄒ여 그 공을 씨리라 ᄒ시고 왈 이후난 그 고더 사지 말고 나을 ᄯ라르라 ᄒ시고 ᄯᅩ 은자 빅양을 쥬며 왈 네

눈물을 흘리시며 왈

"모든 존사는 나를 생각지 말고 평안히 계시옵소서."

하시니 제승이 서로 돌아가기를 마지아니하여 영화로이 가는 길이
도로 비감하여 떠날 마음이 없더라. 어사가 부인을 모시고 고을에
들어가 좌정 후에 부인께 고하되

"소자가 해중에 죽었던 부친을 천행으로 만나옵고 또 산중에 고
생하시던 모친을 모셔와 천하에 가득한 원수를 갚았나이다."

하고 그 뜻으로 제문 지어 천지께 고하고 수금한 죄인을 잡아 올려
일변 능지처참하며 극형으로 죽일새 서룡은 따로 특별히 내어 요
참하고 사지를 도끼로 갈라 사방에 회시하고 서릉을 불러 이르되

"너 비록 서룡의 동생이로되 그 형의 몹쓸 행실을 본받지 아니
하고 천성이 착하기로 너를 죽이지 아니할 뿐더러 나의 모친을 인
도하여 네 형의 환을 면하게 하였으니 너는 천자께 주달하여 그 공
을 쓰리라."

하시고 왈

"이후에는 그 곳에 살지 말고 나를 따르라."

하시고 또 은자 백 냥을 주며 왈

"네

249

형이 쳔죄을 범ᄒᆞ엿시니 짐작컨딘 그 신체을 잣초 읍시 함이 오르
나 나을 십구 연 양휵ᄒᆞ던 졍을 싱각ᄒᆞ기로 일노써 그 신체을 거두
어 감장ᄒᆞ라 ᄒᆞ시고 ᄯᅩ 조디히을 불너 은자 빅양을 쥬며 왈 너도
ᄯᅩᄒᆞᆫ 도젹의 당유라 일졍 쥬길 거시로되 나을 길너닌 공으로 안이
죽이이 도젹의 근쳐의 사지 말고 다른 듸 올머 사되 마음을 곳쳐
어진 사람이 되여 득인심ᄒᆞ게 ᄒᆞ라 ᄒᆞ시고 인ᄒᆞ여 그 ᄯᅳ즐로 쳔자
계 쥬달ᄒᆞᆫ즉 그 장문의 ᄒᆞ엿시되 신이 국문이 망극ᄒᆞ와 베살이 놉
사온 즁의 검ᄒᆞ여 슌무 어사을 졔수ᄒᆞ시기로 남방의 니려와 수령
의 능부와 빅셩의 워낙을
살피옵더니 쳔우신조ᄒᆞ와 황쳔씽의셔 수즁 도젹의 환을 만니 쥬
것던 아비을 차졋사온이 션졔젹 이부상셔 소훈경의 아달리라 모
연 모월의 급졔ᄒᆞ여 나라의셔 남계혈영을 졔수ᄒᆞ시미 도
임차로 가옵더가 즁노의셔 수젹 셔룡을 만니여 신의 아

형이 천벌 받을 죄를 범하였으니 짐작컨대 그 신체를 자취 없이 함이 옳으나 나를 십구 년 양육하던 정을 생각하기로 이로써 그 신체를 거두어 감장하라."

하시고 또 조대희를 불러 은자 백 냥을 주며 왈

"너도 또한 도적의 당류라. 당연히 죽일 것이로되 나를 길러낸 공으로 아니 죽이니 도적의 근처에 살지 말고 다른 데 옮아 살되 마음을 고쳐 어진 사람이 되어 득인심(得人心)하게 하라."

하시고 인하여 그 뜻으로 천자께 주달한즉 그 장문에 하였으되

신이 국은이 망극하와 벼슬이 높은 중에 겸하여 순무어사를 제수하시기로 남방에 내려와 수령의 능부능(能不能)과 백성의 원망을 살피옵더니 천우신조하여 황천 땅에서 수중 도적의 환을 만나 죽었던 아비를 찾았사오니 선제적 이부상서 소한경의 아들이라. 모년 모월에 급제하여 나라에서 남계현령을 제수하시매 도임차로 가옵다가 중로에서 수적 서룡을 만나 신의 아비는

비을 걸박ᄒ여 히즁의 던지고 가져가던 지물을 탈취ᄒ여
신의 아비난 히즁의 덧가더가 어진 사람을 만니여 구함을 입어 도
셩혼 말과 ᄯᅩ 어미는 신을 복즁의 드온지 구셕이라 목견의 가군
이 슈즁의 죽넌 양을 보고 웃지 일시들 살 마암이 잇시잇가
만는 복즁의 든 신을 싱각ᄒ와 혹 쳔힝으로 싱남ᄒ오면
가군의 원쑤을 갑풀가 ᄒ여 즉시 몸을 바리지 못ᄒ옵고 그날 밤
의 도망ᄒ여 월봉산 자호암을 차자가 몸을 감초와 신을 나흘
ᄯᅢ예 꿈을 웃사온즉 여사사로 ᄒ옵기로 신을 동구 박 디류촌의
바레 두온즉 잇ᄯᅥ 서룡이 신의 어미 종적을 알고져 ᄒ여
가다가 찻지 못ᄒ고 오난 길의 맛참 신을 보고 안어더가
길너 니여 십오 세 당ᄒ와 과계 기벌을 듯고 경셩의 올너가
쳔은을 입사와 급계ᄒ와 베살혼 말삼과 남방 슌무어사

결박되어 해중에 던져지고 가져가던 재물을 탈취 당하여 신의 아비는 해중에 떠가다가 어진 사람을 만나 구함을 입어 도생하였으며, 또 어미는 신을 복중에 가진 지 구 개월이라. 목전에서 가군이 수중에 죽는 양을 보고 어찌 일시인들 살 마음이 있었으리까마는 복중에 든 신을 생각하여 혹 천행으로 생남하오면 가군의 원수를 갚을까 하여 즉시 몸을 버리지 못하고 그날 밤에 도망하여 월봉산 자호암을 찾아가 몸을 감추어 신을 낳을 때에 꿈을 얻은즉 이러이러하옵기로 신을 동구 밖 대류촌에 버려 두온즉 이때 서룡이 신의 어미 종적을 알고자 하여 가다가 찾지 못하고 오는 길에 마침 신을 보고 안아다가 길렀고, 신이 십오 세 당하였을 때 과거 기별을 듣고 경성에 올라가 천은을 입사와 급제하여 벼슬하였나이다.

이런 말씀과 남방 순무어사로

니려가 아비와 어미 양친 차진 일과 황흑산의셔 노션을 만너
소군자라 ᄒ던 말삼이며 탁쥬 소 승상딕의 이르려 승상 부인 만너
던 말이며 나삼 쥬시던 말삼을 낫낫치 쥬달ᄒ엿더라 쳔자 그 장
문을 보시고 젼괴ᄒ여 갈아사디 이 사람은 ᄒ나리 닉신지라 ᄒ시
고 충
찬ᄒ시기을 마지안이ᄒ신이 만조빅관이 다 장ᄒ 일노 충찬 안일
이 읍더라 잇쩌 소 틱후 어사더러 왈 모친계 뵈올 마암이 시각의
밧쑨
이 급피 길을 더나가자 ᄒ신디 어사 엿자오되 셔롱의 당유난 다 자
바 쥬것
사오나 쳐쳐의 도적이 만타 ᄒ온이 홀노 가시기 미안ᄒ옵고 쏘 각
도의
슈문을 다 못ᄒ엿사온이 뵈올 마암이 아모리 졀박할지라도 소
자와 ᄒ가지로 가계 ᄒ옵소셔 그 사연으로 펀지을 지여 조못임계
알계 ᄒ사
이다 틱후 즉시 펀지을 써 ᄒ인을 발힝ᄒ여 탁쥬로 보닌이라
잇쩌 소 승상딕 사당 압페 계슈나무 ᄒ나히 잇시스되 지흠ᄒ

내려가 아비와 어미 양친 찾은 일과 황학산에서 노선을 만나 소군 자라 하던 말씀이며 탁주 소 승상댁에 이르러 승상 부인 만나던 말이며 나삼 주시던 말씀을 낱낱이 주달하였더라.

천자가 그 장문을 보시고 전교하여 가라사대

"이 사람은 하늘이 내신지라."

하시고 칭찬하시기를 마지아니하시니 만조백관이 다 장한 일로 칭찬 아니 하는 이 없더라.

이때 소 태후가 어사더러 왈

"모친 뵐 마음이 시각이 바쁘니 급히 길을 떠나가자."

하신대 어사가 여쭈되

"서룡의 당류는 다 잡아 죽였사오나 처처에 도적이 많다 하오니 홀로 가시기 미안하옵고 또 각도에 수문을 다 못하였사오니 뵐 마음이 아무리 절박할지라도 소자와 같이 가게 하옵소서. 그 사연으로 편지를 지어 조모님께 알게 하사이다."

태후가 즉시 편지를 써 하인에게 주어 탁주로 떠나 보내니라.

이때 소 승상댁 사당 앞에 계수나무 하나가 있으되 지극히 영험한

난 일이 만는지라 승상이 급졔ᄒ실 ᄃ의 아지와 입피 번승ᄒ
던이 승상이 상사 날실 ᄃ예 지엽이 말나 주근 나무 갓던이 그
후 소윤이 급졔ᄒ여 남계로 갈 ᄃ예 잠간 피엿더가 오리지 안이ᄒ
여 도로 고목이 되엿기로 고이ᄒ다 ᄒ시던이 ᄐ후 남계로 가신 후
의 십
구 연이로듸 소식이 돈졀ᄒ 고로 그 둘지 알 소요가 그 형을 차
지러 간 지 칠 연이로듸 소식이 읍신이 싱각ᄒ즉 다시 영화을 볼
못
칙이 읍실가 ᄒ여 미양 슬어ᄒ며 두 아들과 자부을 싱각ᄒ시고 계
슈낭글 붓들고 슬피 통곡ᄒ니 보난 사람이 눈물 안이 흘이 리
읍더라 각셜 잇쎠 부인이 아들의 소식을 듯지 못ᄒ여 혈혈ᄒ
몸이 더옥 슈쳑ᄒ여 일촌간장이 구베구베 다 쎡넌 듯ᄒ여 ᄒ날을
부르지지며 통곡ᄒ시더가 문득 계슈낭글 본이 예읍던 봄비치 완
 연ᄒ지라 급피 나어가 낭글 안고 익통ᄒ시며 왈 이 철읍넌 계슈

일이 많은지라. 승상이 급제하실 때에 가지와 잎이 번성하더니 승상이 상사 나실 때에 지엽(枝葉)이 말라 죽은 나무 같더니 그 후 소윤이 급제하여 남계로 갈 때에 잠깐 피었다가 오래지 아니하여 도로 고목이 되었기로 괴이하다 하시더니, 태후가 남계로 가신 후에 십구 년이로되 소식이 돈절한 고로 그 둘째 아들 소요가 그 형을 찾으러 간 지 칠 년이로되 소식이 없으니, 생각한즉 다시 영화를 볼 묘책이 없을까 하여 매양 슬퍼하며 두 아들과 자부를 생각하시고 계수나무를 붙들고 슬피 통곡하니 보는 사람이 눈물 아니 흘리는 이가 없더라.

각설. 이때 부인이 아들의 소식을 듣지 못하여 혈혈한 몸이 더욱 수척하여 일촌간장이 구비구비 다 썩는 듯하여 하늘에 부르짖으며 통곡하시다가 문득 계수나무를 보니 예전에 없던 봄빛이 완연한지라. 급히 나아가 나무를 안고 애통하시며 왈

"이 철없는 계수나무야,

나무야 봄은 안인 쩌예 이갓치 피엿나양 잇써는 츄구월 망간이라 각식 초

목이 황낙할 지음의 네 홀노 쎄치 낫슨이 무삼 영화 잇긴난양 초목이 입핀 쓰즌 모자시 만닐노다 만일 자식 니외 도라오면 고목 싱

엽 분명ᄒ다 일 연은 열두 달 삼빅 육십 일이요 ᄒ로난 열두 시라 현만 회싱지간의 초목금슈도 쩌을 알고 츄립ᄒ건만는 언 어날 언어 시예 자식 얼골 다시 볼가 오날이나 기별 올가 니일이나 긔

벌 올가 바리기로 그지읍고 기다이기 무궁ᄒ다 셰상의 모진 거시 사람

압의 목슘이라 ᄒ날이 소소ᄒ고 귀신이 명명ᄒ사 니 싱젼의 자식 의

얼골을 다시 보지 못ᄒ계 되엿거던 니 죽어 오작의 밥이 될지라도 앗겁지 안이ᄒ고 쏘 쥬거 지ᄒ의 도려가 네 얼골 보리로다 이갓치 통곡

ᄒ니 눈물이 피가 되고 그 자부 유씨 쏘ᄒ 가군의 소식을 아지 못ᄒ야 체양이 지니오미 호천망곡으로 셰월을 보니

봄도 아닌 때에 이같이 피었느냐?"

이때는 추구월 망간이라.

"각색 초목이 황락할 즈음에 네 홀로 빛이 났으니 무슨 영화가 있겠느냐? 초목에 잎이 핀 뜻은 모자(母子)가 만나는 것이로다. 만일 자식 내외 돌아오면 고목생엽(古木生葉) 분명하다. 일 년은 열두 달 삼백 육십 일이요, 하루는 열두 시건만, 회생지간에 초목금수도 때를 알고 출입하건마는, 어느 날 어느 시에 자식 얼굴 다시 볼까? 오늘이나 기별 올까? 내일이나 기별 올까? 바라기로 그지없고 기다리기 무궁하다. 세상의 모진 것이 사람 앞의 목숨이라. 하늘이 소소하고 귀신이 명명하사 내 생전에 자식의 얼굴을 다시 보지 못하게 되었거든 내 죽어 오작의 밥이 될지라도 아깝지 아니하고 또 죽어 지하에 돌아가 네 얼굴 보리로다."

이같이 통곡하니 눈물이 피가 되고 그 자부 유씨 또한 가군의 소식을 알지 못하여 처량히 지내니 호천망극으로 세월을 보내며

며 그 디부인을 위후여 천만 가지 슬은 쓰즐 일시
로 닌식 읍시 닌즁 심만 황홀후여 눈물노 버즐 삼아
독수공방 가련후다 청쳔의 소손 달은 낭군 계신 곳데 빈취러
던신 젼홀 줄 모로난고 소상동졍 바러본이 운소의 쓴 기러기 이
닌 편지 젼히 쥬며 그 안이 공덕인가 호창의 우난 실솔 긋칠 줄
모로난고 긱이의 우리 가군 오실 줄을 이졋쏘다 힝노가 머럿신이
오
더가 못오넌가 음신51) 일장 읍엿신이 빅골 되여 못오넌가 즁노의
바다 잇셔 비 읍셔 그러훈가 혹발 자친 안이시면 죽기을 앗
기리요 이닌 몸 츌셰 후의 져각훈 일 읍셔거던 말이 박게 우리
가군 혈마 안이 도려올가 닌 마음 이려홀 졔 가군인들 안졍후여
부모 싱각 안이 후며 안히 싱각 안이홀가 후며 이갓치 슬어훈이 그
경
싱을 차마 보지 못홀너라 잇써 시비 박그로 드려와 엿자오되 남방
계

대부인을 위하여 천만 가지 슬픈 뜻을 일시로 내색 없이 속으로만 심히 황홀하여 눈물로 벗을 삼아 독수공방 가련하다.

"청천에 솟은 달은 낭군 계신 곳에 비추려던 뜻 전할 줄 모르는고? 소상동정 바라보니 운소에 뜬 기러기 이 내 편지 전해주면 그 아니 공덕인가? 한창(寒窓)에 우는 실솔 그칠 줄 모르는고? 객지의 우리 가군 오실 줄을 잊었도다. 행로가 멀었으니 오다가 못 오는가? 음신(音信) 한 장 없었으니 백골 되어 못 오는가? 중로에 바다 있어 배가 없어 그러한가? 학발 자친 아니시면 죽기를 아끼리오. 이내 몸 출세 후에 지각한 일 없었거든 만 리 밖에 우리 가군 설마 아니 돌아올까? 내 마음 이러할 제 가군인들 안정하여 부모 생각 아니 하며 아내 생각 아니 할까?"

하며 이같이 슬퍼하니 그 경상을 차마 보지 못할러라. 이때 시비가 밖에서 들어와 여쭈되

"남방 계용

용 고을 흥인이 문밧계 와 펀지을 올이나이다 흐고 일봉 셔간을 들

리거날 더부인이 반겨 즉시 편지을 써여 본이 과연 소윤의 필젹이

라 편

지의 흐엿시되 불초자 윤은 돈슈빅비흐옵고 감히 두어 제 글을

모친계 올이난이다 소자 우연이 모친 실흐을 써나 말이 박계 나려

와 흉

흔 씽을 가옵더가 황쳔 씽의 이르려 육지난 읍고 히즁으로 건너갈

졔 슈젹 셔룡이라 흐난 놈을 만너여 그 흉게을 아지 못흐고 어진

사

람인 줄만 밋고 그 놈의 비의 올나 가옵더나이 그 놈이 졋군 이십

여 명을

다 죽이고 소자을 돗치로 쓴어 죽이려 흔즉 그 놈의 동싱 셔룽이

간

신이 말여 사자난 쓴치 안이흐엿시나 노으로 수족을 미여 무변디

히

즁의 썬지옵기로 망경창파의 써가옵더가 쳔힝으로 투쥬 씽의 사

옵난 도공이라 흐난 사람을 만너여 소자의 경셩을 보

고 잔명을 보존흐오미 고기밥이 되지 안이흐옵고 도공을

고을 하인이 문밖에 와서 편지를 올리나이다."

하고 일봉서간(一封書簡)을 들이거늘 대부인이 반겨 즉시 편지를 떼어 보니 과연 소윤의 필적이라. 편지에 하였으되

　　불초자 윤은 돈수백배하옵고, 감히 두어 자 글을 모친께 올리나이다. 소자가 우연히 모친 슬하를 떠나 만 리 밖에 내려와 흉한 땅을 가옵다가 황천 땅에 이르러 육지는 없고 해중으로 건너갈 제 수적 서룡이라 하는 놈을 만나 그 흉계를 알지 못하고 어진 사람인 줄만 믿고 그 놈의 배에 올라 가옵더니 그 놈이 격군 이십 여 명을 다 죽이고 소자를 도끼로 끊어 죽이려 한즉 그 놈의 동생 서룡이 간신히 말려 사지는 끊지 아니하였으나 노로 수족을 매어 무변대해 중에 던지옵기로 만경창파에 떠가다가 천행으로 특주 땅에 사는 도공이라 하는 사람을 만나 잔명을 보존하오매 고기밥이 되지 아니하옵고 도공을

짤라가 일신을 의탁ᄒ여 사어나오나 일정 못친을 싱각
ᄒ오면 고향으로 가올 마암이 쥬야 간졀ᄒ오나 슈로로 말이 박
기라 참아 갈 형세 읍셔 못 가옵고 쏘 안힉의 사싱거쳐을 아지 못
ᄒ여 눈물노 버즐 삼아 셰월을 보너옵던이 ᄒ날이 감동ᄒ신
지 조션이 도으신지 셰월이 여류ᄒ여 십구 연 만의 ᄒ로난 쥬인 도
공
이 근쳐의 갓더가 와 이을기을 남방 슌무어사 너여와 공사을 발계
ᄒ
더라 ᄒ옵기로 소자 젼후 구기던 사연으로 원졍을 지여가지고 어
사을 차져가 원졍을 졍ᄒ고 원쑤을 갑고져 ᄒ여 도공을 이
벌ᄒ고 어사잇난 고을을 차자가온즉 어사 셔룡의 아덜이라 ᄒ
옵기로 싱각ᄒ온즉 잠든 범을 찌우미라 원졍을 들이지 안이
ᄒ고 나오다가 싱각ᄒ온즉 망극ᄒ지라 슬음이 흉즁의 가득ᄒ
와 졍신이 아득ᄒ기로 술이나 머거 마암을 풀가 ᄒ고 쥬졈을 차

따라가 일신을 의탁하여 살아나오나 일정 모친을 생각하오면 고향으로 갈 마음이 주야 간절하오나 수로로 만 리 밖이라. 차마 갈 형세가 없어 못 가옵고 또 아내의 사생거처를 알지 못하여 눈물로 벗을 삼아 세월을 보내옵더니 하늘이 감동하셨는지 조상이 도우셨는지 세월이 여류하여 십구 년 만에 하루는 주인 도공이 근처에 갔다가 와 이르기를 '남방 순무어사가 내려와 공사를 밝게 하더라.' 하옵기로 소자가 전후 구기던 사연으로 원정을 지어가지고 어사를 찾아가 원정을 전하고 원수를 갚고자 하여 도공을 이별하고 어사 있는 고을을 찾아가온즉 어사가 서룡의 아들이라 하옵기로 생각하온즉 잠든 범을 깨움이라. 원정을 드리지 아니하고 나오다가 생각하온즉 망극한지라. 슬픔이 중정에 가득하여 정신이 아득하기로 술이나 먹어 마음을 풀까 하고 주점을

져간이 흔 쳥춘소연이 안잣더가 소자의 힝식을 보고 슈상이 여겨 소자의

슝명 거지을 물기로 소자 심즁의 염여 무궁ᄒ여 셔룡의계 혹 누셜할가 ᄒ여 실상을 안이ᄒ고 번명이 소터라 ᄒ온즉 그 소연이 사쳐로 쳥ᄒ옵기로 그 소연의 사쳐로 차져가온즉 거문귀와 나삼을 너여노코 뵈이거날 소자 자서이 보온즉 거문귀난 소자 집 세젼지물이요 나삼은 소자의 모친의 슈품이라 만만 이혹ᄒ여 그 소종너을 뭇자온즉 거문귀난 셔룡의게 나옵고 나삼은 모친이 쥬시더라 ᄒ옵기로 그제야 부자 철윤울 싱각ᄒ고 소자 남계로 너려갈 찍예 안희 증씨 슈틱한 지 구 삭이라 쳔힝으로 남자을 나으시면 원슈을 갑풀가 ᄒ여 그날 밤의 도망ᄒ여 월봉산 자호암이라 ᄒ난 졀을 차자가온즉 희산할 임시의 꿈을 웃사온즉 한 션예 쳔상으로 늬려와 이르기로 아기을 낫커든 즉시 동구 박 듸류

찾아가니 한 청춘소년이 앉았다가 소자의 행색을 보고 수상히 여겨 소자의 성명과 거주지를 묻기로 소자가 심중에 염려 무궁하여 서룡에게 혹 누설할까 하여 실상을 고하지 아니하고 본명을 소태라 하온즉 그 소년이 사처로 청하옵기로 그 소년의 사처로 찾아간즉 거문고와 나삼을 내어놓고 보여주거늘 소자가 자세히 보온즉 거문고는 소자 집의 세전지물이요, 나삼은 소자 모친의 수품이라. 만만 의혹하여 그 소종래(所從來)를 묻자온즉 거문고는 서룡에게서 나옵고 나삼은 모친이 주시더라 하옵기로 그제야 부자 천륜을 생각하고 소자가 남제로 내려갈 때에 아내 정씨가 수태한 지 구 개월이라. 천행으로 남자를 낳으면 원수를 갚을까 하여 그날 밤에 도망하여 월봉산 자호암이라 하는 절을 찾아가온즉 해산할 임시에 꿈을 얻사온즉 한 선녀가 천상으로부터 내려와 이르기로 '아기를 낳거든 즉시 동구 밖 대류촌에

촌 바리라 ᄒᆞ미 천명 거사리지 못ᄒᆞ야 쑴과 갓치 아히 즉
시 디류촌의 바려썬니 긋쯰예 즉시 서룡이 증씨을 쫏차 ᄀ
더가 종적을 아지 못ᄒᆞ여 도라올 길의 아희 바린 거슬 보고 안
어더가 길너 니여 십구 셰을 당ᄒᆞ여 과계을 보려 ᄒᆞ고 가다 가다가
황흑산 노션을 만너여 노션의 말삼이 소군자라 ᄒᆞ옵
고 탁쥬의 일으려 못친 만닌 말삼이며 쏘 급졔ᄒᆞ여 남방 순
무어사로 니려와 슈젹 서룡과 그 당유을 다 자바 쥬기고 그 ᄯᅳᆯ
로 날아의 쥬달ᄒᆞᆫ 사연을 낫낫치 기록ᄒᆞ엿쩌라 부인이 편지을
손의 들고 기졀ᄒᆞ여 인사을 모로거날 자부 윳씨와 비복
등이 쏘ᄒᆞᆫ 통곡ᄒᆞ여 손으로 부인의 수족을 어로만지며 위로 왈
부인는 진졍ᄒᆞ옵소셔 명쳔이 감동ᄒᆞ시고 승상의 홀영이
지시ᄒᆞ사 오날날 이엇타시 반가온 소식을 듯게 ᄒᆞ온이 웃

버리라.' 하매 천명을 거스르지 못하여 꿈과 같이 아이를 즉시 대류촌에 버렸더니 그때에 즉시 서룡이 정씨를 쫓아 가다가 종적을 알지 못하여 돌아오는 길에 아이를 버린 것을 보고 안아다가 길러 내었나이다. 그 아이가 십구 세 되어 과거를 보려고 가다가 황학산 노선을 만나 노선의 말씀이 소 군자라 하여 탁주에 이르러 모친을 만났나이다.

이런 말씀이며 또 급제하여 남방 순무어사로 내려와 수적 서룡과 그 당류를 다 잡아 죽이고 그 뜻으로 나라에 주달한 사연을 낱낱이 기록하였더라. 부인이 편지를 손에 들고 기절하여 인사를 모르거늘 자부 윤씨와 비복 등이 또한 통곡하여 손으로 부인의 수족을 어루만지며 위로 왈

"부인은 진정하옵소서. 명천이 감동하시고 승상의 혼령이 지시하사 오늘날 이렇듯이 반가운 소식을 듣게 하오니 어찌

지 질겁지 안이ᄒ리요 너모 과도이 슬어 마옵고 귀체을 안보ᄒ
옵소셔 불귀의 틱후의 양위와 어사의 얼골을 보실 거신이 잔
간 진정ᄒ여 답장이나 보니와 틱후 양위이 근심을 들계 ᄒ옵소
셔 부인이 계우 진정ᄒ여 두어 지 답셔을 보닌이라 이쩌 유씨난 가
군을
싱각ᄒ고 시로이 슬ᄒ여 왈 만경창파의 던졋던 시숙과 심산궁곡
의 발엿던 동셰는 십구 연 흉즁의 미쳣던 원쑤을 갑고 부부 영화
와 부자 쳘윤을 일우어 큰 영화을 조션의 빈니계 된이 쳔ᄒ의 다시
읍
도다만는 니예 가군는 어데가 일언 경사을 보지 못ᄒ난고 쳔지간
의 이락
이 부동ᄒ도다 일정 살아씨면 이번 편지의 소식이 읍난고 슬푸다
가군
이 셰상을 바려 계시면 날갓튼 인싱은 뉘을 바리고 구차ᄒ 잔명을
셰
상의 붓쳐 다시 조흔 쩌을 기다리리요 ᄒ며 옥슈로 가삼을 두
달이고 슬피 통곡ᄒ이 눈물이 피가 되고 보난 사람이 장잉이

즐겁지 아니하리까. 너무 과도히 슬퍼 마옵고 귀체를 안보하옵소서. 돌아오지 않은 태후 양위와 어사의 얼굴을 보실 것이니 잠깐 진정하여 답장이나 보내시어 태후 양위의 근심을 덜게 하옵소서."

하니 부인이 겨우 진정하여 두어 자 답서를 보내니라.

이때 유씨는 가군을 생각하고 새로이 슬퍼하여 왈

"만경창파에 던져졌던 시숙과 심산궁곡에 버려졌던 동서는 십구 년 흉중에 맺혔던 원수를 갚고 부부 영화와 부자 천륜을 이루어 큰 영화를 조선에 빛내게 되니 천하에 다시 없도다마는 나의 가군은 어디가 이런 경사를 보지 못하는고? 천지간에 애락이 부동하도다. 일정 살았으면 이번 편지에 소식이 없는고? 슬프다! 가군이 세상을 버려 계시면 나 같은 인생은 누구를 바라고 구차한 잔명을 세상에 붙여 다시 좋은 때를 기다리리오."

하며 옥수로 가슴을 두드리고 슬피 통곡하니 눈물이 피가 되고 보는 사람이 자닝히

여기더라 잇쩌의 흐인이 탁쥬로붓터 도려와 부인의 회답을 올이
거날 소윤 부부와 어사 바다 쩌여 본이 흐엿시되 슬푸고 슬푸도다
네 쩌난 후 그리던 회포난 무궁무진이라 일필노 기록지 못흐건이
와 천만 뜻박계 네 편지을 바다본이 꿈인지 싱신지 정신이 아득흐
여 부슬 들어 조히을 임흐이 눈물이 흘너 조히을 젹시고 중정이 막
켜 뒤강 기록흐노라 네 동싱 소요가 너을 차져보려흐고 남계로 니
려간 지 이계 칠 연이로되 소식이 돈졀흐니 셔로 만너 보언나냥 너
도 보지 못흐엿나냐 네 소식을 들어 알건이와 네 동싱의 사싱 거쳐
을 아지 못흐여 일노 니 마암이 풀지 못흔이 그 종젹을 자셔이 알
아 노모의 싱각흐난 쓰즐 들계 흐라 흐엿더라 소윤이 못친의 답셔
을 보고 슬푼 눈물을 흘이며 마암을 진졍치 못흐야 쥬야 사모흐더
라 각셜 잇쩌 소 어사 부모 양위을 고을의 사쳣을 증흐여 머물계
흐시고 엿자오되 소자 열읍 빅셩을 순무치 못흐엿사

여기더라. 이때에 하인이 탁주로부터 돌아와 부인의 회답을 올리거늘 소윤 부부와 어사가 받아 떼어 보니 하였으되

> 슬프고 슬프도다. 너 떠난 후 그리던 회포는 무궁무진이라. 일필(一筆)로 기록하지 못하거니와 천만 뜻밖에 네 편지를 받아보니 꿈인지 생신지 정신이 아득하여 붓을 들어 종이를 임하니 눈물이 흘러 종이를 적시고 중정이 막혀 대강 기록하노라. 네 동생 소요가 너를 찾아보려고 남계로 내려간 지 이제 칠 년이로되 소식이 돈절하니 서로 만나 보았느냐? 너도 보지 못하였느냐? 네 소식을 들어 알거니와 네 동생의 사생 거처를 알지 못하여 이로 내 마음이 편치 못하니 그 종적을 자세히 알아 노모의 생각하는 뜻을 듣게 하라.

하였더라.

소윤이 모친의 답서를 보고 슬픈 눈물을 흘리며 마음을 진정치 못하여 주야 사모하더라.

각설. 이때 소 어사가 부모 양위를 고을에 사처를 정하여 머물게 하시고 여쭈되

"소자가 열읍 백성을 순무치 못하였사오니

오니 이제 슬흐을 써나 빅셩의 질고도 살피옵고 승상의 너부신 덕
틱

을 밋치계 흐며 쏘 슉부의 종젹을 탐지흐오리다 즉시 남계로 션
문 놋코 써날시 즉시 발힝흐여 간이라 혈영이 션문을 듯고 빅 이
박

겨 더휘흐엿거날 어사 혈영을 마자 고을노 들어가 예을 맛친 후의
문

왈 칠팔 연 젼예 모양이 일어일어흔 양반이 탁쥬로붓터 니러와 이
으시되

승은 솟씨요 명은 요라 흐고 그 빅씨 소윤이라 흐난 관장을 차지려
흐던

말삼을 듯지 못흐엿난잇가 혈영이 답 왈 소 티후 조졍을 흐직흐
고 남계 니려온 후 여러 히로되 일장 장문52)이 읍다 흐시고 쳔
자 진노흐사 파즉흐시고 흐관으로 흐여곰 보니시기로 도
임 후 듯사오니 소 티후 도임차로 니려오더가 즁노의셔 슈젹
의계 쥬것다 흐오민 그 사연을 낫낫치 그 양반게 고흔즉 그 말삼
을 들으시고 인흐야 기졀흐와 인사을 아지 못흐고 셰상

이제 슬하를 떠나 백성의 질고도 살피옵고 승상의 넓으신 덕택을 미치게 하며 또 숙부의 종적을 탐지하오리다."

하고 즉시 남계로 선문 놓고 떠날새 즉시 발행하여 가니라. 현령이 선문을 듣고 백 리 밖에 나와 크게 기뻐하며 있거늘 어사가 현령을 맞아 고을로 들어가 예를 마친 후에 묻기를

"칠팔 년 전에 모양이 이러이러한 양반이 탁주로부터 내려와 이르시되 성은 소씨요, 명은 요라 하고 그 백씨 소윤이라 하는 관장을 찾으려던 말씀을 듣지 못하였나이까?"

하니 현령이 답하기를

"소 태후가 조정을 하직하고 남계로 내려온 지가 여러 해로되 일장(一張) 장문(狀聞)이 없다 하시고 천자가 진노하사 파직하시고 하관으로 하여금 보내시기로 도임 후 듣사오니 소 태후 도임차로 내려오다가 중로에서 수적에게 죽었다 하오매 그 사연을 낱낱이 그 양반께 고한즉 그 말씀을 들으시고 인하여 기절하여 인사를 알지 못하고 세상을

을 영별ᄒ거날 ᄒ관이 즉시 염심ᄒ여 관곽을 갓초와

이 고을 남문 빅 봉황산 ᄒ의 빙소ᄒ옵고 다려온 비복 두리 빙소

을 짓키여 지금ᄶ지 인난이다 어사 그 말을 듯고 디셩통곡 왈 나난

소 티

후의 자져라 니예 슉부가 붓친을 차자보시라고 수말이 사고뭇

친훈 ᄲᅥᆼ의 와 긱사ᄒ여 계시온이 웃지 망극지 안이ᄒᆞ이요 즉시 빙

소

을 차자 가 본즉 빙소 압페 웃던 사람이 머리을 삼발ᄒ고 급피 나

와

업들려 엿자오되 뉘신지 아압지 못ᄒ건이와 웃지 인지야 차자오신

잇가 ᄒ고 방셩디곡ᄒ며 어사 압페 업터지거날 어사 문왈 너난 웃

더훈 사

람이관디 병소을 짓키고 잇시며 나을 보고 져 다시 통곡ᄒ난냐 그

사

람이 우름을 ᄯᅳᆫ치고 엿지오되 소인는 탁쥬 ᄲᅥᆼ 소 승상 ᄶᅥᆨ 노복이옵

던이 왕연의 상션을 뫼시고 잇 ᄲᅥᆼ의 왓삽더가 불힝ᄒ와 상젼임

이 세상을 바리시기로 말 이 타힝의 십이 즉사옵고 계교가 장차 궁

ᄒ

영별하거늘 하관이 즉시 염습하여 관곽을 갖추어 이 고을 남문 밖 봉황산 하에 빈소를 마련하옵고 데려온 비복들이 빈소를 지키어 지금까지 있나이다."

어사가 그 말을 듣고 대성통곡 왈

"나는 소 태후의 자제라. 나의 숙부가 부친을 찾아보시려고 수만리 사고무친한 땅에 와 객사하여 계시오니 어찌 망극하지 아니하리오."

즉시 빈소를 찾아가 본즉 빈소 앞에 어떤 사람이 머리를 산발하고 급히 나와 엎드려 여쭈되

"뉘신지 알지 못하거니와 어찌 이제야 찾아오시니까?"

하고 방성대곡하며 어사 앞에 엎드러지거늘 어사가 묻기를

"너는 어떠한 사람이건대 빈소를 지키고 있으며 나를 보고 저다지 통곡하느냐?"

그 사람이 울음을 그치고 여쭈되

"소인은 탁주 땅 소 승상 댁 노복이옵더니 왕년에 상전을 모시고 이 땅에 왔다가 불행하여 상전님이 세상을 버리시기로 만 리 타행에 힘이 적사옵고 계교가 장차 궁하여

와 반구53)할 못칙이 읍삽기로 이고디 빙소ᄒᆞ옵고 혼빅을 위로ᄒᆞ옵
더니 상사 나시던 그 희의 소인과 ᄒᆞᆫ가지로 왓던 노복 ᄒᆞᆫ 놈이 병
이 들어

죽삽기로 망극ᄒᆞᆫ 중의 더옥 망극ᄒᆞ야 병소 발처의 무더 두옵
고 경황 중 소인도 홀노 살어 씰디읍셔 자걸ᄒᆞ여 셰상을 잇
고 십푸나 다시 싱각ᄒᆞ온즉 소인도 마조 죽사온즉 일후의 쳔힝으
로

고향의셔 상젼임이 족젹을 차지라 ᄒᆞᆫ이 뉘가 잇셔 발도지시ᄒᆞ
오리요 ᄒᆞ고 굿차ᄒᆞᆫ 목슘을 지금거진 보존ᄒᆞ와 마을의 들어가
소반 ᄒᆞᆫ 입 사발 ᄒᆞᆫ 기 비려더가 병소 압페 노어두고 빌어 온 밥을
로 조

셕상식을 듸리온 지 지금 칠 연이 너문지라 싹 읍신 혼자 몸
이 심산의 의지ᄒᆞ여 춘ᄒᆞ추동 사시졀의 풍ᄒᆞ셔습 모로압
고 간졀ᄒᆞᆫ 슬은 마을 엇지 다 알외잇가 눈물리 흘나 젹삼
을 젹시거날 어사 달여들어 그 손을 잡고 디셩통곡 왈

반구(返柩)할 묘책이 없삽기로 이곳에 빈소를 마련하고 혼백을 위로하옵더니, 상사(喪事) 나시던 그 해에 소인과 같이 왔던 노복 한 놈이 병이 들어 죽었기로 망극한 중에 더욱 망극하여 병소 근처에 묻어 두옵고, 경황 중에 소인도 홀로 살아 쓸데없어 자결하여 세상을 잊고 싶으나 다시 생각하온즉 '소인마저 죽으면 일후에 천행으로 고향에서 상전님의 족적을 찾으려한들 누가 있어 길을 떠나도록 지시하리오.'하고 구차한 목숨을 지금까지 보존하여, 마을에 들어가 소반 한 입 사발 한 개 빌어다가 병소 앞에 놓아두고 빌어 온 밥으로 조석상식(朝夕上食)을 드린 지 지금 칠 년이 넘은지라. 짝 없는 혼자 몸이 심산에 의지하여 춘하추동 사시절에 풍한서습 모르옵고 간절한 슬픈 마음을 어찌 다 아뢰리까?"

하는데 눈물이 흘러 적삼을 적시거늘 어사가 달려들어 그 손을 잡고 대성통곡 왈

너난 늬에 집 종이라 늬 과연 소 티후의 자제라 남방 슌
무어사로 늬러와 삼촌의 종적을 알고저 ᄒ여 차ᄌ왓더니 이제
세상을 바려다 ᄒ시니 망극한 마음을 진정치 못ᄒ더니
맛참 너을 보미 삼촌을 만넌 듯 반갑기 일반이라 ᄒ며
서로 붓들고 울기을 마저아이ᄒ니 하날이 빗치 읍고 산
천이 목이 미여 우넌 듯ᄒ더라 어사 경기 진정ᄒ거늘 그 종
이 ᄯ오 눈물을 거두고 다시 엿자오되 하날이 도으사 오날날 상전
님을 만늬사오니 바릐건딘 고향의 도러가와 말 이 긱지의
상전님 혼빅 외롭지 말게 ᄒ고 ᄯ오 소인이 더부인게 급피
나어가 뵈옵기을 바라난이다 어사 왈 네 말이 올토다 ᄒ시고
즉시 하인을 발송ᄒ고 붓친게 알게 ᄒ시고 일변 혈영의게
제물을 갓초와 오라 ᄒ시고 병소 압의 고츅ᄒ시고 즉시

"너는 내 집 종이라. 내 과연 소 태후의 자제라. 남방 순무어사로 내려와 삼촌의 종적을 알고자 하여 찾아왔더니 이제 세상을 버렸다 하시니 망극한 마음을 진정치 못하더니 마침 너를 보매 삼촌을 만난 듯 반갑기 일반이라."

하며 서로 붙들고 울기를 마지아니하니 하늘이 빛이 없고 산천이 목이 메어 우는 듯하더라. 어사가 경기 진정하거늘 그 종이 또 눈물을 거두고 다시 여쭈되

"하늘이 도우사 오늘 상전님을 만났사오니 바라건대 고향에 돌아가 만 리 객지에서 상전님 혼백 외롭지 않게 하고 또 소인이 대부인께 급히 나아가 뵈옵기를 바라나이다."

어사 왈

"네 말이 옳도다."

하시고 즉시 하인을 발송하고 부친께 알게 하시고, 한편으로 현령에게 제물을 갖추어 오라 하시고 병소 앞에 고축하신 후 즉시

길을 쩌날시 그 종의 신체도 그 뒤의 한가지로 힝상ᄒ여 부모
계신 고을노 올시 혈영이 빅 이 밧게 나와 상예을 전송ᄒ
며 슬어ᄒ더라 각설 잇써 소윤 부부 이 기별을 듯고 일변 슬허
ᄒ며 일변 반가와 하인을 분부ᄒ여 밧비 제물을 진봉
ᄒ라 ᄒ시고 제문 지어 가지고 강변의 나어가 기다리며 힝상을
발릐보니 강상으로 난듸읍난 빅 발람의 붓치여 슌식간의 강
변의 듸이거날 급피 쒸여 듸셩통곡 왈 슬푸고 슬푸다
소요야 네 죽어 빅골이 도라온즉 빅골은 잇실 거시니
이 불민한 형의 말이라도 드러라 듯난야 못 든난야 슬
푸다 소요야 늬가 남계로 올 쎡예 네게 붓턱ᄒ던 말을
아너야 이젓난야 소선의 죄인이요 모친의게 막듸한 불
효자라 너난 늬의 ᄒ던 말을 듯지 안이ᄒ고 이 불

길을 떠날새 그 종의 신체도 그 뒤에 같이 행상하여 부모 계신 고을로 오니, 현령이 백 리 밖에 나와 상여를 전송하며 슬퍼하더라.

각설. 이때 소윤 부부가 이 기별을 듣고 한편으로 슬퍼하며 한편으로 반가워 하인에게 분부하여 바삐 제물을 진봉(進封)하라 하시고 제문을 지어 강변에 나아가 기다리며 상여를 바라보니 강상으로 난데없는 바람이 배를 부쳐 순식간에 강변에 대이거늘 급히 뛰어 대성통곡 왈

"슬프고 슬프다! 소요야, 네가 죽어 백골로 돌아온즉 백골은 있을 것이니 이 불민한 형의 말이라도 들어라. 듣느냐, 못 듣느냐? 슬프다, 소요야! 내가 남계로 올 때에 네게 부탁하던 말을 아느냐? 잊었느냐? 소선의 죄인이요, 모친에게 막대한 불효자라. 너는 나의 하던 말을 듣지 아니하고 이 불효한

효한 형을 차자와 말 이 밧게 와 소원의 일도 늬늬
이루지 못흐고 죽어 빅골이 되엿시니 웃지 슬푸지 안
이 흐리요 죽어던 몹실 형은 사어나고 사러던 너난 엇지
이곳데 와 빅골이 되엿난야 나난 모친의 불효자라
용납할 고지 읍시니 지흐을 좃차가 네 빅골을 위
로할만 갓지 못흐다 흐고 머리을 드러 관을 두다리
며 죽그려 흐거날 증부인과 어사 위로흐시며 다시 통곡
흐니 좌우 흐인이 뉘 안 눈물 흘이리 읍지 안터라 즉시
제물을 진설흐고 영귀전의 드러가 제문을 고흐여 왈
유세차 영낙 임슐 칠월 갑자 십구 일 임오일의 불
초 형 윤은 일비 청작으로 소고의 남방 긱사한 망
제 요의 영귀전 흐난이 오회 의지라 망제야 죽어도 오

형을 찾아와 만 리 밖에 와 소원의 한 가지도 내내 이루지 못하고 죽어 백골이 되었으니 어찌 슬프지 아니하리오. 죽었던 몹쓸 형은 살아나고 살았던 너는 어찌 이곳에 와 백골이 되었느냐? 나는 모친의 불효자라. 용납할 곳이 없으니 지하를 쫓아가 네 백골을 위로함만 같지 못하다."

하고 머리를 들어 관을 두드리며 죽으려 하거늘 정 부인과 어사가 위로하시며 다시 통곡하니 좌우 하인이 눈물 흘리지 않는 이가 없더라. 즉시 제물을 진설하고 영귀전에 들어가 제문을 고하여 왈

"유세차 영락 임술 칠월 갑자 십구 일 임오일에 불초 형 윤은 일배(一杯) 청작(清酌)으로 소고의 남방에서 객사한 망제 요의 영귀전 하나니 오호, 애재라! 망제야, 죽어도 오직

즉 혼빅이 잇거든 이 슐을 흠양ᄒ라 오회 이지며
오회 통지라 네 죽어 비록 유명이 다르나 늬 심장의 구구
구한 정회을 드르라 슬푸다 망제야 부싱모휵ᄒ
신 그 은혜난 호천이 망극ᄒ도다 틱향산의 외로온 구
름은 뉘라서 바릭보며 서산의 지난 힉을 뉘라서 어르만지
리요 달 발근 밤의 집을 싱각ᄒ니 다리 임의 기우러지고
발근 날의 아위을 사모ᄒ니 구름이 머무난도다 슬
푸 망제야 당상의 학발 자친은 닐노 ᄒ여 모시오며 홍안
유씨난 닐노 하여 미드시랴 오회라 망제야 네 죽은 혼빅
이라도 웃지 슬푸지 안이ᄒ랴 늬다시 네 얼골을 보지 못
ᄒ니 네 형의 서이한 마암과 철천지원을 엇지 다 층양
ᄒ리요 너난 나의 슬푸믈 살피난야 살피지 못

혼백이 있거든 이 술을 흠향하라. 오호, 애재며 오호, 통재라! 네가 죽어 비록 유명이 다르나 내 심장의 구구한 정회를 들으라. 슬프다, 망제야! 부생모육하신 그 은혜는 호천이 망극하도다. 태항산의 외로운 구름은 뉘라서 바라보며 서산의 지는 해를 뉘라서 어루만지리오. 달 밝은 밤에 집을 생각하니 달이 이미 기울어지고 밝은 날에 아우를 사모하니 구름이 머무는도다. 슬프다, 망제야! 당상의 학발 자친은 누가 모시오며 홍안 유씨는 누구를 믿으시랴! 오호라, 망제야! 네 죽은 혼백이라도 어찌 슬프지 아니하랴? 내 다시 네 얼굴을 보지 못하니 네 형의 서운한 마음과 철천지원(徹天之寃)을 어찌 다 측량하리오. 너는 나의 슬픔을 살피느냐, 살피지 못하느냐?

ᄒ야 동기 형제의 너난 날 갓튼 형의게 너무 우의
ᄒ더니 네가 죽그야고 그러ᄒ더야 이난 세상의 허다
한 이을 늬게 맛기고 구천의 도러가니 차라리 너을 좃
처 네 얼골을 보고 십푸나 모진 목슘이 ᄯᅳ치지 못
ᄒ야 차마 죽지 못ᄒ니 널을 이별ᄒ고 무삼 면
목으로 모친과 유씨을 보깃난야 네 아모리 죽어
신들 이런 경사을 모로난야 오회 의지라 할 말이
무궁ᄒ나 눈물이 흘너 글지을 기록지 못ᄒ야
이맛 굿치노라 ᄒ고 듸성통곡ᄒ니 눈물이 진ᄒ여 피가
되얏더라 어사 붓친을 위로ᄒ고 원귀을 모서 관부
의 드러가 지청을 븩설ᄒ시고 조석상식을 극진이 ᄒ이 열읍 슈
령이 모도 와 차목키 여기더라 각셜이라 소윤이 어사계 쳥

동기 형제인 너는 나 같은 형에게 너무 우의가 깊더니 네가 죽으려고 그러했더냐? 이는 세상의 허다한 일을 내게 맡기고 구천에 돌아가니 차라리 너를 좇아 네 얼굴을 보고 싶으나 모진 목숨이 끊어지지 못하여 차마 죽지 못하니 너를 이별하고 무슨 면목으로 모친과 유씨를 보겠느냐? 네가 아무리 죽었던들 이런 경사를 모르느냐? 오호, 애재(哀哉)라! 할 말이 무궁하나 눈물이 흘러 글자를 기록하지 못하여 이만 그치노라."

하고 대성통곡하니 눈물이 진하여 피가 되었더라.

어사가 부친을 위로하고 영귀를 모셔 관부에 들어가 지청을 배설하시고 조석상식을 극진히 하니 열읍 수령이 모두 와 참혹히 여기더라.

각설이라. 소윤이 어사께 청하여

ᄒ여 왈 닉 셔롱의 환을 만니여 거이 죽을 거슬 투쥬 씽

도공을 만니여 살엇신이 그 은혜는 빅골난망이라 웃지 다 갑

푸리요 ᄒᆞ디 어사 왈 소자 자연 다사ᄒᆞ와 이졋난이다 ᄒᆞ고 즉시 남

방으로 칠십 쥬의 힝관54)ᄒᆞ여 수령을 다 투쥬 씽 도공의게 모이라

ᄒᆞ고 일자을 계영ᄒᆞᆫ 후의 어사 부모을 모시고 투쥬로 힝ᄒᆞ여 갈

시 졔 쳡을 노복으로 짓키계 ᄒᆞ고 열읍의 션문 놋코 힝차ᄒᆞ신이라

어사 여어 날만의 투쥬의 이르려 도공의 집의 들어간이 도공이 디

경ᄒᆞ여

이 물이 홀 줄 몰나 놀닉 박계 나와 복지ᄒᆞ고 마즌디 소윤이 급피

ᄂᆞ려 도공의 손을 잡고 눈물을 흘여 왈 그디 날을 아지 못ᄒᆞ난잇

가 소윤이로소이다 그졔야 의심을 놋코 팅후 부부와 어사을 마자

들

어가 예필 좌증 후의 부인는 ᄂᆡ당의 뫼시고 술을 ᄂᆡ여 권ᄒᆞ거날 어

사

술잔을 밧드러 도공을 향ᄒᆞ여 지비 왈 부친이 존공의 구ᄒᆞ

왈

"내 서룡의 환을 만나 거의 죽을 것을 투주 땅 도공을 만나서 살았으니 그 은혜는 백골난망이라. 어찌 다 갚으리오."

한대 어사 왈

"소자 자연 다사(多事)하여 잊었나이다."

하고 즉시 남방으로 칠십 주에 행관(行關)하여 수령을 다 투주 땅 도공에게 모이라 하고 일자를 정한 후에 어사가 부모를 모시고 투주로 행하여 갈새 제 첩을 노복으로 하여금 지키게 하고 열읍에 선문 놓고 행차하시니라.

어사가 여러 날 만에 투주에 이르러 도공의 집에 들어가니 도공이 대경하여 어찌 할 줄 몰라 놀라 밖에 나와 복지하고 맞으니 소윤이 급히 내려 도공의 손을 잡고 눈물을 흘려 왈

"그대는 나를 알지 못하나이까? 소윤이로소이다."

그제야 의심을 놓고 태후 부부와 어사를 맞아 들어가 예필 좌정한 후에 부인은 내당에 모시고 술을 내어 권하거늘 어사가 술잔을 받들어 도공을 향하여 재배 왈

"존공의 구하심으로

심으로 부친을 안보호 은혜난 빅골난망이라 엇지 다 갑
사올잇가 도공이 답 왈 흐날이 다 증흐신 비라 도젹이 아모이 티후
을
쥬기고져 흐나 엇지 쥬거오며 아모리 구치 안이흔들 흐날이 웃지
티후 구할 사람을 너지 안이흐리요 흐날이 증흐신 쓰즐
모르고 은혜라 흐옵신이 도로여 참괴흐여이다 부인이 시비을
명흐여 도공계 정결흐되 가군의 말삼을 듯사온즉 터
히 즁의셔 존공의 은혜을 입사와 살안노라 흐신이 치사
코져 완난이다 흐거날 도공이 일어나 즁문 박계 나어가 엿자오
오되 벌노 지친 은혜는 읍사거날 이엇타시 용예흐시니 감사
무지로소이다 잇쩌 열읍 슐영과 흐가지로 질기던이 소윤이
좌셕의 안졋더가 자연 비감흐여 흐날을 울려려 탄식 왈 슬
푸다 왕연의 도공 곳 안일넌들 너 오날날 웃지 이 죄셕

부친을 안보한 은혜는 백골난망이라. 어찌 다 갚으오리까?"

　도공이 답하기를

　"하늘이 다 정하신 바라. 도적이 아무리 태후를 죽이고자 하나 어찌 죽이오며 아무리 구하지 아니한들 하늘이 어찌 태후 구할 사람을 내지 아니하리오. 하늘이 정하신 뜻을 모르고 은혜라 하옵시니 도리어 참괴하이다. 부인이 시비를 명하여 도공께 전갈하되 가군의 말씀을 듣사온즉 대해 중에서 존공의 은혜를 입사와 살았노라 하시니 치사하고자 왔나이다."

하거늘 도공이 일어나 중문 밖에 나아가 여쭈되

　"별로 끼친 은혜는 없거늘 이렇듯이 용려(用慮)하시니 감사무지로소이다."

　이때 열읍 수령과 같이 즐기더니 소윤이 좌석에 앉았다가 자연 비감하여 하늘을 우러러 탄식 왈

　"슬프다! 왕년에 도공이 아니었던들 내 오늘 어찌 이 좌석에

의 참예호리요 호며 시로이 슬어호시니 좌중이 다 눈물 안이
흘이 리 읍더라 삼일 디연 후의 어사 잔차을 파호고 쩌날시 소
윤이 도공의 손을 잡고 왈 흔번 이별 후 뉘러셔 소식을 젼
호고 호시며 어사 쏘 가로디 니 쳔자계 주달호야 벼살노 존공
의 은혜을 만분지일이나 갑사올 거시니 부디 사양치 말으시
고 올너와 셔로 만니 반가이 뵈옵기을 쳔만 바리난이다 니 이졔
봉명호엿난고로 오리 머무지 못호고 쩌나온이 셥셥호옴을
층양치 못홀노소이다 즉시 투주을 쩌나오더가 중노의셔
부인이 어삿계 쳥호여 왈 니 왕연의 도젹의 환을 피호여 도
망홀 쩌의 추파라 호난 기집으로 도망호더가 추파 본신이 잇셔
수심 이을 계우 힝호여 오더가 길가의 안고 이지 못호기로
홀일 읍셔 이별홀 졔 추파 니 신을 박구어 달나호거날

참예하리오."

하며 새로이 슬퍼하시니 좌중이 다 눈물 아니 흘리는 이 없더라.

　삼일 대연 후에 어사가 잔치를 파하고 떠날새 소윤이 도공의 손을 잡고 왈

　"한번 이별하면 뉘라서 소식을 전할꼬?"

하시며 어사가 또 가로되

　"내 천자께 주달하여 벼슬로 존공의 은혜를 만분지일이나 갚을 것이오니 부디 사양치 마시고 올라와 서로 만나 반가이 뵈옵기를 천만 바라나이다. 내 이제 봉명(奉命)하였는고로 오래 머물지 못하고 떠나오니 섭섭함을 측량치 못하겠나이다."

하고 즉시 투주를 떠나오다가 중로에서 부인이 어사께 청하여 왈

　"내 왕년에 도적의 환을 피하여 도망할 때에 추파라 하는 계집과 도망하다가 추파 본신이 있어 수십 리를 겨우 행하여 오다가 길가에 앉고 일어나지 못하기로 하릴없어 이별할 제 추파가 내 신을 바꾸어 달라하거늘

심중의 싱각ᄒ되 동힝혼 정을 잇지 못ᄒ여 날 본

다시 신고져 ᄒ여 그려혼가 ᄒ고 박구여 쥬고 두여 거음을 나

어가 도라본이 어너 사이의 추파 이러나 그 압페 정이라 ᄒ난 모셰

쌔자

죽난지라 니 놀너여 즉시 못가의 가본이 신을 못가의 버셔 노

코 발셔 쌔져 죽건난지라 니 싱각ᄒ건딘 만일 도적이 급피 쏘

쳐올진딘 이 신을 보고 니 갓치 물의 쌔져 죽근 줄 알고 도려

가계 홈미라 그 정을 싱각건딘 웃지 난망지은이 안이리요 바러

건딘 어사난 그 신체을 건져 관곽을 갓초와 명산의 안장

ᄒ고 사시 힝화을 ᄯᅳ치지 말계 ᄒ여 그 은혜을 만분지일이

나 갑품미 웃더뇽 어사 이 말삼을 듯고 추파의 심정과 은혜

을 못니 층찬ᄒ시고 즉시 부인의 힝차을 모시고 예 정을

차져가 임ᄒ여 살펴본이 그 못가의 거문 구름이 사면의 이려나며

심중에 생각하되

　'동행한 정을 잊지 못하여 날 본 듯이 신고자 하여 그러하는가?'
하고 바꾸어 주고 두어 걸음을 나아가 돌아보니 어느 사이에 추파
가 일어나 그 앞에 정이라 하는 못에 빠져 죽는지라. 내가 놀라 즉
시 못가에 가보니 신을 못가에 벗어 놓고 벌써 빠져 죽었는지라.
내가 생각하건대 만일 도적이 급히 쫓아올진대 이 신을 보고 내가
같이 물에 빠져 죽은 줄 알고 돌아가게 함이라. 그 정을 생각건대
어찌 난망지은(難忘之恩)이 아니리오. 바라건대 어사는 그 신체를
건져 관곽을 갖추어 명산에 안장하고 사시(四時) 향화(香火)를 끊
어지지 않게 하여 그 은혜를 만분지일(萬分之一)이나 갚음이 어떠
하뇨?'

　어사가 이 말씀을 듣고 추파의 심정과 은혜를 못내 칭찬하시고
즉시 부인의 행차를 모시고 옛 정을 찾아가 임하여 살펴보니 그 못
가에 검은 구름이 사면에 일어나며

사람의 심사을 돕넌 듯ᄒ거날 어사 ᄒ인을 분부하여 졔물을
갓초와 부인계 들인터 부인이 일비 청작으로 제문 지여 가지고 고
측훈이 그 졔문의 ᄒ엿시되 유셰차 모연 모월 모일의 증 부인
는 두어줄 글노 추 부인 수즁고혼을 위로ᄒ난이 비록 유명
이 다으나 웃지 아람이 읍시리요 그더와 나난 천상연분으로 일시
셔로 만너민 그더난 나을 위ᄒ야 수십 이을 동힝ᄒ다가 소원
을 피차 다 일우지 못ᄒ고 즁노의셔 이별을 당훈이 간졀훈 즁
의 그더 쏘 나을 싱각ᄒ시고 너의 신을 가진 쯔즌 싱각훈이
정영 도적이 쫏차오더가 그 신을 보고 너가 죽근 줄 알고 도려가
계 훔이라 그 은혜는 빅골난망이라 그더 은심덕으로 잔명을 보존
ᄒ여
오날날 죽건던 가군과 바려던 자식을 만너여 영화로 도러오
건이와 그더난 종시 수즁고혼으로 면치 못훈이 이졔 니

사람의 심사를 돕는 듯하거늘 어사가 하인에게 분부하여 제물을
갖추어 부인께 드린대 부인이 일배 청작으로 제문을 지어 고축하
니 그 제문에 하였으되

유세차 모년 모월 모일에 정 부인은 두어 줄 글로 추 부인 수
중고혼을 위로하나니 비록 유명이 다르나 어찌 앎이 없으리오. 그
대와 나는 천상 연분으로 일시 서로 만나매 그대는 나를 위하여
수십 리를 동행하다가 소원을 피차 다 이루지 못하고 중로에서 이
별을 당하니 간절한 중에 그대 또 나를 생각하시고 나의 신을 가진
뜻을 생각하니 정녕 도적이 쫓아오다가 그 신을 보고 내가 죽은
줄 알고 돌아가게 함이라. 그 은혜는 백골난망이라. 그대의 인심덕
으로 잔명을 보존하여 오늘날 죽었던 가군과 버렸던 자식을 만나
영화로 돌아오거니와 그대는 종시 수중고혼을 면치 못하니 이제
내

일비 쳥작으로 위로ᄒ온이 알람미 잇거던 흠망ᄒ옵소
셔 ᄒ고 디셩통곡ᄒ더가 졔물을 살펴본이 잔의 부엇던 슬
이 다 읍더라 어사 부인을 위로ᄒ시고 삿쳐의 도러가 영을 니리오
되
예 졍의 ᄲᅡ져 죽근 신쳬을 차자닌난 지 잇시면 쳔금으로 상사
ᄒ리라 ᄒ시고 쳔자게 주달ᄒ여 베살노 그 공을 갑푸리라 ᄒ다 각
셜 잇쩌 그 마을의 거사 놈이 어사의 영을 듯고 들어와 복지 쥬왈
모월 모일의 맛참 예 졍을 지닉더가 살펴보온즉 ᄒᆞᆫ 부인이 죽어 물
우의 ᄶᅥ거널 소인이 싱각ᄒ온즉 슈즁의 죽근 고혼는 황쳔의 도려
가도 남의 눈의 드지 못ᄒ다 ᄒ옵기로 건져 닉여 눗코 보온즉 모양
이 일여일여 ᄒ옵고 ᄯᅩ 육지의 무더 주오면 일후의 만일 신쳬 찬
난 사람이 잇시면 허언으로 알 듯ᄒ여 그 가의 노흔 신을 가져더
가 두엇난이다 ᄒ고 즉시 그 신을 가져와 올이거날 바다본이 비단
즁

일배 청작으로 위로하오니 앎이 있거든 흠향하옵소서.

하고 대성통곡하다가 제물을 살펴보니 잔에 부었던 술이 다 없더라.

어사가 부인을 위로하시고 사처에 돌아가 영을 내리되

옛날 정에 빠져 죽은 신체를 찾아내는 자 있으면 천금으로 상 사하리라.

하시고 천자께 주달하여 벼슬로 그 공을 갚으리라 하다.

각설. 이때 그 마을의 거사 놈이 어사의 영을 듣고 들어와 복지 주왈

"모월 모일에 마침 옛 정을 지나다가 살펴본즉 한 부인이 죽어 물 위에 떴거늘 소인이 생각하온즉 수중에 죽은 고혼은 황천에 돌아가도 남의 눈에 들지 못한다 하옵기로 건져 내어 놓고 본즉 모양이 이러이러하옵고 또 육지에 묻어 주오면 일후에 만일 신체 찾는 사람이 있으면 허언으로 알 듯하여 그 가에 놓은 신을 가져다가 두었나이다."

하고 즉시 그 신을 가져와 올리거늘 받아보니 분명

부인의 신이라 증 부인이 그 신을 보시고 몬닉 슬어ᄒ더라 틱후 부자
와 좌우 ᄒ인이 보고 불상이 여겨 추파을 층찬ᄒ며 일로되 일언 사람은
쳔ᄒ의 읍실이라 ᄒ고 관곽을 갓초와 명산의 안장ᄒ고 젼답 빅 셕
지기을 장만ᄒ여 그 거사을 쥬며 왈 이 젼답을 가지고 츅실 장농
ᄒ여 추 부인의 사시 힝화을 ᄂᆫ치지 말나 ᄒ딕 그 거사 어사의 셩덕을
빅비 치사ᄒ고 물너간이라 각셜 잇ᄯᅥ 소 어사 남방 열읍의 순힝ᄒ
여 올나오난 ᄶᆞ즈로 쳔자계 주달ᄒ고 고을노 도려와 힝상 긔계을
준비ᄒ여 탁주로 힝ᄒᆞᆫ이라 잇ᄯᅥ 탁쥬 소 승상 딕 딕부인이 그 기
별을 듯고 자부 읏씨와 일가 졔족이며 노복으로 더불러 박계 나와 마
즐 식 소윤 부부와 어사 부인 압페 복지ᄒᆫ딕 딕부인이 소윤과 어사의
손을 잡고 왈 ᄒᆞᆫ날이 읏지 무심ᄒᆞᆯ이요 너 곳 안이면 니 오
날날 너 아비와 어미을 만닉볼이요 일언 영화가 읍쏘다

정 부인의 신이라. 정 부인이 그 신을 보시고 못내 슬퍼하더라. 태후 부자와 좌우 하인이 보고 불쌍히 여겨 추파를 칭찬하며 이르되

"이런 사람은 천하에 없으리라."

하고 관곽을 갖추어 명산에 안장하고 전답 백 석지기를 장만하여 그 거사를 주며 왈

"이 전답을 가지고 축실(築室) 작농(作農)하여 추 부인의 사시 향화를 끊어지게 말라."

한대 그 거사가 어사의 성덕을 백배 치사하고 물러가니라.

각설. 이때 소 어사가 남방 열읍에 순행하여 올라오는 뜻을 천자께 주달하고 고을로 돌아와 행상 기계를 준비하여 탁주로 행하니라.

이때 탁주 소 승상 댁 대부인이 그 기별을 듣고 자부 유씨와 일가 제족이며 노복으로 더불어 밖에 나와 맞을새 소윤 부부와 어사 부인이 앞에 복지한대 대부인이 소윤과 어사의 손을 잡고 왈

"하늘이 어찌 무심하리오. 네가 아니었다면 내가 오늘날 네 아비와 어미를 어찌 만나보리오. 이런 영화가 없도다마는

만는 네 삼촌이 살아 네 아비와 갓치 왓시면 오즉 질겁고 반거
오라마는 그엇치 못하니 웃지 슬푸지 안이홀이요 하시고 방셩
디곡하시거날 소윤과 어사 위로하여 계우 진졍하여 일가 졔
족이 차려로 젼후 구기던 말삼을 하시며 일히 일비하더라 이웃고
힝상이 들어오거날 유씨 그 힝상을 붓들고 이원한 소리로 슬피
통곡하거날 디부인도 쏘한 하날을 우려 통곡 왈 소요야 소요야
이 늘근 어미와 졀문 처자을 바려두고 웃지 말이 밧게 가 죽난야
하시
고 슬허하더라 초목금슈 다 슬허하더라 부인과 유씨 슬피우다
가 기졀하거날 틔후 어사 망극 즁의 더옥 슬허하여 빅 가지로 위
로하되 죵시 굿치 못하고 세상을 바리시거날 어사 문득 싱각
하시고 황학산 노션이 쥬던 약을 월봉산의서 즁 부인의게 씨
고 남문 거슬 두 부인의 입의 각각 한 긔 드류우니 이윽하여

네 삼촌이 살아 네 아비와 같이 왔으면 오죽 즐겁고 반가우랴마는 그렇지 못하니 어찌 슬프지 아니하리오."

하시고 방성대곡하시거늘 소윤과 어사가 위로하여 겨우 진정하고 일가 제족이 차례로 전후 구기던 말씀을 하시며 일희일비(一喜一悲)하더라. 이윽고 행상이 들어오거늘 유씨가 그 행상을 붙들고 애원하는 소리로 슬피 통곡하거늘 대부인도 또한 하늘을 우러러 통곡 왈

"소요야, 소요야! 이 늙은 어미와 젊은 처자를 버려두고 어찌 만리 밖에 가 죽느냐?"

하시고 슬퍼하니 초목금수가 다 슬퍼하더라. 부인과 유씨가 슬피 울다가 기절하거늘 태후와 어사가 망극한 중에 더욱 슬퍼하여 백 가지로 위로하되 종시 그치지 못하고 세상을 버리시거늘 어사가 문득 생각하시고 황학산 노선이 주던 약을 월봉산에서 정 부인에게 쓰고 남은 것을 두 부인의 입에 각각 한 개씩 드리니 이슥하여

슘을 늬여 쉬거늘 모서 드러와 정신을 진정케 ᄒ시고 힝상을
빙소ᄒ고 그 종의 신체을 그 아레 무든 후의 종의 기집이 슬피 통
곡ᄒ니 그 경상을 보던 바의 더옥 차목ᄒ더라 잇씌 어사 부모
을 뫼시고 승상 사당 압페 고ᄒ여 왈 불효자 윤은 사당과 자친
을 쩌난 지 장차 십구 연이라 빅발 모친 고싱ᄒ시던 일과 동싱 죽
으믈 싱각ᄒ오면 감이 목을 둘너 선영게 뵈오릿가만는 전싱
죄악이 지즁ᄒ와 사지의 임ᄒ여 슈적을 만늬여 듸힌 즁 고기밥이
되엿삽던니 명천이 감동ᄒ시고 조선이 도으사 남의 구함을 입어
사러나 복즁의 유아로 ᄒ여곰 원슈을 갑고 부자 집의 도러와 부친
묘ᄒ의 뵈압견이와 동싱 요는 불효자로 ᄒ여곰 말이 원노의
죽어 도러왓사오니 웃지 슬푸지 안이ᄒ리요 ᄒ시고 물너 나와 요
의
무덤의 제물을 갓초고 제사할시 그 종의 체 더옥 슬어ᄒ니

숨을 내어 쉬거늘 모셔 들어와 정신을 진정케 하시고 행상을 빙소하고 그 종의 신체를 그 아래 묻은 후에 종의 계집이 슬피 통곡하니 그 경상을 보던 바에 더욱 참혹하더라. 이때 어사가 부모를 모시고 승상 사당 앞에 고하여 왈

"불효자 윤은 사당과 자친을 떠난 지 장차 십구 년이라. 백발 모친이 고생하시던 일과 동생이 죽음을 생각하오면 감히 목을 돌려 선영께 뵈오리까마는 전생 죄악이 지중하여 사지에 임하여 수적을 만나 대해 중에 고기밥이 되었삽더니 명천이 감동하시고 조상이 도우시어 남의 구함을 입어 살아나 복중의 유아로 하여금 원수를 갚고 부자가 집에 돌아와 부친 묘하에 뵈었거니와 동생 요는 불효자로 인하여 만 리 원로에 죽어 돌아왔사오니 어찌 슬프지 아니하리오."

하시고 물러 나와 요의 무덤에 제물을 갖추고 제사할새 그 종의 처가 더욱 슬퍼하니

그 가련한 경성은 차마 보지 못홀너라 잇쩌 어사 부모을 하직
ᄒ고 경성의 올너가 천자게 사은슉비ᄒ고 전후사연을 낫낫치
쥬달한듸 천자 층찬ᄒ시기을 마지안이ᄒ시더라 어사 다시 엿
자오듸 남방 투쥬 쌍의 사난 도공이라 ᄒ난 사람이 신의 아비을 살
엿사온이 복걸 페ᄒ난 싱각ᄒ옵소셔 도공으로 ᄒ여곰 국운을 입펴
신의 은혜을 만분지일이나 갑계 ᄒ옵소셔 천자 그 쓰즐 기특키 여
겨 도공으 광녹 티후을 졔슈ᄒ시거날 잇쩌 소윤이 쏘 천자게 주달
ᄒ되 셔릉의 은덕을 갑파지이다 ᄒ듸 천자 들으시고 왈 옛날 도적
이 난 후의 유ᄒ의난 다ᄒ 이름은 유ᄒ혜 갓도다 ᄒ시고 셔릉으로
ᄒ여곰 북방산 슈병사을 호이시고 소윤 부자 천은을 축사ᄒ고 본
가로 도라온이라 잇쩌 소요 신체을 빙소ᄒ엿던이 일일은 난듸읍난
구름이 집을 둘너싸고 향늬 진동ᄒ던이 그름 속으로 ᄒ 노션이 황
용을 타고 좌슈의 천도을 들고 우수의 유리

그 가련한 경상은 차마 보지 못할러라. 이때 어사가 부모를 하직하고 경성에 올라가 천자께 사은숙배하고 전후사연을 낱낱이 주달한대 천자가 칭찬하시기를 마지아니하시더라. 어사가 다시 여쭈되

"남방 투주 땅에 사는 도공이라 하는 사람이 신의 아비를 살렸사오니 복걸 폐하는 생각하옵소서. 도공으로 하여금 국은(國恩)을 입혀 신이 은혜를 만분지일이라도 갚게 하옵소서. 천자가 그 뜻을 기특히 여겨 도공에게 광록 태후를 제수하시거늘 이때 소윤이 또 천자께 주달하되

"서릉의 은덕을 갚아주옵소서."

한대 천자가 들으시고 왈

"옛날 도적이 난 후에 유하에 다한 이름은 유하혜 같도다."

하시고 서릉에게 북방산 수병사를 내리시니 소윤 부자가 천은을 축사하고 본가로 돌아오니라. 이때 소요의 신체를 빙소하였더니 일일은 난데없는 구름이 집을 둘러싸고 향내가 진동하더니 구름 속으로 한 노선이 황룡을 타고 좌수에 천도를 들고 우수에 유리병과

병과 자옥병을 들고 공중으로 너려와 소춘을 불너 왈 너난 나을 모
로난다 이별훈 지 오러미 그 사이예 구기던 말은 일구도 난셜55)이
라 웃지 다층양후야 나난 너의 외조부라 셰상을 발이고 쳔상의 올
너가 잇기로종종 왕닉치 못후던이 옥황 상졔계옵셔 소요의 주금을
가긍이 여겨 너의 조모와 숙모의 졍셩을 차목키 여기사 날노 후여
금 약을 쥬시며 소요을 구후라 후시민 쳔명을 밧자와 완노라 후시
고 빅골을 마듸마듸 잉어놋코 유리병의 물을 솔입푸로 빅골의 쑤
리면 비록 쳔연이 너문 빅골리라도 자연 살아나고 자옥병의 물은
입의 듸우오면 또 혈기 통후고 몸이 더올 거신이 인후여 쳔도을 입
의 너흐면 호읍을 통후고 말을 할 거신이 그디로 후리 후시고 또
약을 오환을 쥬시며 왈 이 약은 간슈후엿쩌가 너의 디부인 빅 셰예
일으거던 칠월 망일의 이 약 일 환을 병의 나문 물의 갈아 머기면
빅일 등쳔홀 거신이 그리 홀라 하시고 또 나문 약 사

자옥병을 들고 공중에서 내려와 소춘을 불러 왈

"너는 나를 모르느냐? 이별한 지 오래되매 그 사이에 구기던 말은 일구(一句)로 난설(難說)이라. 어찌 다 측량하랴? 나는 너의 외조부라. 세상을 버리고 천상에 올라가 있기로 종종 왕래하지 못하더니 옥황상제께옵서 소요의 죽음을 가긍히 여겨 너의 조모와 숙모의 경상을 참혹히 여기사 나에게 약을 주시며 소요를 구하라 하시매 천명을 받자와 왔노라."

하시고

"백골을 마디마디 이어놓고 유리병의 물을 솔잎으로 백골에 뿌리면 비록 천년이 넘은 백골이라도 자연 살아나고 자옥병의 물은 입에 대이면 또 혈기가 통하고 몸이 더울 것이니 인하여 천도(天桃)를 입에 넣으면 호흡이 통하고 말을 할 것이니 그대로 하라."

하시고 또 약을 오 환을 주시며 왈

"이 약은 간수하였다가 너의 대부인이 백 살에 이르거든 칠월 망일에 이 약 일 환을 병에 남은 물에 갈아 먹이면 백일 등천할 것이니 그리 하라."

하시고

"또 남은 약 네 환은

환은 두엇더가 소윤 부부와 소춘 부부 각각 칠십 셰예 일으거던 팔
월 망간의 몸이 자연 곤ᄒᆞ여 불힝홀 거시니 각각 ᄒᆞᆫ 긔식 씨라 ᄒᆞ
시고 흑운을 타고 공즁으로 올너가더라 잇ᄯᅢ 소춘이 약과 쳔도를
바다 옥반의 밧ᄎᆞ뇨코 ᄒᆞ날을 우려려 사ᄇᆡ 후의 노션이 가으치던
더로 숙부의 신쳬을 너여 모시고 약을 씬이 이옵고 환싱ᄒᆞ여 일어
안지며 왈 니 그 시 잠을 오리 잔난고 ᄒᆞ더라 부인과 유씨 붓들고
통곡ᄒᆞ며 그 신기홈을 층찬ᄒᆞ니 질거온 일이 도로여 상사 난 집 갓
더라 소춘이 남방의 너려가 긱사ᄒᆞᆫ 지 팔연 만의 반구ᄒᆞ여 집의 도
려와 다시 환싱ᄒᆞᆫ 사연을 쳔자게 주달ᄒᆞᆫ더 쳔자 그 상소을 보시고
층찬ᄒᆞ시며 왈 이 사람은 진실노 쳔상 사람이로다 인간의 웃지 잇
시이요 ᄒᆞ시고 소윤 부자을 명초ᄒᆞ시니 봉명ᄒᆞ고 황셩의 올너가
쳔자게 숙비ᄒᆞᆫ더 상이 소춘의 손을 잡고 소윤을 도라보시며
젼괴 왈 경의 집 일은 쳔ᄒᆞ의 희안ᄒᆞᆫ 일이라 ᄒᆞ시고 더연을 비설ᄒᆞ

두었다가 소윤 부부와 소춘 부부가 각각 칠십 세에 이르거든 팔월 망간에 몸이 자연 곤하여 불행할 것이니 각각 한 개씩 쓰라."

하시고 흑운을 타고 공중으로 올라가더라. 이때 소춘이 약과 천도를 받아 옥반에 받혀놓고 하늘을 우러러 사배 후에 노선이 가르치던 대로 숙부의 신체를 내어 모시고 약을 쓰니 이윽고 환생하여 일어나 앉으며 왈

"내 그 사이 잠을 오래 잤는고?"

하더라. 부인과 유씨가 붙들고 통곡하며 그 신기함을 칭찬하니 즐거운 일이 도리어 상사(喪事) 난 집 같더라. 소춘이 남방에 내려가 객사한 지 팔 년 만에 반구 되어 집에 돌아온 소요가 다시 환생한 사연을 천자께 주달한대 천자가 그 상소를 보시고 칭찬하시며 왈

"이 사람은 진실로 천상의 사람이로다. 인간에 어찌 있으리오."

하시고 소윤 부자를 명초하시니 봉명하고 황성에 올라가 천자께 숙배한대 상이 소춘의 손을 잡고 소윤을 돌아보시며 전교하여 왈

"경의 집에 있었던 일은 천하에 희한한 일이라."

하시고 대연을 배설하여

여 질길시 소윤을 초왕을 봉ㅎ시고 소춘으로 병부상서을 제슈ㅎ시
윤의 안히을 왕 부인을 봉하시고 요의 안히로 정열부인을 봉ㅎ시
고

쪼 하교 曰 효자 츙신은 빅힝지원이라 그 부모 곳 읍시며 그 자식
이 웃지 효

힝이 잇시리요 ㅎ시고 소윤의 모친으로 효열부인을 봉ㅎ시고 봉작
유지와 봉비 즉첩을 너리시거날 소윤 부자 천은을 축사ㅎ고 물너
나오니 만조빅관이 층찬 아이리 읍쩌라 소 샹서 초왕을 뫼서 집의
도러와 그 종의 신체을 선산의 안장ㅎ고 그 처자을 금은보화을
만이 쥬어 자자손손이 편이 지늬게 ㅎ고 그 종 선츙을 불너 왈 너
난

비단 우리 집 츙노 쑌 아니라 천ㅎ의 읍난 사람이라 ㅎ시고 이윤의
처와 갓치 빅금을 쥬고 왈 일후붓텀 노쥬로 아지 말고 친척갓치
여기라 ㅎ시고 금은보화을 만이 상사ㅎ시더라 각설 잇쩌 왕
상서 소 어사 남방의 늬려와 무사이 도러와기을 쥬야 고딕ㅎ

즐길새 소윤을 초왕으로 봉하시고 소춘으로 병부상서를 제수하시며 윤의 아내를 왕 부인으로 봉하시고 요의 아내로 정열부인을 봉하시고 또 하교하여 왈

"효자 충신은 백행의 근원이라. 그 부모가 없으면 그 자식에게 어찌 효행이 있으리오."

하시고 소윤의 모친으로 효열부인을 봉하시고 봉작 유지와 봉비 직첩을 내리시거늘 소윤 부자가 천은을 축사하고 물러나오니 만조백관이 칭찬하지 않는 이 없더라. 소 상서가 초왕을 모시고 집에 돌아와 그 종의 신체를 선산에 안장하고 그 처자에게 금은보화를 많이 주어 자자손손이 편히 지내게 하고 그 종 선충을 불러 왈

"너는 비단 우리 집 충노일 뿐 아니라 천하에 없는 사람이라."

하시고 윤의 처와 같이 백금을 주고 왈

"일후부터 노주간(奴主間)으로 알지 말고 친척같이 여기라."

하시고 금은보화를 많이 상사하시더라.

각설. 이때 왕 상서가 소 어사가 남방에 내려와 무사히 돌아오기를 주야로 고대하더니

더니 맛참 드른즉 소 어사 남방을 명치훈다고 부모의 원

슈을 갑고 집으로 도러옴을 듯고 전일 여아의 혼사을 요정호엿

시 이제난 늬 몸소 나가 초왕을 보고 혼사을 청호리라 즉시 위예을 갓

초와 소 상서 쩌의 나어가 쓰즐 통한듸 상서 부친게 엿자오되 왕상

서 왓다 호오니 웃지 호오릿가 초왕 왈 마저드리라 호시거날 상서

바로 나가 마저 드러가 좌정 후의 상서 다시 이러나 절호고 왈 그 사이예

발서 와 뵈올 거시로되 국사의 골몰호와 쓰즐 일우지 못호엿사

오니 도로여 참괴호여이다

마침 들은즉 소 어사가 남방을 명치(明治)하고 부모의 원수를 갚고 집으로 돌아옴을 듣고

"전일 여아의 혼사를 요청하였으니 이제는 내 몸소 나가 초왕을 보고 혼사를 청하리라."

하고 즉시 위의를 갖추어 소 상서 댁에 나아가 뜻을 통한대 상서가 부친께 여쭈되

"왕 상서가 왔다 하오니 어찌 하오리까?"

초왕 왈

"맞아들이라."

하시거늘 상서가 바로 나가 맞아 들어가 좌정한 후에 상서가 다시 일어나 절하고 왈

"그 사이에 벌써 와서 뵈올 것이로되 국사에 골몰하여 뜻을 이루지 못하였사오니 도리어 참괴하오이다."

왕 상서 왈 상서 말이 흠노의 평안이

단여오시고 쏘한 경사을 보아 계시니 깃부기 층양읍사와 치사코

저 왓나이다 초왕이 쏘한 경사을 보와 계시 답예 왈 늬 먼 가 뵈올 거시로

되 지셩지인이라 졍연하엿던 모친 실흥을 쩌날 날이 읍사와 쩌나가

지 못흥엿사오니 과렴치 마로소서 흥시고 인흥여 쥬찬을 늬여 권흥

왕 상서 왈

"상서 만 리 험로를 평안히 다녀오시고 또한 경사를 보아 계시니 기쁘기 측량없사와 치사하고자 왔나이다."

초왕이 또한 경사를 보아 답례 왈

"내 먼저 가 뵈올 것이로되 재생지인이라. 절연하였던 모친 슬하를 떠날 날이 없사와 떠나가지 못하였사오니 괘념치 마소서."

하시고 인하여 주찬을 내어 권하거늘

거날 왕 상서 슐이 사오비 지닌 후의 다시 이러나 이관을 증제ᄒ고
가로듸 만싱이 팔자 기구ᄒ여 슬ᄒ의 삼자 일여을 두어 연광
이 찻시되 비필 된직한 사람 읍서 일구월심56)의 한이 깁삽더니
그 자제 왕연의 급제 초왕을 만늬 만싱이 청ᄒ여 구혼ᄒ온즉 허ᄒ
기로 마암의 감격ᄒ여 상서 도러오시기을 쥬야 사모ᄒ엿삽더니 국
사의 다사ᄒ와 다시 청혼치 못ᄒ엿나이다 초왕이 답왈 의자의 혼
사난 일시 민망ᄒ오되 가사의 골물하와 이젓나이다 ᄒ시고 즉시
허
하걸날 왕 상서 도러와 허혼 말삼을 부인게 고ᄒ고 서로 질겨ᄒ더
라
초왕이 즉시 길일을 퇵ᄒ여 힝예할시 상서 머리의 운각 오식 사모
을 씨고 몸의 홍광 월식관듸을 입고 빅마금안의 좌우을 옹위
ᄒ여 왕 상서쩍으로 나려가며 좌우을 살펴보니 만조빅관이 벌여
난듸 그 거동이 가장 엄슉ᄒ고 광치 찰난ᄒ더라 교븨석어 간즉
좌의 운무변풍과 전후좌우 영농ᄒ고 그 안의 산호상을 놋

왕 상서가 술이 사오 배 지낸 후에 다시 일어나 의관을 정제하고 가로되

"만생이 팔자가 기구하여 슬하에 삼자 일녀를 두어 연광이 찼으되 배필 됨직한 사람이 없어 일구월심(日久月深)으로 한이 깊었더니 그 자제 왕년에 급제한 초왕을 만나 만생이 청하여 구혼하온즉 허하기로 마음에 감격하여 상서가 돌아오시기를 주야 사모하였었더니 국사가 다사하여 다시 청혼하지 못하였나이다."

초왕이 답하기를

"애자의 혼사는 일시 민망하되 가사에 골몰하여 잊었나이다." 하시고 즉시 허하거늘 왕 상서가 돌아와 허혼한 말씀을 부인께 고하고 서로 즐겨하더라.

초왕이 즉시 길일을 택하여 행례할새 상서가 머리에 운각 오색 사모를 쓰고 몸에 홍관 월색 관대를 입고 백마 금안에 좌우를 옹위하여 왕 상서댁으로 내려가며 좌우를 살펴보니 만조백관이 벌여 있는데 그 거동이 가장 엄숙하고 광채가 찬란하더라. 교배석에 간즉 좌의 운무 병풍과 전후좌우가 영롱하고 그 안에 산호상을 높이

피 놋코 그윽의 유리병을 동서의 버려 노코 빅연화 만발한듸
봉황이 마조 안저 금전지을 뒤리우고 흥을 게워 노난 듯ᄒ더라
이윽ᄒ여 운무 장막 시이로 일위 낭자 노긔홍상 한 시비의게 붓
들이여 나오거날 츄파을 잠간 드러보니 머리의 화관을 씨고 몸
의 칠보로 단장ᄒ여 화용월틱 진실노 오경 츄야 발근 달이
옥경의 걸엿난 듯ᄒ고 아침 이실의 힝당화 피엿난 듯ᄒ더라 서
로 교빅 후의 양인의 권권지정이 진즛 원앙이 녹슈의 노난 듯 비취
열
이지에 깃드림 갓더라 삼일 후의 상서 집의 도러와 부모게 뵈온니
그 질기심을 층양치 못ᄒ너라 왕 상서 삼일 후의 잔차 위의을 차
려 소 상서 딕으로 보닐시 황금 연화 등의 삼천시비 시위ᄒ고 육각
이 자자ᄒ고 옥퍼가 징징하여 광치 찰난ᄒ니 장안 빅성과 지상가
부
인덜이 다토와 구경터라 인인 왈 어화 장하도다 이 세상의 보던 비
츠음이

놓고 그윽한 유리병을 동서에 벌여 놓고 백년화 만발한데 봉황이 마주 앉아 금전지를 드리우고 흥에 겨워 노는 듯하더라.

이슥하여 운무 장막 사이로 일위 낭자가 녹의홍상 한 시비에게 붙들리어 나오거늘 추파를 잠깐 들어보니 머리에 화관을 쓰고 몸을 칠보로 단장하여 화용월태가 진실로 오경 추야 밝은 달이 옥경에 걸린 듯하고 아침 이슬에 해당화가 핀 듯하더라. 서로 교배한 후에 양인의 권권지정이 짐짓 원앙이 녹수에 노는 듯 비취가 연리지에 깃들임 같더라.

삼일 후에 상서가 집에 돌아와 부모께 뵈오니 그 즐기심을 측량치 못할러라. 왕 상서가 삼일 후에 장차 위의를 차려 소 상서 댁으로 보낼새 황금 연화 등에 삼천 시비를 시위하고 육각이 자자하고 옥패가 쟁쟁하여 광채 찬란하니 장안 백성과 재상가 부인들이 다투어 구경하더라. 사람들마다 말하기를

"어화, 장하도다! 이 세상에 보던 바 처음이로다.

로다 아들을 낫커던 소 상서 갓튼 아들을 낫코 쌸을 낫커던 왕 소
제 갓틋 쌸을 나흐라 흐더라 잇쯰예 소 상서댁서 시비 이십 인을
간퇵흐여 칠보로 단장흐고 즁노의 마자 나와 부인을 뫼셔 드려가
니 그 거동이 국혼이나 다름이 읍더라 잇쎠 도공과 서릉의 벼살 유
지을 모다 가지고 남방의 늬려가듯 사람을 차자 유지을 전한듸 두
사람이 천은을 축사흐고 쩌여보니 도공으로 광녹퇴후을 봉흐시고
서릉으로 북방사을 제슈흐신즉 즉첩이어날 도공과 서릉이 길을 쩌
나 황성의 이르러 천자게 슉비흔듸 상이 보시고 왈 경등이 지인지
감57)이 잇서 초왕 부부을 구흐엿다 오니 그 공을 싱각흐여 벼살을
씨겨시니 츙성을 다흐여 짐을 도으라 흐시거늘 양인이 부복 사은
흐고 물너나와 바로 소 상서 쯱으로 나어가 문안흐고 왈 천싱 이별
노 깃친 은혜 읍사온듸 상공이 나라의 쥬달흐여 베살을 씨기시니
황공감사흐여이다 흐니 초왕이 도

아들을 낳거든 소 상서 같은 아들을 낳고 딸을 낳거든 왕 소저 같은 딸을 낳으라."

하더라. 이때에 소 상서 댁에서 시비 이십 인을 간택하여 칠보로 단장하고 중로에 맞아 나와 부인을 모셔 들어가니 그 거동이 국혼이나 다름이 없더라.

이때 도공과 서릉의 벼슬 유지를 모두 가지고 남방에 내려가 사람을 찾아 유지를 전한대 두 사람이 천은을 축사하고 떼어보니 도공으로 광록태후를 봉하시고 서릉으로 북방사를 제수하신 직첩이거늘 도공과 서릉이 길을 떠나 황성에 이르러 천자께 숙배한대 상이 보시고 왈

"경등이 지인지감(知人之鑑)이 있어 초왕 부부를 구하여 오니 그 공을 생각하여 벼슬을 시켰으니 충성을 다하여 짐을 도우라."

하시거늘 양인이 엎드려 사은(謝恩)하고 물러나와 바로 소 상서 댁으로 나아가 문안하고 왈

"천생 이별로 끼친 은혜가 없사온데 상공이 나라에 주달하여 벼슬을 시키시니 황공 감사하여이다."

하니 초왕이

공의 손을 자부시고 왈 그듸을 이별한 후 지금꺼진 잇지 못ᄒ야
쥬야 사모ᄒ더니 오날날 다시 만늬 보온이 반갑기 그지읍노라 ᄒ
시고 쥬

찬을 너여 권ᄒ거날 도공이 잔을 바다 마신 후의 다시 이러나 일오
듸

천싱이 팔자 기구ᄒ여 자식이 읍삽고 다만 한 여식 잇서 븨혼거시
비록 읍사오나 속히 군자의 쓰즐 밧듯 증ᄒ오니 복걸 초왕은 천
싱의 구구한 정사을 가궁이 여기사 여아의 평싱을 상서게 붓처 쏘
한 천

싱의 후사을 전ᄒ고자 ᄒ나이다 ᄒ거날 초왕이 그 경싱을 잔잉이
여

겨 상서게 권ᄒ여 허ᄒ시니 도공이 크게 깃거 즉시 남방의 기별ᄒ
여

가족을 경성으로 올여 올아 하니라 도공의 부인이 이 기별을 듯
고 즉시 여아을 다리고 황성의 이르러 바로 소상서 딕으로 드러
가니 왕비 즉시 마저 좌정ᄒ시고 못늬 반겨ᄒ시며 왈 늬 그듸로
더부러 손을 잡고 이별 후의 쥬야 잇지 못ᄒ여 마암이 간절ᄒ

도공의 손을 잡으시고 왈

"그대를 이별한 후 지금까지 잊지 못하여 주야 사모하더니 오늘날 다시 만나 보오니 반갑기 그지없노라."

하시고 주찬을 내어 권하거늘 도공이 잔을 받아 마신 후에 다시 일어나 이르되

"천생이 팔자가 기구하여 자식이 없삽고 다만 한 여식이 있어 볼 것이 비록 없사오나 속히 군자의 뜻을 받들 듯하오니 복걸 초왕은 천생의 구구한 정사를 가긍히 여기사 여아의 평생을 상서께 붙여 또한 천생의 후사를 전하고자 하나이다."

하거늘 초왕이 그 경상을 자닝히 여겨 상서께 권하여 허하시니 도공이 크게 기뻐 즉시 남방에 기별하여 가족을 경성으로 올리라 하니라. 도공의 부인이 이 기별을 듣고 즉시 여아를 데리고 황성에 이르러 바로 소 상서 댁으로 들어가니 왕비가 즉시 맞아 좌정하시고 못내 반겨하시며 왈

"내 그대로 더불어 손을 잡고 이별 후에 주야로 잊지 못하여 마음이 간절하더니

더니 천만 뜻밧게 오날날 다시 만니 보니 이난 하날이 도으심이
라 ᄒ고 질기더라 ᄯᅩ 틱후 종남산의 집을 크게 짓고 부인과 여아을
그 집으로 올문 후의 길일을 틱ᄒ여 여아로 ᄒ여곰 상서을 마질 시
위예범절이 왕 부인 마질씩나 다름이 읍더라 슈일 후의 ᄯᅩ 상서
씩의 드러가 위예을 갓초와 국고와 상서 밧들기을 효성공경으로써
ᄒ
니 조곰도 쥬각 읍시 상ᄒ노복이 다 화목ᄒ여 히히낙낙ᄒ더라
이런 말삼을 천자 드르시고 깃특키 여이사 두 부인으로 공열부인
으로 봉ᄒ시고 즉첩을 니리시더라 잇씩 조정이 틱평ᄒ고 사방이
무사ᄒ여 산무도적58)ᄒ고 도불심유59)ᄒ니 틱명이 명치ᄒ여
만만세 무궁ᄒ더라 왕 부인은 삼남 일여을 나으시고 ᄯᅩ 부인은
이남 일여을 나으시니 자예더리 츙효겸전ᄒ여 명성이 천ᄒ의 진
동ᄒ더라 세월이 여류ᄒ여 틱부인이 빅 세예 이르러 일일은

천만 뜻밖에 오늘날 다시 만나 보니 이는 하늘이 도우심이라."
하고 즐기더라. 또 태후가 종남산에 집을 크게 짓고 부인과 여아를
그 집으로 옮긴 후에 길일을 택하여 여아로 하여금 상서를 맞을새
위의 범절이 왕 부인을 맞을 때나 다름이 없더라. 수일 후에 또 상
서 댁에 들어가 위의를 갖추어 국고와 상서 받들기를 효성공경으
로써 하니 조금도 주저 없이 상하노복이 다 화목하여 희희낙락하
더라.

　이런 말씀을 천자가 들으시고 기특히 여기사 두 부인에게 공열
부인을 봉하시고 직첩을 내리시더라.

　이때 조정이 태평하고 사방이 무사하여 산무도적(山無盜賊)하고
도불습유(道不拾遺)하니 대명이 명치하여 만만세 무궁하더라. 왕
부인은 삼남 일녀를 낳으시고 또 부인은 이남 일녀를 낳으시니 자
녀들이 충효겸전하여 명성이 천하에 진동하더라. 세월이 여류하여
대부인이 백 세에 이르러 일일은

기운이 불평후여 노선이 쥬던 약을 일환을 차자 옥병 물의
가라 입의 뒤유우니 침석의 누으시민 예 읍던 구름이 집을 둘너
싸며 창문 박의 학의 소릭 나더니 빅일 등천후더라 윤의 부부와
상후노복이 이통후며 되부인의 관곽을 갓초와 녹임선산의 안
장하실시 천자 의관을 보뇌여 조문후시더라 초왕 부부 칠십
세의 당후여 팔월 망일의 망월누의 올너 월식을 구경후시
더니 공중으로서 선관이 학을 타고 뇌려와 망월누의 이르러 천상
옥황상제 후교후사 날노 후여금 초왕 부부을 뫼서 오라 후
시거날 상제게 명을 밧자와 왓시니 전일 노선이 쥬던 약을 씨소
서 후거날 초왕이 문득 싱각후시고 시비을 명후여 약을 뇌여 오
라 후여 부부 각각 한 긔씩 먹은니 인간 일은 망연후여 즉시 몸이
가부
야와 그 선관을 쫏차 가니라 상서 부부 무슈이 하날게 빈례후고

기운이 불평하여 노선이 주던 약 일 환을 찾아 옥병 물에 갈아 입에 드리니 침석에 누우시매 예전에 없던 구름이 집을 둘러싸며 창문 밖에 학의 소리 나더니 백일 등천하더라. 윤의 부부와 상하노복이 애통하며 대부인의 관곽을 갖추어 녹림선산에 안장하실새 천자가 의관을 보내어 조문하시더라. 초왕 부부가 칠십 세가 되었을 때 팔월 망일에 망월루에 올라 월색을 구경하시더니 공중으로부터 선관이 학을 타고 내려와 망월루에 이르러

"천상의 옥황상제가 하교하사 나로 하여금 초왕 부부를 모셔 오라 하시거늘 상제께 명을 받자와 왔으니 전일 노선이 주던 약을 쓰소서."

하거늘 초왕이 문득 생각하시고 시비를 명하여 약을 내어 오라 하여 부부 각각 한 개씩 먹으니 인간 일은 망연하여 즉시 몸이 가벼워 그 선관을 쫓아 가니라. 상서 부부가 무수히 하늘에 배례하고

초국을 극진이 예로써 흐시며 슬피 이통흐시니 천자 그 말을 드르
시
고 빅관을 도라 보시면 차탄 왈 슬푸다 초왕의 집 사룸은 천상
선관선예라 흐시고 천흐의 이갓튼 사람이 어듸 잇스이요 흐시며
예관을 보니여 초왕 부부을 왕예로써 안장흐라 흐시다 이러
무로 이 말이 열국의 진동흐여 층찬 안이 리 웁더라

도흅 장은 사십일장이라
이 칙 보시난 이 눌너 보시옵

초우를 극진히 예로써 하시며 슬피 애통하시니 천자가 그 말을 들으시고 백관을 돌아보시며 차탄 왈

"슬프다! 초왕의 집 사람은 천상의 선관 선녀라."

하시고

"천하에 이 같은 사람이 어디 있으리오."

하시며 예관을 보내어 초왕 부부를 왕의 예로써 안장하라 하시다. 이러므로 이 말이 열국에 진동하여 칭찬 않는 이가 없더라.

도합 장은 사십 일장이라.

이 책 보시는 이는 눌러 보시압.

미주

1) 전감(前鑑): 본받을 만한 지난 일.

2) 헌수(獻酬): 술잔을 올림.

3) 가중 범백: 집안의 갖가지 일.

4) 순배(巡杯): 술잔 또는 술잔을 돌림.

5) 우련(優憐): 특별히 가엾게 생각함.

6) 형장(兄丈): 상대를 높여 부르는 이인칭 대명사.

7) 소연(所然): 그렇게 된 까닭. 소이연.

8) 굴혈(窟穴): 나쁜 무리 등의 소굴.

9) 적불선(積不善): 선하지 않은 일을 반복함.

10) 독을 보아 쥐를 못 친다.: 독 안에 있는 쥐를 치려하여도 독이 깨질까 걱정하여 그러지 못함.

11) 반갱(飯羹) : 밥과 국.

12) 궁천지통(窮天之痛): 하늘에 닿을 만큼 큰 고통.

13) 대천지수(戴天之讐): 같은 하늘 아래 살 수 없는 원수.

14) 진적(眞的)하다: 참되고 틀림이 없다.

15) 가형(家兄): 다른 사람에게 겸손하게 자신의 맏형을 가리키는 말.

16) 무불통지(無不通知): 무엇이든 통하여 모르는 것이 없음.

17) 의대(衣帶): 옷을 갖추어 입음.

18) 개과하다: 잘못을 뉘우치고 고치다.

19) 신농(神農): 신농씨라고도 하며 중국의 고대 전설에 전하는 왕 중의 하나이다.

20) 주란화각(朱欄畫閣): 아름다운 누각.

21) 염슬(斂膝): 무릎을 모아 단정히 함.

22) 궁천지통(窮天之痛): 하늘에 사무칠 정도의 고통.

23) 호리(毫釐): 매우 적은 양을 이르는 말.

24) 세전지물(世傳之物): 집안에서 대대로 전해지는 물건.

25) 소세(梳洗): 머리를 빗고 얼굴을 씻음.

26) 표표정정(表表亭亭): 우뚝하게 솟아 눈에 띔을 표현하는 말.

27) 발섭(跋涉)하다: 산 넘고 물 건너 여러 곳을 다니다.

28) 피봉(皮封): 봉투의 겉.

29) 감불생의(敢不生意): 감히 엄두도 내지 못한다는 뜻.

30) 군자호구(君子好逑): 군자의 좋은 짝이다.

31) 빈주지례(賓主之禮): 손님과 주인 사이에 갖추어 지키는 예.

32) 가향(家鄕): 자신의 집이 있는 고향.

33) 출척(黜斥): 허물 있는 사람은 쫓아내어 쓰지 않음.

34) 강상지변(綱常之變): 강상에 어긋나는 재앙.

35) 울민(鬱悶): 마음이 우울하고 답답함.

36) 읍양하다: 읍하는 예로 겸손히 하다.

37) 과만(過滿): 분수에 넘침.

38) 유한정정(幽閑靜貞): 여인의 인품이 훌륭하여 점잖은 모습.

39) 연보(蓮步): 여인의 아름다운 걸음을 이르는 말.

40) 요요정정(夭夭貞靜): 젊고 아름다우며 올바르고 정갈한 모습.

41) 출척(黜陟): 허물 있는 사람은 쫓아내고 착한 사람을 씀.

42) 초행노숙(草行露宿): 산과 들에서 자며 여행길을 가는 것.

43) 도도발섭(滔滔跋涉): 걸어서 여러 곳을 다님.

44) 좌기(坐起): 관아에서 최고 벼슬아치가 출근하여 일을 시작함.

45) 초초(草草): 행색이 초라한 모양.

46) 복발(復發): 근심이나 서러움이 한꺼번에 일어남.

47) 선불선(善不善): 선하고 선하지 않음.

48) 금덩: 금으로 화려하게 꾸민 가마.

49) 대완마(大宛馬): 하루에 천 리를 간다는 명마.

50) 요참(腰斬): 죄인의 허리를 베어 죽이는 형벌.

51) 음신(音信): 먼 데에서 전해오는 소식 혹은 편지.

52) 장문(狀聞): 임금님께 아뢰는 글.

53) 반구(返柩): 객지에서 죽은 사람의 시체를 자신의 집으로 돌려보냄.

54) 행관(行關): 다른 관아에 공문을 보냄.

55) 일구난설 (一口難說): 한 마디로 설명하기 어려움.

56) 일구월심(日久月深): 시간이 지날수록 더해짐.

57) 지인지감(知人之鑑): 사람을 알아보는 능력.

58) 산무도적(山無盜賊): 산에 도적이 없음.

59) 도불습유(道不拾遺): 길에 있는 물건을 줍지 않음.

저자 서유경

   서울대학교 국어교육과를 졸업하고, 동대학원에서 석박사 학위를 취득하였으며, 현재 서울시립대학교 국어국문학과에 재직하고 있다.

   주요 논문으로는 「고전문학교육 연구의 새로운 방향」(2007), 「〈숙향전〉의 정서 연구」(2011), 「〈심청전〉의 근대적 변용 연구」(2015) 등 다수가 있고, 저서로는 『고전소설교육탐구』(2002), 『인터넷 매체와 국어교육』(2002), 『판소리 문학의 문화 적응과 확산』(2016) 등이 있다.

월봉기

초판인쇄 2020년 12월 01일
초판발행 2020년 12월 07일

옮 긴 이 서유경
발 행 인 윤석현
책임편집 김민경
발 행 처 도서출판 박문사
등록번호 제2009-11호
우편주소 서울시 도봉구 우이천로 353
대표전화 (02) 992-3253
전   송 (02) 991-1285
전자우편 bakmunsa@daum.net

ⓒ 서유경, 2020.

ISBN 979-11-89292-73-7   03810   정가 16,000원